Sonya
ソーニャ文庫

贖罪結婚

富樫聖夜

JN131396

イースト・プレス

contents

プロローグ　アイリスと蝶(ちょう)

「風が強くなってきたわね。ディア」

先を行く黒い修道服の女性の言葉に、ディアと呼ばれた白い修道服姿の女性は、風に飛ばされそうになっていたベールを押さえながら頷く。

「はい、シスター。急いだ方がいいかもしれません」

「そうね。せっかく花を摘んでも風で傷んでしまっては台無しだもの」

二人はこの土地の領主に依頼され、修道院で育てている特別な花を摘むために花壇に向かっているところだった。

シスターの足の運びが少しだけ速くなる。ディアことクラウディアも籠(かご)が飛ばされないように腕に抱きかかえてシスターに続いた。

クラウディアはヘインズ修道院に所属する見習い修道女だ。

けれど、それはあくまで仮に与えられた身分であって、何年勤めようとも彼女が正式な修道女になることはない。

なぜならクラウディアは修道女になるためにここに入ったのではなく、「罪人の娘」として預けられている身だからだ。

高貴な身分の女性の幽閉先として修道院を選ぶことはよくあり、六年前、侯爵家の令嬢だったクラウディアも母親と共にこの修道院に送られた。以来、クラウディアはこの修道院の敷地から一歩も外に出たことはない。

おそらく死ぬまでこの修道院に留め置かれるのだろう。人々の記憶から、クラウディアの父親が犯したとされる罪も、一族が処刑された事実も、すべてが忘れ去られるまで。

それを理不尽だと思う気持ちもあるが、受け入れるしかないのがクラウディアの現実だった。

修道院の東側にある花壇にたどり着くと、一面の青紫色とむせ返るような花の匂いが二人を迎える。グラファス・アイリスと呼ばれるこの国特有の品種で、鮮やかな青紫色の花弁が特徴の花だ。

グラファス国の国花であり、王家の象徴とも言える花ということで、アイリスの花が咲くこの季節に行われる催しには必ず一番目立つ場所に飾られる。今回、二人が摘む花も領主が開催する晩餐会(ばんさんかい)に使用される予定だ。

「どの辺りの花にしますか、シスター？」

クラウディアが尋ねると、シスターはしばし思案した後、花壇の一角を指さした。

「あの辺りにしましょう。咲きかけの蕾(つぼみ)もあるから、晩餐会が終わった後も花を楽しむことができるわ」

「はい。それではこの辺りの花を摘みますね」

用意していたハサミを使い、蕾を多くつけた花を中心に切り取り、慎重な手つきで籠に入れていく。ますます強くなる風に急かされているおかげで、クラウディアはグラファス・アイリスを見るたびに痛む胸のことを気にしないでいられた。

やがて籠が花でいっぱいになると、シスターとクラウディアは立ち上がった。

「このくらい摘めば大丈夫ね。さぁ、せっかく摘んだ花が風で飛ばされないうちに急ぎましょう」

「はい。シスター」

頷いて籠を持ち上げた時だった。

ふっと目の前を鮮やかな青紫色の蝶が横切った。

「あ……」

「まぁ、グラファス・エイガよ。アイリスの花畑でグラファス・エイガを見られるなんて、きっとこれは吉兆に違いないわ」

シスターが興奮したような声を上げる。

グラファス・エイガ――別名アオムラサキチョウとも呼ばれるグラファス国の国蝶だ。

グラファス・アイリスと同じようにこの国特有の品種で、鮮やかな青紫色の翅が特徴だ。めったに実物を見ることができないため、見つけた者には幸運をもたらすとも言われて尊ばれている。

目の前をひらひらと横切っていった蝶は、一輪のアイリスの花を目指してゆっくりと降りていく。花と同じ色合いの翅はたちまち周囲に溶け込み、その姿を覆い隠してしまう。一度目を逸らせば、きっともう花との区別はつかなくなるだろう。

クラウディアは蝶をじっと見つめ、それからふと目を逸らした。叶うはずのない夢を、失われた大切なものを思い出してしまうからだ。

――グラファス・エイガが幸運を呼ぶなんて嘘よ。……いいえ、違うわ。あの時最初に蝶を見つけたのは私ではなかった。だから、私に幸運がもたらされるはずがなかったのよ。

悲しみが込みあげてきて、目に涙が滲んだ。

――アルヴィン殿下……。

脳裏に、蝶やアイリスにそっくりの青紫色の瞳を持つ少年の面影が蘇る。

零れそうになる涙をごまかそうとぎゅっと閉じた目の裏に、心の奥底に閉じ込めていた記憶が、青紫色の蝶のせいで次々と引きずり出されていく。

幸せな記憶と、その後に続く悲しみの記憶が。

「お父様、お兄様、お母様……」

唇から震える吐息のようにか細く零れ落ちた言葉は、風に乗って虚空へと消えた。

第1章　クラウディアの王子様

その日、色とりどりの花と緑に囲まれたグラファス国の王宮の中庭で、王妃が主催するお茶会が開かれていた。

中庭に設えられたいくつもの丸いテーブルでは、明るい色のドレスに身を包んだ少女たちが、菓子職人の作ったお菓子やお茶を手にして談笑している。

ここにいるのは社交界デビュー前の貴族令嬢たちだ。本来であれば成人しない限り、足を踏み入れる機会のない王宮に、今日だけ特別に十二歳から十五歳までの高位貴族の息女が招かれていた。

参加者の一人、クラウディア・ローヴァインは、庭師が丹精込めて世話をしているであろう美しい中庭のあちこちに視線を向けて感嘆のため息を漏らす。

この日のために誂えた、背中に大きなリボンのついたハイウエストの水色のドレスは、背中の真ん中までまっすぐ伸びたクラウディアの淡い金髪と、ドレスと同じ色合いの水色の瞳を十分に引き立たせていた。顔立ちも可愛らしく、十人中八人は「愛らしい」と言うだろう。

けれど、今ここにはクラウディアより華やかなドレスを着た少女たちが大勢集まっているので、自己主張をしない彼女はすっかり埋もれてしまっていた。もっとも、本人はまったく気にしていない。純粋にお茶会を楽しみにしていたからだ。

――なんて素晴らしいお庭なのかしら。さすが王宮だわ。

普段は王族しか出入りできない中庭をこの目で見られただけでも、お茶会に来た甲斐があったというものだ。

クラウディアがそんなことを考えていた時に、耳障りな声が聞こえてきた。

「なんで私が王妃様と離れてこんな末席に着かなければならないのかしら。私は宰相の娘なのに。王妃様と同じテーブルであるべきだわ！」

聞こえてきた内容に、クラウディアはそっとため息をつく。

庭の素晴らしさに意識を向けてやりすごそうとしていたけれど、やはり無理だったようだ。

花壇からテーブルに視線を戻すと、不機嫌そうに顰められた顔が目の端に映ってしまい、クラウディアは憂鬱な気分になった。

声の主である令嬢の名前はフリーダ・マディソン。マディソン伯爵家の令嬢で、金色の髪に緑色の瞳を持つ少女だ。くっきりとした目鼻立ちは整っており、ふてくされた表情でなければ美しいと言える顔立ちだろう。

たまたま同じテーブルになってしまったが、言動を見る限りあまりお近づきになりたくないタイプだ。

　彼女はずっと、王妃のテーブルから遠い位置の席に着かされたことに文句を言っている。

「……まったく何様のつもりなのかしら」

「ええ、本当に。宰相の娘だと言ってもたかが伯爵家なのに、どうして王妃様のお近くに座れると思っているのかしらね」

「理解に苦しむわ」

　フリーダの発言を耳にした近くのテーブルの令嬢たちがこれ見よがしに囁き合う。囁くと言っても聞こえるように言うのだから、当然フリーダの耳にも届き、彼女は発言した令嬢たちをキッと睨みつけた。

「私とあなたたちは違うのよ。私の叔母様は陛下の側室で、お父様は宰相なんだから！」

　――ああ、まただわ。

　クラウディアは再びため息をついた。

　フリーダは先ほどから同じようなやり取りを、相手を替えて繰り返しているのだ。おかげで同じテーブルに着いているクラウディアと他の令嬢たちはなんとなく気まずくて、仲良くおしゃべりをするという雰囲気ではなかった。

　――このお茶会で、お友だちになれそうな人を見つけたかったのに……。

　先月十二歳の誕生日を迎えたばかりのクラウディアは、普段は王都から遠く離れた領地で暮らしている。

隣接する領地の貴族たちとの交流はあるが、子爵家や男爵家など下位貴族が多いため、侯爵令嬢であるクラウディアに対してどうしても遠慮がちになってしまうことが多い。そのため、気兼ねなく話せる友だちというわけにはいかなかった。

だからこそ同じような身分の令嬢が集まるこのお茶会で、友だちが見つかればいいなと期待していたのだが、この状況では少し難しそうだ。

そもそもフリーダはお茶会が始まる前にも騒動を起こしていた。

王妃に挨拶(あいさつ)をするために、クラウディアをはじめとする令嬢たちは、自分たちの順番が来るのを待っていたのだが、後ろの方に並ばされたフリーダは何を思ったのか、ある侯爵令嬢の前に強引に割り込んだのだ。

当然、大騒ぎになり、侍女や女官たちはフリーダを元の位置に戻らせるのに四苦八苦していた。

騒動に気づいた王妃のとりなしでその場は収まったが、フリーダは列の後ろに戻る間も「私は宰相の娘なのに」とずっと文句を言っていた。

すぐ近くで騒動を見ていたクラウディアは、絶対にあの令嬢には近づかないようにしようと決心したのだが……。結局同じテーブルになってしまった。しかも隣の席だ。

関わり合いになりたくなくて、なるべく見ないようにしているが、距離が近いために彼女が口にする愚痴が全部聞こえてしまう。

耳に飛び込んでくる彼女の独り言は、不遜で不敬極まりないものだった。

――マディソン伯爵は娘にどういう教育をしているのかしら。

親しい友人だけを招いた私的なお茶会ならまだしも、このような公の席でなぜ公爵家や侯爵家よりも伯爵家の令嬢が優遇されると思うのだろう。

王族を頂点とした身分制度社会においては、貴族こそ序列を重要視しなければならない。序列を無視していいとなったら王族だけでなく貴族の権威も地に落ちてしまうからだ。

今回招かれたのはデビュー前の令嬢たちではあるが、その辺りはきちんと教育されているはずだ。田舎の領地でのんびり育ったクラウディアでさえ、去年から十六歳の社交界デビューに向けてすでに淑女教育が始まっている。

だから、自分の家が侯爵家の中でも序列が高くなく――下から数えた方が早いくらいの家柄だということを知っている。知っているからこそ、王妃から離れた位置の席だということに何の不満も抱いていなかった。

周囲を見渡しても自分の席に不満を持っている令嬢などいない。……一人を除いては。

「お父様や叔母様に言いつけてやるんだから！　陛下は叔母様のお願いは何でも聞いてくださるのよ！　きっと私にこんな末席を用意した王妃様を叱ってくださ――」

不意にフリーダの声が途切れた。ほぼ同時に令嬢たちが一斉に息を呑む。遅れてさざ波のように広がっていくざわめきと共に、涼（すず）やかな声がクラウディアの耳に届いた。

「義姉（あね）上。遅くなって申し訳ありません」

慌てて声の方に視線を向けると、護衛や侍従を従えた十五、六歳の少年が、王妃のいるテーブルに近づいていくのが見えた。

――あの方は……！

クラウディアは目を見開いた。

遠目でもはっきり見える艶やかな黒髪に、王族特有の青紫――グラファス・アイリス色の瞳を持つ少年。その色彩を持つ者は国王オズワルド以外には一人しかいない。

彼が何者かすぐに分かった。現王の弟で、王太子のアルヴィンだ。

王妃は立ち上がり、紫色の目を細めて笑顔で彼を迎える。

「アルヴィン殿下、とんでもありません。公務で忙しい身なのに、わたくしのお茶会にお越しくださってありがとうございます」

「義姉上のお呼びとあれば、何をおいても参加しますよ」

「ふふ、お上手ね」

嬉しそうに笑うと、王妃は話題を変えるように扇で口元を隠しながら言った。

「さて、今日のお客様は小さなレディたちだから、きっと初めて会う方ばかりでしょう。僭越ながらわたくしがご紹介させていただきますわね。皆様、王太子のアルヴィン殿下が、忙しい中お茶会にお越しくださいました。こういう席にはめったに来られない方だから、皆様はとても幸運だと思いますよ」

クラウディアは王妃の言葉に心の中で何度も頷いた。

――確かに幸運だわ！　お父様はお茶会で王太子殿下に会えるかもしれないと仰ってい

たけれど、忙しい方だから無理だと思っていたんだもの。

王太子は令嬢たちの期待のこもった視線をものともせず、ぐるりと周囲を見回すとにこっと微笑んだ。それを見た近くの令嬢たちが声なき悲鳴を上げ、一斉に頬を染める。それほど素敵な笑顔だったのだ。

「初めまして。ようこそ王宮へ。僕はアルヴィン・グラファス。一応王太子だ」

王妃が鈴を鳴らしたような声で笑った。

「まぁ、一応だなんて。殿下は誰が見ても立派な王太子ですわ」

「母上に妃教育を受けた義姉上にそう言っていただけるのは光栄ですね。何しろあの方は世界一厳しい教師でしたから」

「確かに。亡き王太后陛下の求める水準はとても高くて大変でしたわ」

「ええ、すごく大変でした」

懐かしそうに微笑み合う王妃と王太子の会話からは、二人が親しい間柄であることが窺えた。

国王と王妃の仲は冷え切っているという噂だが、王太子と王妃の仲が良好だという話は本当だったようだ。

「あら。わたくしがいつまでも殿下を独占してはいけないわね。殿下、せっかくいらしてくださった皆様にどうかお声をかけてあげてくださいな」

その言葉でアルヴィンに見とれていた令嬢たちは、自分たちが椅子に座ったままだったことに気づいて慌てて腰を上げようとした。王族を迎える時に座っているなどとんでもないし、淑女の礼（カーテシー）をするのが礼儀だ。

けれど、立ち上がろうとする令嬢たちをアルヴィンが手で制した。

「急に立ち上がると危ないので、どうかそのままで。義姉上、挨拶は、僕がテーブルを順に回るので、令嬢方には席に着いたままでいてもらっていいでしょうか」

王妃はアルヴィンの提案ににっこり笑って頷いた。

「殿下さえよければわたくしに異存はありませんわ。それに、殿下に挨拶をするために令嬢たちに並んでもらうよりも、混乱しなくてすみそうですものね」

その会話にクラウディアは、王妃に挨拶をする時に起きた騒動を思い出した。

――もしかしたら、王太子殿下は先ほどの騒動のことを聞き及んでいて、フリーダ様がまた同じように騒ぎ立てるのを見越して席に着いたままでいいと仰ったのかしら？

この場でもっとも高貴な身分である王妃が了承したこととはいえ、王太子が自ら挨拶のために席を回るなど、かなり異例のことではないだろうか。

隣の席のフリーダにちらりと視線を向けてみたが、彼女は自分が起こした騒動が原因だとは夢にも思っていない様子で、うっとりとした目をアルヴィンに向けていた。

無理もない。王太子は、少女が一度は夢見るであろう物語に出てくる「理想の王子様」そのものだ。

――こんな方が実際に存在するとは思わなかったわ。

アルヴィンの方に視線を戻すと、彼は王妃のテーブルに着いている令嬢たちと挨拶を交わしていた。

王妃と同じテーブルということは、公爵家の筆頭であるザール公爵家の令嬢たちなのだろう。

ザール公爵家は王妃の実家でもあるので、彼女たちは王妃の親戚ということになる。今回招待された中でもっとも身分の高い令嬢たちだ。

王宮に足を踏み入れたことがないクラウディアと違い、ザール公爵家の令嬢たちは今まで何度も訪れているのだろう。アルヴィンとも顔見知りらしく、和気あいあいと話をしている。

「ずるい、ずるいわ！　公爵家だからって、一番に声をかけてもらうだなんて！」

しきりに「ずるい」と繰り返しているフリーダの声が耳に届いたが、クラウディアは振り向くことなくアルヴィンを見つめていた。

ザール公爵家の令嬢たちとの会話を終えると、アルヴィンは別のテーブルに移動していく。令嬢たちが名乗ると、彼は家族の話題を振って会話を盛り上げていった。

「クラッシド公爵家のご令嬢ですね。初めまして。公爵には時々公務でお会いしますが、いつも助けられています。なるほど、ご両親が自慢するわけだ」

またある令嬢に対してはこんな言葉をかけていた。

「ああ、ストゥ侯爵の。あなたの兄君のレオパルトには近衛騎士としていつも守っててもらっています。おかげで僕たちは安心して出歩くことができているんですよ」

――まぁ、なんと聡明な方なのかしら。

家名を聞いただけでよどみなく言葉が出てくる。家長の名前や役職だけでなく家族構成までですべて記憶しているのだろう。

招かれているのは高位貴族の令嬢たちばかりとはいえ、グラファス国では公爵家はもとより侯爵家の数もそれなりに多い。当主夫妻と嫡男だけならまだしも、爵位を継げない次男や三男の動向まで覚えるとなると、よほど記憶力がよくなければ不可能だ。

穏やかな口調に柔らかな物腰。外見は少年らしい姿をしているのに、彼の受け答えは完全に大人顔負けだった。

これでまだ十五歳だというのだから驚きだ。

――お父様やお兄様が「さすが先王陛下の御子だ」と絶賛するのがよく分かるわ。

七年前に崩御した先王は、政治の腐敗により弱体化していたこの国を立て直した。それだけでなく、議会を作り法を整え、今の政治体制の基礎を作り上げた傑物だ。

その、「賢王」と称えられ今も尊敬されている先王に、アルヴィンはそっくりなのだという。

微笑をたたえ、令嬢たちと会話を交わすアルヴィンを見つめながら、クラウディアは感嘆の吐息を漏らした。

――ああ、このお茶会に来てよかったわ。

　フリーダと同じテーブルになったことに気落ちしていたが、今はもう気にならなかった。「理想の王子様」と、ほんの一言二言とはいえ、話ができるのだ。それだけでも来た甲斐があったというもの。

　クラウディアは胸をどきどきと高鳴らせながら、アルヴィンが自分たちのテーブルに来るのを待った。

　──あと少し。もうすぐだわ。

　長い時間がかかったが、王太子は隣のテーブルまでやってきていた。きっと次はクラウディアたちのテーブルにやってくるだろう。いよいよその時を迎え、クラウディアの緊張が高まる。

　少しでも緊張を和らげようとこっそり深呼吸をした時、フリーダの忌ま忌ましそうな小声が耳に届いた。

「やだ、虫！　どうしてこんなところにいるのよ？　もうすぐ王太子殿下がいらっしゃるのに！」

　──虫？

　気になったクラウディアは首を巡らせ、フリーダが睨みつけている視線の先を辿った。

　──あれは……。

　テーブルの中央に飾られた花に、灰色に茶色が混じったような色の虫がとまっていた。翅を閉じていて、一見、大きな蛾にも見える。運が悪いことに、白い花にとまっているせいで妙に目立っていた。

「もう、あっち行きなさいよ！」

フリーダは片手を振り上げた。きっと叩き落とそうとしているのだろう。

――いけない、その虫は……！

「だ、だめです！　その虫を傷つけてはだめ！」

クラウディアはとっさに右手を伸ばして、振り下ろされる手から虫を庇（かば）った。

――バチィィン！

肌がぶつかり合う音が響き渡る。ちょうど、アルヴィンと令嬢の会話が途切れたタイミングだったらしく、その音はやけに大きく中庭に響いた。

「っ」

叩かれた右手の甲がじんじんと痛んだ。

「ちょっと痛いわね！　何するのよ！」

邪魔をされたフリーダが目を吊り上げる。クラウディアは痛みに顔を顰（しか）めながら口を開いた。

「その蝶を傷つけてはだめです。国蝶のグラファス・エイガですから」

「はぁ？　あなた何を言っているの？　グラファス・エイガは青紫色の蝶よ。こんな汚い色の蝶じゃないわ。あなたそんなことも知らないわけ？」

フリーダは片眉を上げ、嘲（あざけ）るような口調で言った。その直後、思いもよらない声がすぐ真上から降ってきた。

「ああ、これは間違いなくグラファス・エイガだね」

――え？

ハッとして仰ぎ見ると、クラウディアとフリーダの後ろにアルヴィンが立っていて、身を乗り出して白い花にとまった虫を見ていた。

「お、王太子殿下っ」

フリーダが狼狽えたように叫ぶ。

「見ていてごらん」

アルヴィンは蝶を驚かさないようにそっと手を伸ばした。そして優しい手つきで翅を摘まみ上げると手のひらにのせる。

次の瞬間、閉じていた翅がふわりと広がり、そこから美しい青紫色が現れた。

「まぁ……」

周囲の令嬢たちの口から感嘆の吐息が零れる。

花から引き離された蝶は翅を広げ、アルヴィンの手のひらから飛び立った。ひらひらと翅をはためかせながら、テーブルから離れて花壇の方に飛んでいく。

それを視線で見送りながらアルヴィンは周囲に言い聞かせるように言った。

「グラファス・エイガは国蝶で希少な昆虫だから、絵や工芸品、宝飾品の意匠としてよく目にする機会はあるけれど、そのどれもが翅を広げた姿ばかりだ。だから知らないのも無理はない。実はね、翅を閉じた状態ではあの特徴的な青紫の色はまったく見えないんだ」

「ほ、本当にグラファス・エイガだったの……？」

フリーダの顔からサッと血の気が引いた。さすがに王宮の庭で、国蝶であるグラファス・エイガを傷つけることの意味くらいは理解できるようだ。

グラファス・エイガもグラファス・アイリスも、共に王家の象徴とされている。王族によく現れる青紫の瞳と同じ色をしているからだ。

王宮に飾られている歴代の国王の肖像画にも、必ずグラファス・アイリスとグラファス・エイガが描かれていることからしても、この二つを王族がいかに重要視しているかが分かるというものだ。

その国蝶を傷つける――しかも王宮の庭で育てられている蝶を、王族の前で傷つけるということは、王家に対して謀反心ありと受け取られてもおかしくない。

「わ、私、そんなの知らなくてっ」

言い訳を始めたフリーダの言葉を遮るように、王妃が口を開く。

「マディソン伯爵令嬢。知らなかったというのは理由になりませんよ。特にこの王宮ではね。ローヴァイン侯爵令嬢の機転に感謝しなさい。もし蝶を傷つけでもしていたら、わたくしはあなたを不敬罪で罰しなければいけないところでした」

冷ややかに告げられて、フリーダの顔色が青から赤に変わる。どうやら屈辱を感じているようで、悔しそうに唇を噛みしめていた。

それを見てここぞとばかりに周りの令嬢たちが囁き合う。

「まぁ、ものを知らないのはどちらの方かしらね」

「本当。よりにもよって国蝶を叩き落とそうとするだなんて」

フリーダは発言した令嬢の方を睨みつけたが、反論は口にしなかった。なぜならまだアルヴィンが近くにいたからだ。

王太子は険悪になりそうな雰囲気に気づいたらしく、にっこりと笑顔になった。

「グラファス・エイガは幸運を呼ぶ蝶とも言われている。普段は臆病だからこれほど人数がいる場所に出てくることはめったにないんだ。そのグラファス・エイガをこんな間近で見ることができた君たちにはきっと幸運が訪れると思うよ」

「まぁ」

とたんに令嬢たちの顔に嬉しそうな笑みが浮かび、険悪な雰囲気が消えた。すかさずアルヴィンはこのテーブルで一番身分の高い侯爵令嬢——つまり、クラウディアに話しかけた。

「ローヴァイン侯爵のご令嬢ですね」

「は、はい。クラウディア・ローヴァインと申します、殿下」

慌てて名前を名乗りながらクラウディアは背中をピンと伸ばした。

「先王陛下——父上が若い頃、ローヴァイン侯爵に命を救われたことは聞き及んでいます。父上は亡くなるまでローヴァイン侯爵に感謝していました。最高の近衛兵だったと」

予想外な賞賛の言葉に、クラウディアは感謝を込めてアルヴィンを見上げた。

「もったいないお言葉です。父が聞いたらとても喜びます」

クラウディアの父親であるローヴァイン侯爵は、結婚前のまだ若い頃、王族の身辺警護を受け持つ近衛隊に所属していた。だが訪問先で暴漢に襲われそうになった先王を庇い、利き腕を負傷してしまったのだ。その時受けた傷の後遺症で以前のように剣がふるえなくなった父親は軍を辞め、侯爵位を継いだ。

ローヴァイン侯爵家は元々武勲により侯爵家に叙爵された家柄だ。そのため、本家に生まれた男子はほぼ軍人になる道を選ぶ。父親も当然のように剣を取る道を選び、近衛兵になって王族を守ることに誇りを感じていた。

その道が突然怪我で断たれてしまったのだ。先王を守った時の武勇伝を語る父親に、以前クラウディアは尋ねたことがある。後悔していないのかと。

父親の答えははっきりしていた。

『道半ばで軍を辞めることになったが、後悔はしていない。先王陛下のためであれば腕の一本や二本、喜んで捧げる。王家の役に立つことがローヴァイン家の誇りだ』

——先王陛下は命をかけて自分を守ったお父様のことを忘れていなかったのだわ。お父様がこのことを知ったらどれほど喜ぶことでしょう。

もちろん、社交辞令で本当のことではないかもしれない。けれど二十年も前の出来事をこうして覚えてくれている人がいるのはとても嬉しいことだった。

思わず笑うと、クラウディアを見下ろす青紫の目に、温かな光が浮かんだ。

「ローヴァイン侯爵とはなかなかお会いする機会はないけれど、そのうち父上の若い頃の話を聞けたらと思っています」

「ありがとうございます。父にも伝えます」

きっとこれも単なる社交辞令なのだろう。けれど、それでも嬉しかった。

クラウディアとの挨拶を終えたアルヴィンは、期待のこもった眼差しを向けるフリーダを余所に、別の侯爵家の令嬢の方に顔を向けた。が、ふと何かを思い出したように振り返ってクラウディアの手を取った。

「傷になっている。少し赤く腫れているね」

「あ？　え？　あの？」

狼狽えるクラウディアだったが、それがフリーダに叩かれた方の手で、甲の部分が赤くなっていることに気づいてびっくりした。どうやら、爪が当たっていたらしく、赤くなっているだけでなく、ひっかき傷まであった。

確かに鈍い痛みはあったが、アルヴィンに声をかけられたことに意識がいっていて、クラウディアは叩かれたことをすっかり忘れていた。

「伝えておくから、後で手当てしてもらうといい」

アルヴィンは、言いながらさりげなく手を放す。取られた方の手を胸に抱きかかえながら、クラウディアは「はい」と頷いた。それを見届けて、今度こそアルヴィンは隣の侯爵家の令嬢に話しかけた。

その会話を聞きながら、クラウディアは心臓が飛び出しそうなほどの胸のドキドキを抑えようとしていた。

――お言葉をかけてもらっただけでなく、手を取ってもらえるなんて。まだ温かな感触が残っているわ。

距離が近くなった分、先ほどまでは遠目でしか見ることができなかった容姿もよく分かった。

やや癖のある黒髪は艶々していて、とても柔らかそうだった。すっと通った鼻筋、青紫色の瞳を縁どる長いまつ毛も、弧を描く口元も、クラウディアの目にはキラキラと光り輝いて見えた。

――ああ、本当に私、王子様とお話しできたのだわ……！

熱を帯びていく頬に手を当てて嬉しさを噛みしめる。

そんな自分を憎々しげに睨んでいる者の視線に、クラウディアはついぞ気づくことはなかった。

やがてすべてのテーブルを回り終えたアルヴィンは、公務の時間が差し迫っているからと、席を外すことになった。

「僕はここで失礼しますが、皆様は引き続きお茶会をお楽しみください」

にこやかな笑みを浮かべて挨拶をすると、アルヴィンは中庭を去っていった。

彼の後ろ姿が視界から消えるまでずっと視線で追っていたクラウディアの耳に、同じようにうっとりとした目で彼を見ていたフリーダの呟きが聞こえた。

「決めたわ。叔母様と陛下にお願いして、絶対にあの王太子殿下を私のものにする……！」

それは無理ではないだろうか、とクラウディアはフリーダに気づかれないようにため息を漏らした。

この国で王族の伴侶に選ばれるには最低でも侯爵家以上の家柄が必要だ。いくらフリーダの父親が宰相をしているといっても伯爵家では厳しいだろう。……もちろん、アルヴィンが望めば別だが。

だが、フリーダのような他人への礼儀を知らない令嬢を、あの思慮深いアルヴィンが選ぶとは思えなかった。

――これほど社交界の知識がなくて、この方、この先やっていけるのかしら？

呆れながらも心配していると、女官姿の女性がクラウディアの傍に来て小声で告げた。

「失礼いたします。クラウディア様、王太子殿下からお聞きしました。傷のお手当てをいたしますので、どうぞこちらへいらしてください」

「は、はい」

どうやらアルヴィンは忘れずに傷の手当ての手配をしてくれたようだ。クラウディアは心の中で感謝をしながら女官に先導されて中庭を抜けた。

建物に入ると、驚くことに、先ほど出て行ったはずのアルヴィンがそこにいた。彼はクラウディアの姿に気づくとにっこり笑って近づいてくる。

「クラウディア嬢」

「あ、アルヴィン殿下？」

「これから医務局まで行くのだろう？　案内するよ」

「え？」

「公務に戻る途中に医務局があるんだ。遠回りではないから気にしないで」

――私、夢を見ているのではないかしら？

現実なのかと確かめるために、クラウディアは自分の頬をつねりたくなった。もっとも、これが夢ではないということは頬をつねるまでもなく、フリーダに叩かれた箇所の鈍い痛みで明らかだったが。

「さぁ、行こう」

「は、はい」

ゆっくりと歩き出すアルヴィンの後に続きながら、クラウディアはバクバクと鳴り響く鼓動が彼に聞こえませんようにと祈った。

二人の後を、王太子付きの護衛兵たち、それにクラウディアを案内してくれた女官が続く。

「ところで、翅を閉じていたのにあれがグラファス・エイガだとよく分かったね。最大の特徴である青紫色の翅はよく知られていても、閉じてしまうとその色がまったく見えなくなるのを知っている者は案外少ないんだよ」

もしかしたらアルヴィンはそれが聞きたくてクラウディアを待っていたのかもしれない。

グラファス・エイガが国蝶であることを知っている者は多いが、翅以外の特徴や生態についてはよほど昆虫に興味がなければ気にとめない。それなのにクラウディアが詳しかったことに興味が湧いたのだろう。

「グ、グラファス・エイガのことは、兄のアーサーに教わったのです」

クラウディアはおずおずと答えた。

「あの、私、普段は領地にある屋敷に住んでいるのですが、敷地のすぐ外に林があって、春になり庭の花壇の花が咲くと、その林から色々な昆虫が蜜を吸いにやってくるんです」

クラウディアは兄のアーサーに連れられて、その林によく散歩に出かけていた。

「兄は昆虫や草花のことをとてもよく知っていて、私に色々教えてくれるのです。グラファス・エイガの翅が閉じると、特徴である青紫色がまったく見えなくなることも兄から聞きました」

「君の兄君のアーサーは確か今年から軍に入隊しているんだったよね？」

兄のことまで知っているのかとびっくりしながらも、クラウディアは頷いた。

「は、はい。そうです。今年から軍に入って城勤めをしています」

去年までアーサーもクラウディアと同じように領地の屋敷で生活していたのだが、父親のように近衛兵になるために、今年から軍に入隊して王都で生活をしている。

　社交シーズンは領地で留守番をしているクラウディアが、まだデビュー前にもかかわらず、今年両親と共に王都へやってきたのは、このお茶会に参加するためでもあったが、兄のアーサーに会いたいからでもあった。

「アーサーは確か僕と同じ十五歳だったよね？　侯爵家の嫡男なのに単身王都にやってきて軍に入るなんてすごいなと思ったんだ。僕に剣を教えてくれる近衛隊長も、アーサーには一目置いているみたいだよ」

「こ、光栄です。兄が聞いたらとても喜ぶと思います！」

　大好きな兄を褒められて、クラウディアは笑顔になった。その笑顔につられるようにアルヴィンの笑みも深くなる。

　クラウディアの心は舞い上がった。

「君はお兄さんのことが大好きなんだね」

「はい！　世界一のお兄様です！」

　元気すぎるクラウディアの返事に、アルヴィンはくすっと笑う。

「兄妹仲がいいのは、羨ましいね。僕と兄上は歳が離れているから、君たちのように兄弟で散歩したり遊んだりしたことはないんだ」

「あ……」

　先王の御代の晩年に生まれたアルヴィンと現国王オズワルドは二十ほど歳が離れていた。

これだけの年齢差になると生活リズムが異なり、ほとんど顔を合わせずに育ったのであろうことは想像に難くない。

なんと返答したらいいのか迷っていると、アルヴィンは苦笑を浮かべた。

「ああ、すまない。君を困らせるために言ったわけじゃないんだ。ただ微笑ましいと思ってね。僕に妹がいたら、きっと君の兄君のように可愛がっただろうな」

それからアルヴィンは、歩きながらクラウディアの家族のことや領地での生活について質問した。クラウディアはドキドキしながらも言葉を探して答えた。

……が、舞い上がっていたので、具体的に何を話したかよく覚えていない。ただ、アルヴィンの笑顔に促されるようにして、どれほど両親や兄が素晴らしいか、自分が領地での生活を楽しんでいるかを夢中で語ったような気がする。

周囲の者たちはそんな二人を微笑ましそうに見守っていた。

医務局の前でアルヴィンと別れ、女性の宮廷医に手当てをしてもらい、お茶会に戻った後も、クラウディアの高揚感はずっと続いていた。

だから、クラウディアの存在を無視しているようなフリーダの態度もまったく気にならなかった。むしろ彼女のおかげで、お茶会の後半は他の令嬢たちとも会話ができるようになったくらいだ。令嬢たちはクラウディアの傷を心配し、国蝶を守ったことを称えてくれた。

そのうちの何人かは友だちになれそうだった。クラウディアの、人生初めてのお茶会は終わってみれば期待通りの結果になった。

「そうか、王太子殿下とお会いできたか。素晴らしい方だっただろう？」

　お茶会が行われた夜、クラウディアは王都にあるローヴァイン侯爵家のタウンハウスで家族と共に過ごしていた。

　兄は軍に所属しているので、帰宅時間はまちまち。父は議会のための会合や知り合いの貴族の夜会などに出かけていることが多く、家族みんなでこうして夕食を取るのも久しぶりだった。

「はい。とても素敵な方でした。フリーダ様が、ご自分が叩き落とそうとした虫がグラファス・エイガだということをまったく信じてくれなくて困っていたところを、王太子殿下が翅を見せて説明してくださったの。叩かれた手を治療するように手配もしてくださったのよ」

　クラウディアが国蝶の一件を報告すると、父と兄の口から零れたのはまずアルヴィンを称える言葉だった。

「あの方は僕と同い年とは思えないほど思慮深く、できた方だからね。陛下の分も公務を引き受けて年々忙しくなっておられるのに、文句一つ言わずにこなしていらっしゃる。本当に頭が下がるよ」

しみじみとした口調で兄は言った。

兄はクラウディアと同じく淡い金髪に空色の瞳を持つ少年だ。幼い頃から剣の修行をしていただけあって、体格は父親に似てがっしりしているが、顔立ちは母親似で非常に繊細な造りをしている。クラウディアも母親似なので、二人が並ぶと兄妹だということが一目で分かるそうだ。

クラウディアは、この優しい兄のことが大好きだった。

「殿下もお兄様のことを褒めていらしたわ。同じ歳なのに、軍に入って頑張っていてすごいって」

「本当かい？」

「ええ、もちろん」

アーサーはパッと顔を輝かせた。尊敬するアルヴィンに名前を覚えられていると知って嬉しそうだ。

父親は訳知り顔で頷いた。

「王太子殿下は亡き先王陛下とよく似ていらっしゃる。あの方も周囲への気配りを忘れなかった。仕える者の名前を覚えるのは王として当然だと仰って、臣下はおろか、下っ端の役人の名前まで記憶していた。陛下に名前を覚えてもらえるのはとてつもなく栄誉なことだから、皆があの方のために張り切って働いていたものだ。だが、今の陛下は……」

そこまで呟いたが、子どもたちの前で国王の愚痴を言うのは憚（はばか）られたのか、慌てて口を囀んだ。

「いや、せっかくの家族の団らんだ。野暮な話はやめよう。王妃陛下と王太子殿下は素晴らしい方々だし、幸い、エドワード王子もとても賢くていらっしゃるからな」

エドワード王子は国王と王妃の間に生まれた、今年五歳になる王子だ。

先王が亡くなり、現国王が王位についた時にはまだ生まれていなかったので、王弟であるアルヴィンが、暫定的に王太子の座についた。

本来であればエドワードが生まれて王位継承順位が入れ替わった時点でアルヴィンは王太子でなくなるはずであったが、王子がある程度の年齢になるまではと重臣たちに請われてその座に留まっている。

貴族の中には実績のあるアルヴィンをこのまま国王に、という意見もあったが、その可能性はアルヴィン本人が否定した。自分はあくまで暫定的な王太子であって、エドワード王子が公務を担える年齢になったら退くつもりであるとも公言している。

「それにしても、マディソン伯爵のご令嬢にも困ったものね。王妃様主催のお茶会で騒動を起こしたあげくに、あなたにこんな傷を負わせるなんて」

母親がクラウディアの右手に巻かれた包帯を痛ましそうに見つめる。それほど大げさな傷ではないのだが、診てくれた医者が念のためにとひっかき傷を消毒した後、包帯を巻いたのだ。

「夫人たちのお茶会でも話題に上ったことがあるのだけれど、マディソン伯爵令嬢はとても我儘で横柄な性格をしているらしいわね。どうも母親を早くに亡くしているからと、父親にだいぶ甘やかされて育てられたようなの。礼儀もきちんと教えられていないのではないかしら？　知り合いの伯爵夫人が、自分の子と歳の近い近所の子息子女を招いてお茶会をしたことがあったそうだけど、その時の彼女の態度があまりに酷かったようで、彼女はもう二度とあの令嬢は招かないと仰っていたわ」

「確かに、今日のような態度を取っていたのなら、そう思うのも無理はないかも。王妃様はもちろん、王太子殿下と挨拶される時だって……」

クラウディアのテーブルにいる令嬢たちの中で、最後に声をかけられたのは、フリーダだった。フリーダはそのことを酷く不満そうにしていたが、宰相をしているとはいえ元々マディソン家の序列は伯爵家の中でも低い方だ。当然の順番だった。

『マディソン伯爵家のご令嬢ですね。お父上にはいつも陛下の補佐をしていただいて――』

他の令嬢たちと同じようにアルヴィンに声をかけられたフリーダは、その直後とんでもない行動に出た。アルヴィンの発言が終わらないうちに言葉を発したのだ。

『アルヴィン殿下！　私、叔母様に招かれてよく離宮に来るんです。でも、離宮では一度も殿下にお会いしたことはないし、叔母様からも訪れたことはないと聞きました。今度離宮にいらっしゃいませんか？　叔母様は殿下がいらっしゃるのは大歓迎だと言っています！』

王太子の言葉を遮っただけでなく、話の内容も問題だった。王妃の主催するお茶会の席で、側室の住む離宮に王太子を招待すると言い放ったのだ。当然、その場は凍りついた。クラウディアもなんてことを言っているのかと唖然としていた。

「なんて無礼な！　親が親なら娘も娘だな！」

憤慨したようにクラウディアの父親が叫んだ。

「それで、殿下はなんとお答えしたんだい？」

アーサーが先を促す。クラウディアは微笑んだ。

「殿下は一言『機会があれば』と返したの」

「なるほど、承諾でも拒否でもない答えを返したんだね。さすが殿下。上手な返しだ」

フリーダはアルヴィンが承諾したものと思い込んでとても喜んでいたが、おそらく正式に招待されても公務を理由に断るだろう。

力関係から言えば、王妃の実家ザール公爵家の方が圧倒的に強いし、王家ともきわめて近い親類同士だ。そのためアルヴィンも、側室や側室の実家であるマディソン伯爵家とは距離を置いている。招待を受けるわけがないのだ。

王妃と側室はたいてい仲が悪いものだが、それはこのグラファス国でも同じだ。王妃は側室を無視しているし、国王と側室の間に生まれた今年二歳になる女児を王女として認めていない。

一方、国王は側室に夢中で、彼女の住む離宮に入りびたり、王妃とは公務の時以外言葉を交わすこともなくなっている。

ここまで聞けば、王妃がないがしろにされているのではと思えるが、実際は違う。実家のザール公爵は先代国王の弟であり、先王と共に国を立て直したことで貴族や国民から圧倒的に支持されている。それに、側室にかまけて公務をないがしろにする国王に代わって王宮内を取り仕切っているのは王妃だった。

「伯爵家の令嬢が王太子殿下を自分の持ち物でもない離宮に誘うとはどういうつもりだ。マディソン伯爵家の娘が陛下の側室になってから碌(ろく)でもないことばかり起こるな」

苛立たしげに父親は吐き捨てた。

父親はあまりマディソン伯爵が好きではない。いや、父親だけでなく議会に出席する貴族たちは皆眉を顰(ひそ)めている。

そもそもこの国は貴族も平民も一夫一婦制だ。国王だけは王家の血統を守るために二人まで側室を持てることになっているが、それも条件付きだ。王妃が結婚後五年過ぎても後継ぎを産めない場合のみ許可される。

ところが、国王はお忍びで行った夜会でマディソン伯爵の妹ティティスを見初めて一夜を共にし、子どもができたからという理由で彼女を側室に据えてしまったのだ。この時、王妃はすでに次期国王となるエドワード王子を産んでおり、側室とするのに必要な条件が揃っていなかったにもかかわらずだ。

ザール公爵も教会も、そして大半の貴族も側室にすることに異を唱えたが、国王は強行しようとしてかなりの騒動になった。

結局、議会が間に入り、マディソン伯爵の妹を側室と認める代わりに、生まれてきた子どもに王位継承権は与えないなど、他にも細やかな条件を国王に承諾させて決着した。

……だが、あれから三年近く経ち、その決定を後悔している議員も多い。父もその中の一人だ。

「議会の反対を押し切ってマディソン伯爵を宰相にしたあげく、国政を混乱させ続けている。国民も王家に不信感を抱き始めているというのに、陛下は一体何をお考えなのか」

父の嘆きももっともだった。

この国は立憲君主制で、議会が大きな力を持っている。かつては国王や一部の大臣が国を動かしていたが、先王の時代に、議員権を持つ貴族や、選ばれた一部の庶民が議会で話し合って大事なことを決定するように法律を変えた。

ただし、議会制になったとしても、国王の役割がなくなったわけではない。議会は国王の意見を尊重し、国王もまた議会の意見を尊重して、国策に反映させていく。先王の時代は議会と国王の関係はとても良好だった。

それが崩れたのは、先王の長子であるオズワルドが国王になってからだ。

二年前、先王の代から宰相を務めていた侯爵家の当主が老いと病気を理由に役職を退き、爵位も息子に譲って隠居した。議会は宰相の後任を、長年宰相府で父親の補佐を務めてきた息子に引き継いでもらうことに決定し、すでにその手続きに入っていた。ところが国王はマディソン伯爵を勝手に宰相に任命してしまったのだ。

マディソン伯爵は今まで一度も役職についたことがなく、政治経験もまったくない人物だった。そのような者を宰相にするわけにはいかないと議会はマディソン伯爵の就任を認めなかった。

ところが国王には決裁権が与えられているため、彼は議会の決定を棄却して強引にマディソン伯爵を宰相にしてしまった。

それは前代未聞のことだった。先王は議会が取り決めたことを尊重し、一度もこの決裁権を行使したことがなかったというのに。それを、国王オズワルドはマディソン伯爵を宰相にするために行使したのだ。

それ以来、議会は国王および宰相と何かと対立することが増えた。

そのほとんどの原因が宰相となったマディソン伯爵だ。議会の承認を得ていないのに勝手に政策を変え、現場を混乱させるマディソン伯爵への不満が、王宮のあちこちから議会に寄せられた。議会は何度もそのことを問題視し、マディソン伯爵の罷免を決議するが、国王によって棄却されるということが繰り返された。

議会は国王と宰相への不信感を募らせ、国王と宰相の方は議会を疎ましく思い、ないがしろにする。その悪循環に陥っていた。

「マディソン伯爵を陛下から引き離すことができれば、陛下も目を覚まされるはずなのだが……」

父は眉間に皺を寄せてしばらく思案していたが、突然何事かを決意したように顔を上げた。

「私は今度の議会でもう一度宰相の罷免を提案しようと思っている。決議しても陛下は承認しないだろうが、我々貴族の大部分がマディソン伯爵を未だに宰相として認めていないことを何度でも陛下に示すことは大事だからな」

「危険はないのですか？」

心配そうに母が尋ねると、父は安心させるように微笑んだ。

「心配はいらない。もちろんザール公爵にも相談するし、同じ思いでいる貴族たちと連名で提案をするつもりだから」

「それならいいのですが……」

「父上、母上。難しい政治の話はそこまでにしてください。さっき野暮な話はやめようと言ったばかりではないですか」

両親の会話に割り込んだのはアーサーだった。

「今は初めて王宮に招かれたディアのお祝いの席ですよ。アルヴィン殿下と会って話ができたディアの喜びに水を差さないでください」

咎めるような息子の口調に父は一瞬だけ目を丸くしたが、娘の前でする話題ではないと気づいたのだろう、苦笑を浮かべながら頷いた。

「そうだな。アーサーの言うとおりだ。愚痴など聞かせて悪かったな」

クラウディアはすかさず言った。

「いいえ、お父様。私は政治のことはよく分からないけれど、お父様が大変な思いをしているのは分かります。この国のために頑張っていることも」

それから少し考えてクラウディアは付け加えた。

「大丈夫です。お父様。マディソン伯爵に宰相としての能力がなかったとしても、王妃様やアルヴィン殿下がいる限りそれほど酷いことにはならないと思うの」

娘の言葉に父は破顔した。

「そうだな。ザール公爵も健在だし、王妃陛下と王太子殿下もいらっしゃるし、よほどのことがない限り国が傾くことはないだろう」

話題を変えるように母が明るい声でクラウディアに言った。

「そういえば、先日お会いしたストーンズ侯爵夫人から、ダンスの講師を紹介していただくことになったのよ。今年社交界デビューしたストーンズ侯爵のご令嬢にダンスを教えていたとても評判のいい講師なのですって。ディアもそろそろダンスの練習を始めないといけないと思っていたから、ちょうどよかったわ」

「ディアの社交界デビューまでまだ四年もあるじゃないか。ダンスを習うのはちょっと早くないか？」

「まぁ、あなた。まだ四年ではなくて、もう四年しかないのですよ。遅いくらいですわ。ストーンズ侯爵のご令嬢は十歳からダンスの練習を始めていたそうですもの」

「十歳だって!?」

両親の会話を聞きながらクラウディアは「ダンスか……」と、独り言つ。

この国の貴族令嬢は、十六歳になると、王宮のデビュタントホールで行われる特別な舞踏会に招かれる。社交界シーズンの始まりに、年に一度だけ行われるその舞踏会に参加することで、社交界デビューをしたとみなされ、夜会や舞踏会などに参加できる資格を得るのだ。

――大勢の貴族が見物に来るというその社交界デビューの場で下手なダンスをすれば将来に響いてしまうので、みんな必死になってダンスを習うと聞くわ。私だって絶対に失敗したくない。

「ディア。デビュタントのための舞踏会には、男性の王族の誰かが必ず出席するらしいよ。今年は陛下の代行でアルヴィン殿下が出られたと聞いている。きっとディアの社交界デビューの時もアルヴィン殿下が出席するんじゃないかな。エドワード殿下では年齢的にまだ早いから」

アーサーはクラウディアに片目をつぶってみせた。

「つまり、もしかしたら、ディアだってアルヴィン殿下と踊るチャンスがあるかもしれないってこと」

「あっ……」

その可能性に気づいていなかったクラウディアは目を丸くする。

――そうよ。そうだったわ。お会いできる機会はもうそうそうないと思っていたけれど、社交界デビューの場でまたお会いできるかもしれない。

もちろん公爵令嬢ならともかく、序列の低い侯爵家の令嬢では王太子と踊れる可能性は低いだろう。それでも――。

「お兄様、お父様、お母様！　私、ダンスの練習、頑張ります！」

突然大きな声で宣言したクラウディアに、両親は一瞬だけ目を見張り、すぐに破顔した。

……もっとも、父親はどこか苦笑めいた笑みだったが。

「ははは、そうか。頑張れ、ディア」

「ふふ、さっそくストーンズ侯爵夫人にダンス講師の紹介をお願いしましょうね」

「ディアならきっとすぐに覚えられるよ」

「はい！」

家族の言葉にクラウディアは満面に笑みを浮かべて頷いた。


波乱のお茶会から一週間後、ローヴァイン侯爵家のタウンハウスに、怪我をさせてしまったことへの王妃からのお詫びの手紙と、アルヴィン王太子からクラウディア宛ての贈り物が届いた。

『蝶の思い出に。いつかまたお会いしましょう』

直筆だと思われるメッセージと共に豪奢なベルベットの箱に入れられていたのは、グラファス・エイガを象った髪飾りだった。銀で作られていて、翅の部分には貴重なタンザナイトがちりばめられている。髪飾りとしてそれほど大きいサイズではないが、かなり値が張るものであるのは明らかだった。

――グラファス・エイガを守って負った傷だから、責任を感じてお詫びとして贈ってくださったのだと思うけれど……どうしよう。すごく嬉しい。

「なんて素晴らしい品でしょう！」

「うーん、お詫びの品としては高価すぎるような……」

両親のそれぞれ異なる反応を尻目に、兄のアーサーは蝶の髪飾りを手に喜ぶクラウディアの頭を撫でながら言った。

「よかったな、ディア。大切にするんだぞ」

「はい、宝物にします！」

淡い想いを抱いた「王子様」から蝶の髪飾りを贈られたその日は、ローヴァイン侯爵令嬢クラウディアにとって人生最高の日だった。

礼儀作法にはやや厳しいが優しい母と、娘にとことん甘い父、いつだってクラウディアの味方だった兄。

いつかアルヴィン王太子と再会できることを願いながら、大切で大好きな家族と共に過ごす日々。

十二歳のクラウディアは、こんな日がこの先もずっと続くのだと思っていた――。

クラウディアの幸せのすべてが崩れたのは、蝶の髪飾りが贈られて二か月後の、社交界シーズンも終わりに近づいた頃のことだった。

そろそろ領地への帰還を考え始めていたローヴァイン侯爵家のタウンハウスは、突然大勢の兵士に囲まれた。父親に国家機密漏えいの嫌疑がかかったのだ。

半年ほど前、グラファス国の重要な情報が相手国に漏れ、隣国との関税交渉の場で不利な条約を結ばされるという問題が起こっていた。

『その情報を隣国の貴族に売ったのが私だと!?　神に誓ってそのようなことはしていない！』

もちろん父は容疑を否認した。

だが、外務府に役人として勤めていた父の弟の嫡男――クラウディアの従兄にあたる人物が、父親に頼まれて情報を盗んで渡したと上司に告白した後、自害したのだという。

そんなことはありえない、とクラウディアは思った。

クラウディアの従兄はとても真面目な性格で、たとえ一族の長であるローヴァイン侯爵（父親）に頼まれたとしても、機密は漏らさないだろう。

だが、亡くなった従兄の証言の他に、情報を買ったとされる隣国の貴族と父の仲介をしたという男の証言や、その他の物的証拠が出てきたということで、父は取り調べのために王宮に連行されることになったのだ。

「大丈夫。これは何かの間違いだ。すぐに私の無実は明らかになる。心配するな」

そう言い残して、父は軍に連れて行かれた。聞けば、王宮に勤めている兄のアーサーや、財務府の役人として働いている叔父、まだ十歳になったばかりの従弟、それに亡き祖父の弟に当たる大叔父も取り調べのために連行されたのだという。

クラウディアと母親は連行されなかったものの、証拠隠滅をさせないようにと、屋敷の一室に軟禁された。

「ディア。ほんの少しの辛抱よ。お父様の無実が分かればすぐに元の生活に戻れますからね」

「お母様、私は大丈夫。だってお父様は悪いことなどしていないんですもの。すぐに釈放されるわ」

母娘は互いを励まし合いながら、父や一族のみんなが釈放されるのを待った。

――お父様が国を裏切るなんてありえない。だって。お父様は誰よりもこの国に忠誠を誓っているのだから。

きちんと調べればすぐに父の無実が証明されると、クラウディアは疑っていなかった。

けれど――。

父が王宮に連行されて五日目の午後。アーサーの上官であり、父親とは近衛隊で同僚だったローウェン中将が悲痛な表情で屋敷に現れ、二人に告げた。

「今朝、ローヴァイン侯爵以下、あなた方以外の、情報漏えいに関わった全員の処刑が執行された」と。

「処、刑……？」

クラウディアは自分の耳が信じられなかった。

──処刑された？　お父様やお兄様たちが……？

母が震え声で、縋るように尋ねる。

「お、お待ちください。裁判は？　刑は裁判が行われて確定され、それから執行されるはず。こんな短期間で刑が決まるはずが……」

「裁判は行われていないのです。陛下が大変激怒されて『裁判など必要ない。国を裏切った売国奴はすぐに処刑せよ』と仰ったからです。王妃様も王太子殿下も必死にお止めしたのですが、陛下は耳を貸さずに近衛兵に命じて処刑を断行してしまい……」

その声には哀しみと無念さが滲み出ていた。

「せめて、これだけは家族のもとへ返してあげたいと思い、私がお持ちしました」

ローウェン中将は懐から二つの小さなガラスの箱を取り出し、クラウディアたちに差し出した。

「これ、は……」

ガラスの箱の中に入っていたのは、切り取られたひと房の髪の毛だった。片方は濃い金髪で、もう片方は淡い金の髪が入っている。

クラウディアはその色の髪に見覚えがあった。小さい頃、肩車をしてもらった時にぎゅっと握りしめたやや癖のある濃い金髪。そして自分とそっくり同じ色の、まっすぐに伸びた淡い金色の髪——父と兄の、髪。

震える手でガラスの箱を受け取ったクラウディアは呆然とそれを見下ろす。

——それでは、本当に？　本当にお父様や、お兄様は……。

「あああ、いやぁ！　あなたぁ！　アーサー！」

母の慟哭が響く中、クラウディアは受け入れられない現実に、ただただ立ちつくした。

——ああ、嘘よ、嘘、嘘。お父様やお兄様がもうこの世にいないなんて、嘘よ……！

信じられなかった。信じたくなかった。これは悪夢に違いない。すぐに目が覚めて、笑顔の父と兄に会えるはずだと思った。思いたかった。

……けれど、それは紛れもない現実だった。

裁判にかけられることもなく、父もアーサーも、叔父も、大叔父も、全員が、罪人として処刑された。まだたった十歳だった従弟までも。

正直に言えば父と兄の死を知らされた後の数日のことを、クラウディアはよく覚えていない。ただ、泣き続けて、ずっと叫んでいたのをうすぼんやりと覚えているだけだ。

——どうして？　どうして？　どうして!?

なぜ父が、アーサーが、まだ小さかった従弟までが命を奪われなければならなかったのだろう。

　裁判できちんと調べてもらえば、冤罪だということを証明できたはずだ。少なくとも、裁判の場で、父は自分の無実を訴えることができた。出てきた証拠や証言に反論し、否定できたはずなのだ。

　けれどその機会すら与えられなかった。公の場で無実を叫ぶこともできず、父は売国奴の汚名を着せられたまま罪人として葬られてしまった。

　処刑された父親たちの遺体はどうなったのか。罪人としてその場に打ち捨てられてしまったのか。

　そう考えると、悲しみと怒りで胸が苦しく、息もできないくらいだった。

　——どうして、どうして！

　今は平民だって裁判を受けることができるのに、なぜ父の時は当然の権利を行使できないまま命を奪われたのか。

　いくら考えてもその答えは出なかった。

　もはやクラウディアたちにはどうすることもできない流れで、ローヴァイン侯爵家の取り潰しが決まった。爵位や領地、それに屋敷も財産も国に没収された。先祖代々伝わってきた家宝も、母が結婚した時に実家から贈られた宝石さえも、何一つ手元に残すことはできなかった。クラウディアたちに残されたのは父とアーサーの遺髪だけ。

　すべてを失い、罪人の家族になった母娘は辺境の地にある王家ゆかりのヘインズ修道院に預けられることになった。

すでに自分たちのものではなくなった王都のタウンハウスからひっそりと護送された日のことを、クラウディアは一生忘れることはできないだろう。

朝もやの中、遠くなっていく王宮や、王都をぐるりと囲む壁を馬車の窓から見つめながら、父と兄の無念に唇を噛みしめる。

滲む涙を振り払い、憔悴しきった母の手をぎゅっと握りしめた。

「お母様、私がおります。お父様とお兄様の代わりにお母様を守りますから」

どんなに辛くて惨めでも、独りではない。残されたたった一人の家族である母を支えて生きていく。そう決心していた。

……けれど、現実は残酷だった。

ようやく到着したヘインズ修道院に入って一か月も経たないうちに、母は風邪をこじらせてあっけなく逝ってしまった。

何日も軟禁された状態で過ごした上に、粗末な馬車に五日間も揺られたのだ。元々身体があまり丈夫ではなかった母はあっという間に衰弱した。

――いいえ。身体が弱っていただけじゃない。きっとお母様には生きる気力がもうなかったのだわ。

夫と息子を亡くし、生きていても仕方がないと思ったのかもしれない。けれど、クラウディアのことだけは、最期まで心配していた。

『ディア。あなたを残して逝かなければならないなんて。ごめんなさい。弱いお母様を許して』

高熱を出し、苦しい息の中、己の死を悟った母は涙を流しながら言った。

『愛しているわ、ディア。私に残された、たった一つの宝物。最後の、希望。……あなただけは、生きて。決して自ら命を絶ったりしないで。いつか、必ずお父様たちの無実は明らかになる、から。あなたは生きて、それを見届けて……』

『お母様、いや！　私を置いて行かないで……！　お父様、お兄様！　お願い、お母様を連れて行かないで！』

願いも虚しく、それから間もなく、母は息を引き取った。最期に父とアーサーの名前を呟いて。

クラウディアはたった独り、取り残されたのだ。

——……ああ、神様はなんて理不尽なの。

できれば後を追って死んでしまいたかった。家族のもとへ逝きたかった。そうすればこの苦しみと悲しみから解放される。

けれど、死ぬことはできなかった。それが母の最期の願いだったから。

涙が涸れるまで泣いて、泣いて——クラウディアは生き抜くことを決めた。

どうしても拭い切れない死への誘惑を断ち切れたのは、怒りと憎しみの感情のおかげだった。

父を陥れた名も知らぬ相手が憎かった。よく調べもせずに父や兄たちを処刑した国王が許せなかった。

きっとクラウディアがここで死んでも彼らは痛くも痒くもないだろう。もしかしたら父を陥れた人物は、ローヴァイン侯爵家最後の生き残りであるクラウディアが死んで喜ぶかもしれない。

そう考えると死ぬわけにはいかなかった。

――お母様。いつかお父様の無実が証明されるまで、私は死にません。絶対に。

母親は修道院の共同墓地に埋葬された。いつか、父や兄たちの遺体を探し、母親の亡骸と一緒に領地にあるローヴァイン一族が眠る墓地に移してゆっくり眠らせてあげたい。そんな思いもまたクラウディアを支えた。

幸いなことに、ヘインズ修道院の皆は優しかった。母親を亡くしたクラウディアにそっと寄り添い、慰めてくれた。貴族の令嬢らしく一人では何もできなかったクラウディアに修道院での生活に必要な知識を根気よく教えてくれた。

罪人の娘だと忌避する者は誰もいなかった。

きっとそれは修道院の院長であるマリアのおかげだろう。

ヘインズ修道院に到着したクラウディアたち母娘を迎えたマリア修道院長は、はじめにこう言った。

『この修道院の中では貴族も平民もありません。皆平等で対等です。ですからあなた方を特別扱いはしません。皆と同じように扱いますので、そのつもりでいてください』

それはつまり罪人扱いもしないということでもある。クラウディアたちは自らの意思で修道院の門を叩いた女性たちと同じように修道女見習いとして神に仕えることとなった。「ディア」と名乗るようになったのもこの時からだ。クラウディアという名前は貴族の女性に多く使われる名前だが、平民にはあまり一般的ではないと知り、愛称だった「ディア」を使うことにしたのだ。

周囲の修道女たちに支えられ、身を寄せ合って生活をしていくうちに、クラウディアの哀しみは少しずつ癒えていった。

もちろん、あれから六年経った今も家族を失ったことは辛くて悲しくて、夜にベッドの中で声を殺して泣くこともある。クラウディアたちの幸せを奪った犯人が許せなくて怨嗟の言葉を封じるために唇を噛みしめたことなんて数えきれないくらいだ。

けれど、修道女見習いとして神に仕える日々を送るうちに、胸をひりつかせるほどの激しい憎しみはいつの間にか薄れていった。

そういう感情が消えてなくなったわけではない。だが、静かで単調な日々の中、怒りや憎しみを持ち続けていくことは難しかった。

……いや、本当はきっと憎しみよりも諦めの気持ちが勝ってしまったのだ。

いつか必ず父親の無実は明らかになる。そう信じているけれど、一年経ち、二年経ち、三年、四年が経過していくうちに、そんな日はもしかして来ないのかもしれないと考えるようになった。

ローヴァイン侯爵家があったことすら忘れ去られて、クラウディアはこの修道院でひっそりと息を引き取る。そんな未来しかないのではないかと。

――それでも私は微かな希望に縋ってここで生きていくしか道はない。

「グラファス・エイガ、もう行ってしまったわね」

名残惜しそうなシスターの声に、クラウディアは我に返った。

「そ……う、ですね。……私たちもそろそろ戻りましょう、シスター・グレイス。風がますます強くなってきていますから」

青紫の蝶によって引きずり出された過去を涙と共に振り払い、クラウディアはわざと明るい口調で言った。

「摘んだアイリスも、新鮮なうちに領主様のところへお届けしないといけませんし」

「そうね。まだ作業が残っているものね。戻りましょう、ディア」

「はい」

青紫色の花でいっぱいになった籠を手に、歩き出したシスターの後に続く。

修道院に来たばかりの頃はアルヴィンの瞳を思い出させるアイリスの青紫色を見るのが辛かった。けれど、いつしか慣れて、アイリスを見ても胸が痛むことはなくなった。

――でも、蝶はだめね。どうしてもあの日のことを思い出してしまう。

クラウディアが一番幸せを感じたあの日のことを。初恋の王子様のことを。贈られた蝶の髪飾りのことを。

髪飾りはもうクラウディアの手元にはない。修道院に送られる時に何も持ち出すことができず、ローヴァイン家のタウンハウスに置き去りになった。

土地も屋敷も財産も国に没収されたので、髪飾りもおそらくそうなったのだろう。今は誰か別の女性の持ち物になっているかもしれない。

——けれど、持ち出せなくてよかったのかもしれない。もう手の届かない方のよすがを持っていても、きっと辛いだけだったでしょうから。

王都から遠く離れた辺境の修道院に、王都で起きた出来事や王家の話が伝わってくることはほとんどない。ただシスターの何人かは時々街に買い出しに行ったり、祭りの時に請われて讃美歌(さんびか)を披露することもあり、その時に聞いた噂話を教えてくれることもあった。

一年半ほど前、街から戻ってきたシスターが仲間に話しているのを、偶然クラウディアは聞いてしまった。

『街では王太子殿下が婚約したという話で持ちきりだったわ』

『まぁ、おめでたいわね。お相手はどなたなの？』

『なんでも宰相を務めている伯爵家のご令嬢だとか』

——宰相を務めている伯爵家のご令嬢？　フリーダ様？　……ああ、ではあの時呟かれていたとおりになったということね……。

いつかはと覚悟はしていたけれど、相手がフリーダだったことに、クラウディアは自分でも信じられないほど衝撃を受けた。

もちろん、クラウディアは自分があのまま貴族令嬢でいてもアルヴィンと結婚できたとは思っていない。初恋の相手だったけれど、身は弁えている。きっとどこかの公爵家か力のある侯爵家の令嬢が嫁ぐことになるだろうと考えていた。

――でも、フリーダ様とだなんて……！

失望が胸に広がる。

――グラファス・エイガは幸運を呼ぶという。結局、その幸運を呼び寄せたのはフリーダ様だったということなのね。

アルヴィンから蝶の髪飾りを贈られた時は、自分のもとへ幸運が運ばれたのだと思っていた。けれど、そうではなかったのだ。

――……それももう過去の話だわ。私には関係のない話よ。

クラウディアはぐっと唇を噛みしめながら、これ以上聞きたくないと、噂話に興じるシスターたちから遠ざかった。

それ以降、クラウディアはシスターが街から仕入れてくる話を意図的に聞かないようにしていたため、アルヴィンとフリーダがどうなったのかは知らないままだ。

――あれから一年半も経つもの。もう結婚しているかもしれないわ。

二人の婚約の噂を聞いてからしばらくして、予定通り、アルヴィンが王太子の座を退き、エドワード王子に譲ったことを知った。その後、王太子でなくなった彼の動向まで辺境の地に届くことはなかった。

シスターの後ろを歩きながら、自分に言い聞かせるように、クラウディアは小さな声で呟いた。

「……私には、もう関係のない話だわ」

その小さな囁きを、籠の中の青紫色の花だけが聞いていた。

第2章　冤罪

アイリスの花が咲く季節もそろそろ終わりを迎えようとしていた。

午後の礼拝を終えたクラウディアは部屋に一度戻ろうとしているところを、シスター・グレイスに呼びとめられた。院長室に客が来ていると言われたのだ。

――お客様？　この六年間で、こんなことは一度もなかったのに……？

クラウディアは怪訝に思いながらも足早に院長室へ向かった。

「ああ、来ましたね、ディア」

院長室でクラウディアを迎えたのは、いつもと変わらない穏やかな微笑みをたたえたマリア修道院長と、見知らぬ中年男性だった。

「クラウディア様」

男性はソファから立ち上がり、クラウディアに丁寧な口調で話しかけてきた。

「お初にお目にかかります。私は宰相府で宰相補佐官を務めているクレスト・バーンズと申します。この度は宰相リード・グレイシェルの代理として参りました」

「え……？」

クラウディアは目を丸くした。宰相の代理がクラウディアを訪ねてこんな辺境の修道院にやってきたこともそうだが、それよりも別のことに驚いていた。

──聞き間違いかしら？　宰相はフリーダ様のお父様だったはずなのに。

「あの……。宰相はマディソン伯爵ではないのですか？」

おずおずと尋ねると、バーンズ卿は驚いたようにマリア修道院長を振り返った。マリア修道院長の皺だらけの顔に苦笑が浮かぶ。

「ご存じのとおり、この修道院は街から離れた場所にありますから、世俗の情報はほとんど入ってこないのです。彼女はこのところ王都で起こっていたことを何も知りません」

「そうですか。どうりで……それでは一からご説明する必要がありますね」

納得したように頷くと、バーンズ卿はクラウディアに向き直って告げた。

「ユリウス・マディソンは失脚しました。私は新しく宰相となったリード・グレイシェル侯爵の補佐官です」

「失脚……」

その瞬間思ったのは、フリーダとアルヴィンのことだった。マディソン伯爵が失脚したとすれば、婚約していた二人はどうなったのだろうか、と。

けれどすぐに、新しい宰相の名前に聞き覚えがあることを思い出し、その疑問を頭の中から振り払う。

「新しい宰相はもしや、先の宰相だったグレイシェル侯爵の……？」

マディソン伯爵の前に宰相をしていたのがグレイシェル侯爵だった。本来なら、隠居した彼の後を継いで新しいグレイシェル侯爵となった息子が宰相に任命されるはずだったところを、国王が強引にマディソン伯爵を宰相にしてしまったのだ。

バーンズ卿は顔を綻ばせる。

「はい。先の宰相の時代、副宰相としてお父上を補佐しておられたリード様が議会の承認を得て、新しい宰相となりました」

「そうですか。よかった……」

マディソン伯爵が宰相になったことを憂慮していた父親がこの話を聞けばどれほど喜んだことだろう。

「ディア。バーンズ卿が訪ねてきたのはマディソン伯爵の失脚と無関係ではないの」

マリア修道院長はソファから立ち上がると、クラウディアの傍に立った。

「これからバーンズ卿が語ることは、あなたにとっては、苦しみを思い出させるものになるかもしれません。いくら正そうと、失われた命は返ってきませんから」

「マリア院長様？」

慈悲深い微笑を浮かべると、マリア修道院長は励ますようにクラウディアの肩に手を置いた。

「でも、私はあなたがそれを乗り越えて新しい一歩を踏み出せると信じています。私はしばらく席を外しますから、バーンズ卿のお話を聞いて今度どうするかよく考えるのですよ」

そう言い残して、マリア修道院長は部屋を出て行った。バーンズ卿は先ほどまでマリア修道院長が腰掛けていた向かいのソファを示した。

「クラウディア様、どうぞお座りください」

「は、はい。それでは失礼します」

言われるがまま、クラウディアはソファに腰を下ろす。何の話が始まるのかと不安を隠せないクラウディアに、バーンズ卿は微笑んだ。

「大丈夫です。悪いことではないと私が保証しましょう。けれど、きっと驚かれるとは思います」

その後、バーンズ卿の口から語られたのは、彼の言うとおり驚くべきことだった。

「——お父様たちの無実が証明された？」

クラウディアは目を大きく見開く。今耳にしたことが信じられなかった。

バーンズ卿は頷いた。

「はい。そのとおりです。半年前にとある貴族が捕まりました。役人の買収、脅迫、他国との共謀(きょうぼう)、殺人教唆、それだけでなく、犯罪組織と手を組んで人身売買にまで手を染めていました。その貴族の犯した罪を調べていくうちに、あなたのお父上であるローヴァイン侯爵が冤罪だったとされる証拠も出てきたのです。機密情報を隣国に売り渡したのは、捕まったその貴族でした。あなたのお父上はその男に罪をなすりつけられただけだったのです」

「……」

クラウディアは、スカートに置いた手をぎゅっと握りしめた。

――やっぱり、お父様は無実だったのよ。お母様がいつか明らかになると仰っていたのは正しかったんだわ。

「裁判でローヴァイン侯爵が冤罪だったことが認められ、お父上とあなたの一族の名誉は回復しました。国に没収された爵位も領地も財産もすべて戻ってきます。議会はすでにその手続きに入っております」

そこで一度言葉を止めると、バーンズ卿はクラウディアを見て言った。

「もうあなたは『罪人の娘』などではありません。ローヴァイン侯爵のご令嬢、クラウディア様。六年間の長きにわたり、このような場所に閉じ込め続け、要らぬ苦しみを与えてしまったことを、議会を代表してお詫び申し上げます」

ソファから立ち上がると、バーンズ卿はクラウディアに向かって頭を下げた。仰天したのはクラウディアの方だ。地位もあり、歳も離れているバーンズ卿がクラウディアに頭を下げたのだから。

「そんな……あなたが頭を下げる必要はありません。顔を上げてください、バーンズ卿。あなたがお父様たちを陥れて処刑を命じたわけでもありませんのに」

「ですが、私を含めた数多くの貴族が、ローヴァイン侯爵の無実を信じながら何もできず、結果的に見殺しにしてしまいました。もし罪を着せられたのが他の者であったら、ローヴァイン侯爵なら、何とか救おうとされたはず。それなのに我々は何もできなかった。何も。ローヴァイン侯爵が処刑された後も、夫人とあなたを助けることも……」

——確かに、正義感に溢れていたお父様なら、無実の罪に陥れられそうな貴族がいたら助けるために奔走していたでしょうね。

誰も何も恨んでいないと言えば嘘になる。父や母には貴族の友人が沢山いたはずなのに、どうして処刑を止められなかったのかと恨めしく思う気持ちがなかったとは言えないから。なぜ自分たち母娘は誰に見送られることもなく、寂しく王都を離れなければならなかったのか。せめて、心の支えになってくれる人がいれば母は死なずにすんだのではないか。そんなことを考えて、自分たち一族を見捨てた王族や貴族社会全部を憎く感じたこともあった。

けれどクラウディアは、父や兄の死を伝えてくれたローウェン中将から、助けるために奔走してくれた人がいることを聞かされて知っている。それだけではない。王都から修道院までクラウディアたちを護送した兵士たちも、罪人の家族であるはずの母娘にとても親切だった。

彼らの気遣いをなかったことにすることなど、クラウディアにはできない。

「何もしなかったわけではありません。そうでしょう？　もう終わったことだからと忘れられてもおかしくなかったのに、お父様たちの無実を証明することができたのは、ずっと気にかけてくれる人がいたからこそです。バーンズ卿もその中のお一人なのでしょう？　でなければ私に頭を下げたりしませんもの。だから、顔を上げてください。私の方こそ感謝しております。お父様の無実を信じてくださってありがとうございました」

クラウディアの言葉に、バーンズ卿は顔を上げてどこか懐かしそうに微笑んだ。

「クラウディア様のお父上も言いそうな言葉です。外見は侯爵夫人によく似ていらっしゃいますが、お心は、おおらかで誠実だったローヴァイン侯爵にそっくりだ」

「ありがとうございます。自慢の父でした」

父のことを思い出し、しんみりしていたクラウディアだったが、やがて背筋を伸ばしてバーンズ卿を見つめた。

「バーンズ卿、お父様を陥れたその貴族は……」

「ええ、マディソン伯爵です」

やっぱり、と口の中で呟き、クラウディアは唇を噛みしめる。

マリア修道院長の言葉からしても、マディソン伯爵が失脚したことと、クラウディアの父の仇が逮捕されたことは無関係ではないと感じていたのだ。それの意味するところは一つしかない。

父親を陥れて罪を着せたのは、マディソン伯爵だったということだ。けれど……。

「……でも、なぜです。どうしてマディソン伯爵はお父様を陥れたのです？」

「それは……」

何かを言いかけたバーンズ卿だったが、一度言葉を切った後、一呼吸置いてから続けた。

「おそらくですが、都合がよかったからだと思います。尋問でもそのようなことを言っていたそうですから」

「都合が……よかったから？」

「はい。そもそもの発端である、外交上の機密情報が漏れた件ですが、これはマディソン伯爵が金目当てに外務府の幹部の一人を抱き込んだことから始まりました」

バーンズ卿が言うには、マディソン伯爵は貴族を買収するために、膨大な金を欲していた。自分との対決姿勢を崩さない議会を抑えるために、自分を支持する貴族を増やすためだったようだ。けれど、マディソン伯爵家は特別に裕福な家ではない。

「買収のための資金を得るために、マディソン伯爵は後ろ暗いことにも手を出していきました。犯罪組織と繋がって、彼らに有益な情報を流して報酬を得たり、宰相という立場を利用し、裕福な商家を潰して資産を丸ごと手に入れたりもしていました。情報漏えいの件も、関税交渉を有利にしたい隣国の貴族から莫大な報酬を得るためだったそうです。けれど面子を潰された外務府は黙っているわけにはいきません。誰が情報を流したのか、内々にずっと調査を続けていたようです。マディソン伯爵に情報を流した幹部は自分に疑いの目が向けられていることを知り、保身のために他の人間に罪を着せようと考えた。そこで自分の部下の一人だったあなたの従兄に目をつけた。ローヴァイン侯爵の甥で、罪をなすりつけるのにちょうどよかったからです」

――ちょうどよかった……。

そんな都合でクラウディアの一族は処刑の憂き目に遭ったというのか。

「外務府の幹部はあなたの従兄を呼び出し殺害して、自責の念に耐え切れず自殺したように見せかけました。一方、マディソン伯爵は、幹部と共謀してローヴァイン侯爵が情報漏えいの主犯であるという嘘の調査報告を陛下に奏上(そうじょう)したのです」

情報漏えいの調査報告の中身はまったくの虚偽というわけではなかった。情報が漏れた経路や調査書に記された人物名はほぼ本当のことだった。ただし、主犯だけがマディソン伯爵ではなくローヴァイン侯爵に置き換えられていたのだ。

そして国王は、寵愛する側室の実兄であるマディソン伯爵の調査を、何の疑いもなく信じてしまった。

「陛下は簡単に信じてしまいましたが、裁判のために第三者が本格的に調べれば資金の流れの矛盾点や、ローヴァイン侯爵と隣国の貴族に何の接点もなかったことが明らかになったでしょう。ローヴァイン侯爵が無実となれば疑いの目は虚偽の報告をしたマディソン伯爵に向けられる。それを恐れたマディソン伯爵は、陛下を唆(そそのか)して裁判になる前にローヴァイン侯爵を処刑させてしまったのです」

怒りのあまり、息が苦しくなる。これほどの激情に駆られるのは六年ぶりだった。

小刻みに肩を震わせるクラウディアを心配そうに見つめながら、バーンズ卿は続けた。

「マディソン伯爵は反逆者を見つけ出した功績として侯爵への昇格を望みました。あわよくばローヴァイン侯爵家の領地と財産も手に入れるつもりだったようです。実際、陛下は前向きだったようですが、もちろん議会がそれを許すはずがありません」

それどころか、マディソン伯爵と国王は、議会に出席するたびに、裁判もなしにローヴァイン侯爵を処刑したことについて追及され、昇格どころではなくなってしまったという。

「次第にマディソン伯爵は議会を欠席するようになり、陛下も議会に近寄らなくなり、代理を立てるようになりました。皮肉なことですが、そのおかげで議会も滞りなく回ることになったのです」

「……それならよかったです。その結果にお父様の魂も少しは慰められることでしょう」

もし、領地も財産もマディソン伯爵に奪われていたとしたら——想像するとゾッとした。父親の魂はこの先も安らぐことはなかっただろうし、クラウディアも悔やんでも悔やみ切れなかったに違いない。

怒りを抑えるために深呼吸をしてから、クラウディアはバーンズ卿に尋ねた。

「半年前にマディソン伯爵の罪が暴かれて失脚したと仰いましたよね？　その後、マディソン伯爵はどうなったのですか？　従兄を殺した外務府の幹部は？」

「マディソン伯爵や彼に協力した貴族たち、犯罪組織の者、そしてもちろん外務府の幹部も捕まりました。全員、裁判にかけられて有罪。罪が軽い者は爵位の剝奪や強制労働の終身刑となりましたが、主犯格は死刑になることが決まり、ちょうど一か月前に処刑されました」

「処刑……」

その言葉に父親や兄のことを思い出してしまい、声が震えた。それを見てバーンズ卿が慌てる。

「申し訳ありません。配慮が足りず、不用意なことを言ってしまいました」

恐縮するバーンズ卿に、クラウディアは大丈夫だというように微笑んだ。少しぎこちなくなってしまったが、微笑みを浮かべられたことに内心ホッとする。

──大丈夫。刑を受けたのはお父様たちではない。無実の人たちでもない。一族の皆を陥れた憎い仇なのだから、大丈夫。

そう、自分に言い聞かせる。

「いいえ、尋ねたのは私の方ですもの。大丈夫です。私の方こそ驚かせて申し訳ありません。……それで、あの、フリーダ様。いえ、マディソン伯爵のご令嬢はどうなったのです？」

バーンズ卿は顔を顰めた。

「彼女は直接マディソン伯爵の犯罪行為に関わった形跡がなかったので、修道院に送られました」

「……私と同じ、なのですね」

「いいえ、彼女の普段の行状もありましたから、ここは比べ物にならないほど戒律の厳しい修道院に送られました。あの性格ですから苦労しているでしょう」

自業自得だと言わんばかりの口調だった。行状などという言葉が出てくるあたり、バーンズ卿はフリーダに元からいい感情を抱いていなかったようだ。

――もしフリーダ様が六年前と少しも性格が変わっていなかったのであれば、それも頷けるわ。

きっとバーンズ卿の言うとおりに、修道院の生活に馴染むことができずに苦労しているだろう。

「クラウディア様が気にされることはありません。彼女は己の所業が自分に返ってきただけですから」

浮かない表情を浮かべたクラウディアを見て、バーンズ卿は慰めるように言った。

「そう、ですね」

バーンズ卿はクラウディアがフリーダに同情して表情を曇らせたのだと思ったのだろう。

……本当は、そうではないのに。

――私はきっとずっと前からフリーダ様を妬ましい、恨めしいと思っていたのだわ。

「関係ない」と自分に言い聞かせて、ずっと本心から目を逸らしていただけ。

だからフリーダに心の底から同情することはできない。家族を失い、馴染みのない遠くの地に追いやられた気持ちは誰よりもよく分かっているはずなのに、どこかで「私の苦しみを知ればいい」と考えてしまう。

――本当はこんなことを思いたくはないのに……。清廉だったお父様の娘だと胸を張れるようになりたいのに。

「クラウディア様、すべては終わったことです」

まるでクラウディアの心を見透かしたようにバーンズ卿は言った。

「もう彼女の人生はクラウディア様には関係のないものです。同情も嘲笑も必要ありません。あなたが今考えるべきなのはご自分のことですよ」

「はい……そのとおりです」

バーンズ卿の言うとおり、もうクラウディアとフリーダの人生は交わることはない。彼女に対して恨んだり妬んだり、そして同情したりする必要はないのだ。

「これからあなたは女侯爵として家を再興していかなければならないのですから」

「女侯爵……？　私が？」

一瞬何を言われたのか分からずにクラウディアは目を見張った。するとバーンズ卿の顔に苦笑が浮かぶ。

「はい、そうです。爵位も領地も財産も返還されます。受け取る資格があるのは、あなただけです。クラウディア様」

「あ……」

ローヴァイン侯爵家の直系で生き残っているのはクラウディアただ一人だ。つまり、爵位を継げるのは確かに自分だけだった。

——私が継ぐの？　ローヴァイン侯爵家を？

それは思いもよらないことだった。

爵位も領地も兄のアーサーが継ぐべきものと思っていて、クラウディアはただの一度も自分が受け継ぐものとして考えたことはない。

当たり前だ。この国の相続は男子優先で、兄や叔父、それに従兄弟がいる限りクラウディアに回ってくることはありえなかったのだから。他家に嫁ぐものだと思っていたクラウディアには、当然、当主となるべき知識も覚悟もない。

――けれど私が継がなければ、先祖代々続いてきたローヴァイン侯爵家は永遠に失われてしまう。

背負わなければならないものの重さに怯えたクラウディアは、思わず自分を抱きしめた。

バーンズ卿はクラウディアを励ますように言った。

「大丈夫です。女性で、しかも修道院を出たばかりのクラウディア様にいきなり侯爵としての責務を果たせとは申しません。宰相府もできる限りの協力はいたしますし、最高の後見人がクラウディア様を守り、補佐してくださるでしょう」

――後見人を付けるということ？

クラウディアはのろのろと顔を上げて、バーンズ卿を見た。

「後見人というのは、まさかエルドウィン伯爵ではないですよね？」

エルドウィン伯爵家はクラウディアの母親の実家だ。父方の親戚が誰もいないのであれば母方の親戚が後見人に名乗り出てもおかしくない。けれど、クラウディアはエルドウィン伯爵家だけは嫌だった。

父が健在だった時はあれだけすり寄ってきていたエルドウィン伯爵は、ローヴァイン侯爵家の者たちが罪人として処刑された後、自分たちに累が及ばないようにと早々に母との縁を切ってきたのだ。

——お母様は「仕方ない」と仰っていたけれど、私の見えないところで泣いていらした……。

母が亡くなったのはあの人たちのせいではない。けれど、母が夫や息子を失って悲しんでいる時に追い打ちをかけたエルドウィン伯爵家を、クラウディアは許せなかった。

——血の繋がった人たちに見捨てられて、どれほどお母様が絶望したか。

バーンズ卿は安心させるように微笑んだ。

「大丈夫です。エルドウィン伯爵家ではありません。たとえ彼らが何か言ってきたとしても、クラウディア様の後見人に選ぶことはありませんので、安心してください」

どうやら彼は、クラウディアたち母娘がエルドウィン伯爵家から縁を切られたことを知っているようだ。

「ただし、貴族社会に戻れば彼らのような者たちは手のひらを返してあなたに接近してくるでしょうし、口さがない者たちが好き勝手なことを言ってくるでしょう。少しでもそういう輩から守るために、議会はあなたを王家の庇護下に置くことを決定しました。クラウディア様は王弟のアルヴィン殿下との婚姻によって王族の一員となるのです」

どこか誇らしげなバーンズ卿の口調に熱がこもった。

「……え？」

クラウディアは啞然とした。父の無実が証明されたと聞かされた時より驚いていた。自分の耳が信じられない。

「ちょ、ちょっとお待ちください！」

混乱しながらクラウディアは叫んだ。

「私がアルヴィン殿下と結婚？　アルヴィン殿下は確かフリーダ様とご婚約なさっていたはずでは……」

バーンズ卿はフリーダの名前を聞いてきょとんとした。

「確かにそういう噂は流れておりましたが……。よくご存じですね」

「シ、シスターが王太子殿下の婚約の話を街で耳にしたらしくて……その当時、王太子だったのはアルヴィン殿下でしたから……」

シスターたちの噂話に聞き耳を立てていたことを恥ずかしく思いながら答えると、バーンズ卿は納得したように頷いた。

「確かに国王陛下はアルヴィン殿下とマディソン伯爵令嬢の婚姻を望んでいました。けれど、正式に婚約はしておりません。ご存じのとおり、王族の結婚には議会の承認が必要です。そして議会は陛下が一方的に押しつけてきたマディソン伯爵令嬢との婚約を認めませんでした」

説明するバーンズ卿の口元が愉快そうに弧を描く。

「マディソン伯爵は、婚約の噂を流せば既成事実にできるのではないかと考えたようで、わざとあちこちで流したようですが……。あいにく、直後にアルヴィン殿下が王太子の地位をエドワード王子に譲り、王位継承権も返上なさったので、国民は皆そちらの話題に気を取られ、婚約の噂は瞬く間に忘れ去られたというわけです。フリーダ嬢は陛下が命じたのだから自分はアルヴィン殿下の婚約者だと信じ込んでいましたが、彼女の取り巻き以外は誰もそんなことを信じていませんでしたよ」

――では本当に、アルヴィン殿下とフリーダ様は婚約したわけではなかったの……？

アルヴィンの婚約話を聞いて以来、胸の奥でわだかまっていた何かがスゥーと溶けていくのをクラウディアは感じた。

けれど、だからといって王家の庇護を与えるためにクラウディアと結婚させるというのは別の話だ。

「安心してください。アルヴィン殿下にこれまで婚約者はおりません。クラウディア様の相手としてこれほどピッタリの方はおられないかと」

クラウディアは首を横に振った。

「……フリーダ様と婚約していなかったことは分かりました。けれど、私に庇護を与えるためだけに殿下の人生を台無しにすることはできません。私は社交界に出たこともなく、貴族令嬢としての知識も経験もありません。王弟殿下の相手として私は不相応なのです。

どうか、アルヴィン殿下には他に相応しい方を……」

「これは王家の償いなのです。あなた方に対する」

「償い……？」

思いもよらない言葉に、クラウディアは呆然となった。

「そうです。陛下はマディソン伯爵に騙されていたとはいえ、唆されて法を破りローヴァイン侯爵とその一族を処刑してしまいました。これは陛下の過ちです。陛下はご自身の決定に責任を持たなければならない。唯一生き残ったあなたに償う必要があるのです。陛下でなければ、代わりに王族の誰かが」

「……その誰かが、アルヴィン殿下なのですね」

クラウディアの声が震える。ようやく議会が、そして王家がクラウディアとの結婚を決めた理由を理解できた。

女の身で侯爵家を継ぐクラウディアにただ庇護を与えるためだけではない。国王の犯した罪を償うために、アルヴィンは犠牲となるのだ。

「アルヴィン殿下も承知していることです」

「償いなんて、私は望んでいないのに……」

しかしそれは果たして本心だろうか。

償いなど望んでいないと口にしながら、心の片隅でアルヴィン殿下を手に入れられると、歓喜に震えている自分がいる。家族の死を利用してでもその手を摑んでしまえと唆す。

──ああ、なんて私は醜いのだろう。

自己嫌悪の念と共に唇をぐっと噛みしめていると、バーンズ卿は何を思ったのか静かな口調で続けた。

「もちろん、爵位も領地も継がないという選択肢もあります。その場合、ローヴァイン侯爵家は再興されず、爵位も領地も財産も国に返上ということになりますが……。それでもクラウディア様が生涯不自由することがないほどの賠償金が支払われますので、将来のことは心配ありません」

それは本来、とても魅力的な提案のはずだった。貴族としての責任を負うこともなく、今までと同じように家族の冥福を祈りながら静かな生活を送ることができるのだ。

けれど、その静かな生活が今は色褪せて見える。

「いずれにせよ、選ぶのはクラウディア様です。我々はあなたの選択を尊重します」

バーンズ卿はクラウディアを見据えながら続けた。

「今日はこの辺で失礼します。クラウディア様には考える時間が必要でしょうから。ただ、侯爵家を継ぐにしろ、継がないにしろ、どのみち一度手続きのために王都に行っていただく必要があります。明日、迎えに来ますのでその時に返事をお聞かせください」

ソファから立ち上がると、バーンズ卿は綺麗な礼をして、部屋を出て行った。クラウディアは見送りをしなければと思いつつも、腰を下ろしたまま動くことができないでいた。

──私はどうすればいいの？　どうしたいの？

「ディア」

いつの間に戻ってきたのか、マリア修道院長がクラウディアを見下ろしていた。

「院長様……私はどうしたらいいのでしょう？」

「私はあなたがどちらを選んでも構わないと思っているわ。このまま修道院（ここ）にいてシスターになりたいのであれば歓迎します。でもね」

優しい茶色い目がクラウディアを見つめる。

「あなたはどうするべきなのか、本当は分かっているのではなくて？　ここにいれば確かに心安らかに過ごせるかもしれない。でも、きっとあなたはいつかその選択を後悔することになるでしょう」

「院長様……」

そうだ。義務と責任に背を向けて、過去から逃げ出しても、きっとクラウディアはローヴァイン侯爵家を再興できる道を選ばなかったことを後悔するだろう。

「もう一方の道は確かに困難で、重い責任がのしかかってくるでしょう。ここと違ってあなたを傷つけようとする者もいるかもしれないわ。でもあなたは決して一人ではありません。お父上の無実を信じ、ずっとそれを証明しようと六年も頑張ってくれた方たちがいたはず。その方たちはきっとあなたの帰りを待ってくれているでしょう」

「……はい」

クラウディアの声が震える。

……本当はどうしたらいいのかなんて、分かっていたのだ。己の進むべき道も。

「ここはあなたを閉じ込める籠のようなものであると同時に、傷ついたあなたが心を癒やせる安全な場所でもありました。でもすでに籠の扉は開いているのです。外に飛び立つべき時が来たのですよ」

マリア修道院長は皺だらけの手を伸ばし、クラウディアの肩に置いた。

「けれど、忘れないで、ディア。扉はいつだって開いているのです。辛ければここに戻ってきて、傷ついた翅を癒やせばいいのです。私たちはいつだってあなたを歓迎しますよ」

「院長様……！　ありがとうございます。本当に……」

涙が溢れて白い修道服にポタポタと零れていく。

父親や兄を殺され、すべてを失ってこの地に送られてきた。母を失い、悲嘆に暮れるクラウディアにマリア修道院長をはじめ、ここの皆は手を差し伸べ、守ってくれた。だからこそクラウディアは心を癒やすことができたのだ。

「ほら、泣いている暇などありませんよ、ディア。お母様のお墓に報告に行くのでしょう？　明日ここを離れるのだから、支度もしないと」

「は、い……。院長様。そうですね。お母様に報告をしないと」

クラウディアは涙を拭ってソファから立ち上がった。

「ありがとうございました。院長様。それでは戻りますね」

もう一度礼を言い、クラウディアは院長室を後にした。

クラウディアを見送ったマリア修道院長は、いましがた彼女が出て行った扉を物思わしげに見つめた。

「……蝶は飛び立ちます。殿下、王妃様。どうか、どうかあの子を……」

祈るように囁かれた言葉がクラウディアの耳に届くことはなかった。

第3章　再会とそれぞれの思惑

「シスター、皆さん、本当にありがとうございました」

翌日、世話になったシスターたちに見送られて、クラウディアは六年過ごした修道院を後にした。

「元気でね、ディア」

「ディア。身体には気をつけてね」

「いつでも帰ってきていいからね、ディア」

涙ながらにシスターたちと別れて、馬車に乗り込む。馬車は修道院にやってきた時の粗末なものとは雲泥(うんでい)の差があった。

門が開かれ、ここに来て六年もの間一歩も出ることがなかった外へと馬車は進んでいく。

馬車の窓から遠ざかっていく修道院を見つめながら、クラウディアはマリア修道院長の言葉を思い出し、そのとおりなのだと感じていた。

ここはクラウディアを閉じ込める籠であったのと同時に、外界の悪意から守ってくれていた所だったのだと。

――でも私はこうして守られていた場所から飛び立ってしまった。

恐れはあるけれど、後悔はしていない。これが正しい道だと思っているから。

すっかり修道院が見えなくなると、クラウディアは前を向いた。馬車の中にはクラウディアとバーンズ卿、それに侍女のセアラが座っている。

「クラウディア様、窓をお閉めしましょうか？」

隣に座るセアラがすかさず尋ねてくる。クラウディアは面はゆい気持ちになりながらも、頷いた。

「ええ。お願いするわ」

セアラはバーンズ卿がつけてくれたクラウディアの侍女だ。自分の世話は自分でできると断ったのだが、結局押し切られてしまった。確かに貴族令嬢ならば侍女が傍についているのは当たり前だ。

セアラは気立てがよく、朗らかな性格の侍女だった。クラウディアよりほんの少し年上で、何事も手際が良い。最初は世話をされることに奇妙な居心地の悪さを感じていたクラウディアだったが、生まれて十二年間はそれが当たり前の生活を送っていたために、すぐに慣れることができた。

馬車は王都に向かって順調に進む。

六年前、同じ道を馬車で反対方向に進んでいた時は、悲しみと不安の中、母と身を寄せ合って座っていたものだ。

──お母様と一緒に王都に戻りたかった……。お母様が生きていれば……。

母のことを思うたびに涙が滲む。

バーンズ卿やセアラを心配させるといけないので、こっそり袖で涙を拭うのだが、きっと二人は気づいているだろう。けれど、あえて何も言わないでいてくれる。

その思いやりが嬉しかった。

──嘆いてばかりではだめね。これから先のこと……しなければならないことを考えなければ。

これからの大まかな予定のことはバーンズ卿から聞いている。まずは王宮の内務府で爵位や領地の相続の手続きをするのだ。手続きが完了し、正式にローヴァイン侯爵となった上で、国王夫妻との謁見が予定されている。

だがクラウディアには、侯爵を継ぐことよりも先にしなければならないことがあった。

「あの、バーンズ卿。アルヴィン殿下とお話しする機会はありますか？」

クラウディアはローヴァイン侯爵となることは承諾したが、自分が王族になる──つまりアルヴィンと結婚することに関しては断るつもりだった。国王の犯した過ちを、何もアルヴィンが償う必要はないからだ。

──直接お会いして贖罪の必要などないのだとお伝えしなければ。お忙しい方だから、バーンズ卿に面会の手配をしてもらおう。

そう考えていたのだが、バーンズ卿の口からは思いもよらない言葉が出た。

「ああ、それでしたら問題ありません。クラウディア様は王都に滞在中、アルヴィン殿下の屋敷に住むことになっておりますから」

「え……？」

アルヴィンは王太子を辞した後、王宮を出て王都の一角に屋敷を構えて住んでいるのだという。

「アルヴィン殿下の屋敷は王宮並みに警備されているので、安全に過ごせるでしょう。未婚の男女が同じ家に住むのは問題があるでしょうが、婚約者として滞在するのなら大丈夫です。実はここにいるセアラはアルヴィン殿下の屋敷で雇われている侍女でして」

「お待ちください！　あの、私が住むのは、王都にあるローヴァイン侯爵家のタウンハウスでは？」

てっきり元のタウンハウスに住むのだとばかり思い込んでいたクラウディアは慌てて尋ねた。とたん、バーンズ卿は申し訳なさそうな表情になる。

「それが、ローヴァイン侯爵家のタウンハウスを整えるには、まだしばらく時間がかかりまして」

バーンズ卿が恐縮しながら言うことには、クラウディアの家のタウンハウスは、社交シーズンの期間限定で地方貴族に貸し出されていたということらしい。

王都に屋敷を構えている貴族もいるが、維持費もかかるため、社交シーズンだけ王都に家を借りて住む地方貴族は多い。クラウディアの家はそんな地方貴族のために貸し出されていて、すぐに明け渡すのは無理なのだそうだ。

「たとえ屋敷が空いたとしても、ローヴァイン侯爵家で雇っていた以前の使用人は解雇されて誰もおりません。あの家を一人で維持するのは不可能なので、使用人を雇うことから始めませんと」

どうやって使用人を探して雇うのか、その方法もクラウディアには見当がつかなかった。バーンズ卿の言うとおり、ひとまずアルヴィンに世話になるしかないのかもしれない。

——私、本当に無知だったわ。こんなことでこの先やっていけるのかしら……。

これからの不安と自分の不甲斐なさにクラウディアはそっと唇を噛みしめた。

馬車は四日ほどかけて王都に到着した。

活気に満ち、喧噪（けんそう）に埋め尽くされた大通りを通り過ぎて馬車が入ったのは、王都でも一等地にある大きな屋敷だった。敷地の外はグラファス軍の制服を着た兵士たちが警備をしている。

誰に尋ねるまでもない。ここがアルヴィンの屋敷なのだろう。バーンズ卿が言っていた王宮並みの警備は決して誇張ではなかったようだ。

厳重に警備された門をくぐり抜け、大きなファサードのある建物の前に馬車は止まった。先触れでもあったのか、階段の下には屋敷の使用人と思しき者たちが何人も立っており、クラウディアたちが馬車から降りるのを待っている。

バーンズ卿がまず先に馬車から降りた。彼の手を借りてクラウディアも馬車を降りる。目の前に誰か立っていると認識した次の瞬間から、クラウディアはその人物しか目に入らなくなった。

「ようこそクラウディア。久しぶりだね」

記憶よりも少し低い声。背は高く、あの頃よりも上を仰がなければ顔が見えなかった。

緩やかに弧を描く薄い唇、鼻筋の通った鼻に、長いまつ毛に縁どられた鮮やかな青紫――グラファス・アイリスやグラファス・エイガの色彩とそっくりの瞳が温かな光を浮かべてクラウディアを見下ろしていた。

きりっとした眉に、癖のある艶やかな黒髪は、前髪を残して今はきちんと横に撫でつけられており、大人の貫禄を醸し出している。

すっかり大人の男性になっているが、上品そうな顔立ちは子どもの頃の面影を色濃く残していた。だから誰に言われるまでもなくすぐに分かった。

「……アルヴィン殿下……」

もう二度と会えないと思っていた人がすぐ目の前にいる。ドクンドクンと心臓の音がやけに大きく聞こえた。

「覚えていてくれたみたいだね。よかった」

クラウディアの手を取り、アルヴィンがにこりと笑う。その笑顔も記憶しているものと

そっくりだった。

「で、殿下を忘れるなんて、絶対にありません」

大きくて温かな手のひらに両手を包まれていることを強く意識しながら答える。

――そうよ。忘れたくても忘れられなかった。辛くなりながらも、出会った時のことを何度も思い返していた。……フリーダ様と婚約したという話を耳にするまでは。

「クラウディア、長旅だったから疲れただろう。屋敷に入って休んでくれ。バーンズ卿、ご苦労様」

「とんでもございません。クラウディア様をお迎えする栄誉を与えてくださり、私の方こそ光栄であります」

バーンズ卿はアルヴィンに向けて頭を下げると、クラウディアに向き直った。

「私はこれから王宮に戻り、宰相のリード様にクラウディア様が戻られたことを報告してまいります。内務府に手続きをする時もご案内させていただく予定ですので、その時にまたお会いしましょう。それでは殿下、失礼いたします」

「ええ、グレイシェル侯爵にもよろしく伝えてくださいい」

「はい」

乗ってきた馬車に再び乗り込むと、バーンズ卿は屋敷を去っていった。

「セアラ。クラウディアの荷物を部屋に運んでくれ」

「かしこまりました。クラウディア様、それではまたのちほど」

アルヴィンはセアラに指示をする。セアラはクラウディアに軽く頭を下げると、慣れた様子で去っていった。

「クラウディア。ざっとうちの使用人たちを紹介しよう」

「あ、ありがとうございます」

クラウディアはアルヴィンにエスコートされながら、主な使用人たちを紹介された。驚いたのはこれが全員かと思いきや、ここにいるのは各部署の責任者たちで、実際に働いている人数はもっと多いらしい。

――これだけ大きなお屋敷を維持するには、やはり大人数が必要なのね。

ローヴァイン侯爵領にある屋敷もそれなりに大きかったが、使用人の数はそれほどではなかった。皆、クラウディアが生まれた時から仕えてくれていた者たちばかりで、まるで家族のように親しかった。

――領地の皆はどうしているかしら……。

十二歳の時までずっと領地で育ってきたクラウディアにとって、王都のタウンハウスはあまり思い入れのない家だ。だからこそ貸し出されたと聞いても仕方ないと思えた。けれど領地の屋敷は違う。あそここそクラウディアにとって我が家だった。

国が管理していたのだから、それほど酷いことにはなっていないと思うが少し心配だった。

――爵位と領地を継げたら、領地に一度行ってみよう。どうなっているのか知るのは怖いけれど。

アルヴィンは使用人の紹介を終えると、クラウディアを応接室らしき部屋に案内した。ソファへと導かれて腰を下ろしたのと同時に、先ほど紹介されたばかりの執事がワインとグラスを運んでくる。

差し出されたグラスを受け取りはしたものの、クラウディアは戸惑うように葡萄(ぶどう)色の液体を見つめた。

「祝杯というのも変だけれど、再会を祝して一杯だけ用意してもらったんだ」

「そ、そうですか」

実はクラウディアはあまりお酒に慣れていない。修道院でもワインを製造しているので、普段は酒を口にしない修道女たちも年に数回の祝日に一杯だけ飲むことが許されているのだが、クラウディアには葡萄の果汁しか出されなかった。一番はじめに飲んだ時に顔が真っ赤になったあげく、昏倒してしまったからだ。

——あの頃はまだ子どもだったから……。あれから六年も経って私も大人になったから、一杯くらいなら大丈夫になっているはず。お断りするのも申し訳ないわよね。

「再会を祝して。おかえり、クラウディア」

アルヴィンはグラスを掲げ、青紫色の瞳に優しい光を浮かべてクラウディアを見つめた。

「あ、ありがとうございます。殿下」

クラウディアはアルヴィンに倣(なら)っておずおずとグラスを掲げる。それから、彼がグラスに口をつけるのを見て、慌てて真似た。

　葡萄果汁とは違う独特の風味が鼻をつく。ごくりと一口飲むと、ワインが通り過ぎていった喉や胃の辺りがカッと熱くなるのを感じた。けれど、昔飲んだ時とは違い、すぐに全身が赤くなることもなく、気分が悪くなることもなかった。

　――少しポカポカしてきたけれど、これなら大丈夫かもしれないわ。

　アルヴィンはグラスの半分までワインを開けると、真剣な眼差しでクラウディアを見つめた。

「まずはじめに、君に謝らなければならない。六年前のことだ。僕は王太子という立場でありながら、何もできなかった」

　おそらくその話がしたくて応接室に連れてきたのだろう。ワインを運んできた執事はいつの間にか姿を消し、部屋にはアルヴィンとクラウディアの二人だけになっていた。

　手の中のグラスに視線を落としながら、クラウディアは口を開いた。

「……殿下のせいではありません。ローウェン中将からお聞きしました。王妃様と殿下は処刑を止めるように何度も陛下に言ってくださったと」

「でも止められなかった。結果的に守れなかったのだから何もしていないのと同じだ」

　その声は厳しく、それでいて苦渋に満ちていた。

　――もしかしてアルヴィン様はこの六年間ずっと、父たちの処刑を止められなかったことを悔やんでいたのかもしれない。

「殿下。殿下が父の死に責任を感じることはありません。父や兄はアルヴィン殿下を心から尊敬しておりました。その殿下が自分たちの死に責任を感じていると知れば、きっと酷く嘆くでしょう。あれは誰にも止められなかったのです。命令した陛下以外には。……だから、罪の償いなどする必要はないのです。結婚もです。贖罪で殿下の人生を犠牲にしてほしくありません」

「……僕は、人生を犠牲にしているつもりはないよ、クラウディア」

ふぅ、とため息交じりに呟くと、アルヴィンはグラスをテーブルに置いた。

「今度こそ君を守りたいから、だから結婚という形を取った。君のこれからの人生を手助けするためだ。償いのためだけではない。それに……」

言葉を切ったアルヴィンは、やや逡巡してから言いにくそうに口を開いた。

「これは、王家のためでもあるんだ」

「王家のため？」

思いもよらない言葉が出てきて、クラウディアは目を丸くする。

「ああ。陛下が裁判を受けさせることなく君の一族を処刑したこと、過度にマディソン伯爵やその取り巻きの貴族たちを偏重したこと。そのマディソン伯爵が犯罪行為を犯していたのに見抜けず、結果的に加担するようなことをしていたことで、王家の権威は失墜している。そこにきて、今度はローヴァイン侯爵家の人々が冤罪だったことが判明した。建国以来国に尽くしてくれた臣下を、国王は謂れのない罪で殺したのだと、国民はおろか貴族たちの王族に向ける目も、日増しに厳しくなってきているんだ。王家不要論まで出ているくらいに、ね」

「そんなことに……」

馬車から見る王都の光景は六年前と少しも変わっていなかったから、王家不要論が出るまでになっているとは夢にも思わなかった。

「言っているのは一部の貴族たちだけどね。でも、僕たち王族に厳しい目が向けられているのは事実だ。……いや、不信感と言ってもいいだろう。貴族も国民も国王や王族に不信感を抱いているんだ。そして彼らは今、ローヴァイン侯爵家の唯一の生き残りである君に、王族が誠意のある対応をするかどうかに注目している」

「私に……？」

「そうだ。爵位や領地を返すのは当然の対応で、それ以外に君にどう償うのかを皆が見ている。場合によっては王家の権威は更に落ちるだろう。それだけは避けたい。……君を利用するような形になってすまないが、王家への不信感を払拭するには、私が君と結婚するのが一番いいと思ったんだ。決して犠牲になったわけではない」

そうなのだろうか。クラウディアとしては爵位と領地が戻ってくるだけで十分だと思うが、そう感じるのは貴族社会に疎いからなのかもしれない。特に王家ならば面子もあるだろう。

――……ああ、よく分からない。けれど、アルヴィン殿下がそう言うのなら正しいのかもしれないわ。

少しずつアルコールが回ってきている影響なのか、クラウディアはうまく考えられず、判断がつかなくなってきていた。

つい先ほどまではアルヴィンが贖罪のために犠牲になるのは間違っている、解放しなくてはと考えていた。けれど今は分からない。

爵位と領地が戻ってくるだけでは不十分で、王家の権威が失墜するというのであれば、一体クラウディアはどうすればいいのだろうか。

「王家が後見人になって、君を周囲の悪意から守りながらローヴァイン侯爵家の再興に手を貸す。それは簡単だ。けれど、王族である手前、特定の臣下だけを優遇することはできない。それこそまさしく陛下がマディソン伯爵に対して行っていたことで、王家の罪のすべての元凶なのだから。僕ら王族が動くためには建前も必要なんだ」

ようやくクラウディアはアルヴィンが何を言いたいのか理解できた。

「建前……それが結婚、ということなのですか？」

「そうなるね。王弟の妃になれば君は王族になる。王族になればおおっぴらに守ることができる。ローヴァイン侯爵家の再興にしたって、僕個人が妻にアドバイスをしているだけだという言い訳も立つしね。いずれ王族から離れて公爵になることが決まっている僕が相手なら、『結局ローヴァイン侯爵家の財産や領地は王族のものになるのでは』という批判もかわすことができる。この方法が誰にとっても一番いいと思う」

――建前、か……。

つまりこれは建前上の結婚なのだ。アルヴィンにとっては贖罪と王家の権威を保つための結婚で、クラウディアにとっては、王族の後見を得られる上、ローヴァイン侯爵家の再興にアルヴィンの力を貸してもらえる利点がある。

――……互いの利益のための結婚ならば、政略結婚と同じようなものよね？

贖罪のためだけに彼の人生を台無しにするわけではないと知り、クラウディアはホッとしたものの、少し胸が痛かった。

――初恋の人に、形だけの結婚だと言われたようなものですもの、当然ね。

王族との結婚がロマンチックなものであるはずがないのだ。彼らは国のために結婚する。クラウディアとの結婚もそうだというだけ。

「クラウディア」

呼びかけられて、クラウディアは顔を上げた。アルヴィンは青紫の瞳に真剣な色を浮かべてクラウディアを見据えている。

「王族の権威など知ったことではないと君は思うかもしれない。だって、君も君の家族も王族の犠牲者だから。けれどもし僕との結婚に頷いてくれたら、僕はこの命をかけて君と、君の愛したローヴァイン侯爵家を守ろう。……クラウディア。僕と結婚してほしい」

「……はい」

考えるより先に言葉が出ていた。そんな自分にびっくりして思わず口元を手で覆ったが、時すでに遅し。クラウディアの返事を聞いて、アルヴィンは嬉しそうに笑った。

「断られたとしても君を支援していくことに変わりはなかったけれど、君が応じてくれて嬉しいよ。絶対に後悔させないから」

「……あ、う……その……」

頬が赤く染まる。それが昔と変わらない笑顔を見たせいなのか、それともワインのせいなのか、もはやクラウディアには判別がつかなかった。

──結婚は断るつもりだったのに……！　どうして私は承諾してしまったのかしら！

もしかしたら、頭で考えるより、気持ちが応じてしまったのかもしれない。アルヴィンはクラウディアの初恋の相手で、どうしても忘れられない相手だった。フリーダと婚約したと聞いて一時は諦めたが、本人を目の前にして直接求婚されて、一体どうして断れようか。

結局クラウディアは、頭では断ろうとしていても、感情の部分では初恋の相手と結婚することを望んでいたのだろう。

「改めて乾杯しよう」

アルヴィンは上機嫌でグラスを持ち上げると、残りのワインを一気に呷った。

「は、はい」

つられてクラウディアも手にしていたグラスを傾け、喉に通す。……しまったと思った時には遅かった。飲み込んだそばからお腹が熱くなり、その熱が瞬く間に全身に広がっていく。

くらりと目の前が揺れた。手からグラスが滑り落ちていく。幸いにも毛足の長い絨毯の上に落ちたため、グラスが割れることはなかったが、クラウディアの頭にはすでにグラスのことはなかった。

「クラウディア!?」

アルヴィンが慌てて立ち上がり、テーブルを跨ぐと、上半身がぐらついているクラウディアを抱きとめる。

「もしかしてお酒に弱かったのかい？」

「すみません、少し頭がぼうっとして……」

急に思考がうまく回らなくなる。まるで薄いベールに覆われているみたいに意識と身体が乖離する。そのくせ身体の熱さだけはしっかりと感じ取れる。

「ジェイス！　急いで水を持ってきてくれ！」

執事の名を呼ぶアルヴィンの声がずいぶん遠くに聞こえた。

「クラウディア、水だ。飲んだ方が楽になる」

ぼんやりしているうちに水が届いていたらしい。いつの間にかアルヴィンの手には水の入ったグラスが握られていた。アルヴィンはグラスを傾けて口に含ませるとクラウディアに覆い被さる。

不意に唇が柔らかな感触に覆われた。薄く開いた唇から、水が流し込まれる。

「……んっ……」

口腔に入ってくる冷たい水の感触に急に喉の渇きを覚え、夢中で嚥下する。身体の中心からせり上がってくる熱がほんの少し治まった。

「ん、う、んん……」

水と一緒に何かぬるりとしたものが口腔に入ってくる。冷たくて、温くて、ざらざらしている。水を飲み干した後もその何かはクラウディアの口の中に留まり、舌に絡みついてきた。背筋がゾクゾクとするのは、熱のせいだろうか。

「ふ、ぁ……」

唇が塞がれているせいで少し息苦しいと感じたのと同時に、クラウディアの口の中を動き回っていた何かは出て行った。

薄目を開けると、青紫色の瞳がクラウディアを見下ろしていた。

――誰だったかしら？　とても懐かしい感じがする。

確かに知っている人のはずなのに、ぼんやりと霞がかった頭ではうまく考えがまとまらなかった。

支えてくれる腕に、目を閉じて頭を預ける。妙に安心できる感触だった。ふわふわした気分のまま、クラウディアは目を閉じる。

「大丈夫かい、クラウディア。気分は？」

温かい手が頬に触れる。不意にクラウディアはこの腕の正体が分かった気がした。こんなふうにクラウディアに触れてくる人は限られている。だとしたら、この人は――。

「お兄様……」

クラウディアは微笑みながら温かな身体に寄り添った。記憶よりもがっしりとした胸板だったが、クラウディアは気にならなかった。

眠い時や疲れた時、兄のアーサーはいつも「仕方ないな」と言いながら背中に負ぶって部屋まで運んでくれたものだ。

――大好きなお兄様。優しいお兄様。

「……まいったな。僕は君の『お兄様』じゃないんだが……」

頭上から困ったような声が降ってくる。

「お兄様ぁ……」

甘えたように呼べば、押し殺したような声が聞こえた。

「……まさか、故人に嫉妬することになろうとはね」

「お兄様……？」

「クラウディア、君は今酔っているんだよ」

「ディアよ、お兄様。変なの。いつもはそんなふうに呼ばないのに」

拗ねたように言うと、「はぁ……」と大きなため息が聞こえた。

「……ディア。僕は君の『お兄様』じゃないし、兄になるつもりはない。君の夫になりたいんだ」

「夫……？」

「そうだよ、夫だ。兄妹はこんなことをしないだろう？」

うなじに手がかかり、強引に仰向かされる。驚いて目を開くと、息が触れるくらい近くに青紫の瞳があった。

「あ……」

次の瞬間、食らいつくような勢いで唇が塞がれる。開いた唇の隙間からぬるりとしたものが入り込み、クラウディアの舌を捕らえた。

「……んうっ、ふ、っ、ん、んんっ……」

絡みつき、擦れ合う舌の感触に、クラウディアはぶるっと身体を震わせた。舌先が歯列をなぞり、上あごを撫でる。そのたびにぞわぞわとしたものが背筋を駆け上がっていった。ぬちゃぬちゃとどちらの唾液か分からないものが、合わさっている唇から零れ落ちていく。

――息が苦しい……。でも、何かしら。とても気持ちいい。

「んっ……ふ……ぁ……」

やがてアルヴィンが顔を上げた時には、クラウディアの息はあがり、水色の目はトロンと蕩けていた。

「分かっただろう？　僕はアーサーじゃない。アルヴィンだ」

クラウディアはぼんやりと、ソファの上で自分を抱きかかえている相手を見上げる。アルヴィンにとって不運だったのは、アルコールだけでなくキスの影響でクラウディアの頭がより働かなくなっていたことだろう。

見上げた先に、クラウディアの想像よりも数倍も素敵な男性になった初恋の相手がいた。

――ああ、これは夢だわ。だって、修道院にアルヴィン殿下がいるはずないもの。

混濁した頭の中からは、修道院を出て王都に戻ってきたこともすっかり抜け落ちていた。そのため、クラウディアはこれが夢なのだとすっかり思い込んだ。

――そうよ、夢よ。これは夢だから……。

「……もっと、して？」

心の欲するまま夢の中のアルヴィンにねだると、目の前の人は何とも言いがたい表情になった。

「……まいったな。そんな目で見られると、自制が利かなくなるじゃないか。酔っている相手を襲う趣味はないんだが……」

「お願い……もっと触れて。抱きしめて」

クラウディアはアルヴィンの胸に甘えるように顔をすりつけた。すると再び頭上から「はぁ」とため息が聞こえた。

「まさかまだアーサーと混同しているわけではないと思うが……確かに彼とは同い年だったけれど。兄代わりにされるのはごめんだな」

「……好き。大好き」

「っ……！　ああ、もう。誘ったのは君だからね？」

何を思ったのかアルヴィンは急にクラウディアの背中のボタンを外し始めた。

セアラが馬車の中でも過ごしやすいようにと選んでくれたシュミーズドレスは、ゆったりとしたデザインで、腰はサッシュで止めているだけだ。コルセットも必要ないので、ドレスの下は下着しか身に着けていない。

ボタンが外されるやいなや、水色のドレスはクラウディアの上半身から滑り落ちてウエストのサッシュのところでとまった。

熱く火照った肌が外気に触れる。一瞬だけぞくりと肌が粟立ったが、寒いと感じたわけではなかった。むしろ涼しくて心地よい。

アルヴィンは下着姿のクラウディアを見下ろし、目を細めた。白いシュミーズの胸もとは豊かに張り出し、丸みを帯びた形に添って生地を押し上げている。呼吸をするたびに緩やかに上下している様はまるで誘っているように見えた。

「……君が悪いんだよ。僕を煽るから」

「……？」

言われたクラウディアは何のことかよく理解できなかった。

もしクラウディアが素面であれば、アルヴィンの瞳に浮かんだ不穏な煌めきに気づいたかもしれない。けれど、今のクラウディアは、アルコールに加えて生まれて初めて味わった深いキスのせいで、まともに思考することができない状態だった。

クラウディアはぼんやりと、男らしい骨ばった指がレースに縁どられた肩ひもに触れるのを見つめた。肩ひもを指に引っかけられて、肩に沿ってゆっくりと引き下げられる。白い下着に覆われていた胸の膨らみが露わになった。

形よく盛り上がった膨らみの中心で、小さな薄紅色の突起がふるりと震えた。外気に触れたことで、柔らかかった先端が急速に硬くなっていく。

アルヴィンはクラウディアの脇の下から手を通すと、柔らかな膨らみを覆うように手で包み込んだ。

「あ……」

クラウディアの唇から吐息が漏れる。

「柔らかくて温かい。すっかり大人になったんだね、ディア」

「ん……はぁ……」

大きな手が下から掬うように膨らみを持ち上げ、捏ねるように揉んでいく。最初は優しい手つきだったが、クラウディアが痛がっていないのを確認すると、その動きはどんどん大胆になっていった。

柔らかな肉が、アルヴィンの手の中で彼の思うように形を変えていく。

「僕の記憶の中の君はずっと十二歳の少女のままだった。どんな大人に成長したのかと何度も数えきれないくらい想像したけれど、僕の予想より遥かに綺麗になっていてびっくりしたよ」

「あ……ん、は……ぁ……」

――胸の先がじんじんする……。

先端はまるで触れてと言わんばかりにぷっくりと立ち上がり、その存在を主張している。けれど、アルヴィンは乳房を揉みながら巧みにそこに触れることを避けていた。

「クラウディア。自分の身体を見てごらん」

ぼんやりとしながらもクラウディアはその言葉に従って自分の身体を見下ろした。お酒の影響なのか、体温が上昇してほんのりピンクがかった膨らみを、節くれだった大きな手が我が物顔で撫でている。

するとまるで見せつけるかのように意地悪な指が色の濃くなった乳輪をぐるりと撫でる。けれど肝心の疼く場所には触れてくれない。

――触って、お願い、触って。

願いも虚しく、アルヴィンは先端に触れようとはしなかった。そのくせ、わざとらしくギリギリのところまでは触れてくるものだから、ますますクラウディアの飢えは酷くなっていった。

「……お願い。先を、触って……。お願い。じんじんするの」

普段だったら恥ずかしくてとてもこんなことは口にできなかっただろう。けれど今のクラウディアはお酒の影響で思考は曇り、箍(たが)が外れていた。

「お願い、触って……」

「僕の名前を呼んだら触れてあげるよ」

頭上から降ってきた声に、のろのろと顔を上げる。情欲を宿した青紫色の瞳と視線が重なった。

「名前……」

「アルヴィンだ。僕の名前を呼んだら、触ってあげる」

脳裏に青紫色の光彩を残してヒラヒラと飛んでいく蝶が浮かんだ。

――初めて恋をした人。どんなに忘れたくても忘れられなかった人……。

「アルヴィン様。私の、王子様……」

「そうだよ。君の夫になる男だ。もっと僕の名前を呼んで。その脳裏に刻み込んで」

「アルヴィン様……アルヴィン様、触って。お願い、触って」

「よくできたね。ご褒美だ」

アルヴィンは親指と人差し指でクラウディアの疼く乳首をキュッと摘まんだ。

「あっ、ああっ」

すさまじい快感が突き上げてくる。思わずクラウディアの口から嬌声がほとばしった。

「んっ、あ、あっ……っん、くぅっ」

赤く尖った突起をくりくりと指で捏ねられて、そのたびに背筋を快感が走っていく。下腹部が痛いくらいに疼いて、熱を帯びていくのが分かる。

「味はどうかな。試してみよう」

愉悦を含んだ声がしたかと思うと、片方の胸が下からぐっと持ち上げられる。アルヴィンは頭を下げて、上向いた乳首を乳輪ごとぱくりと口に含んだ。

「ひゃっ！」

じんじんと疼く突起をぬめった舌がねっとりと舐め上げる。甘噛みされながら強く吸われると乳首の疼きは収まるどころかますます酷くなった。

片方の乳首は口に咥えられ、反対側は長い指で捏ねるように弄られて、二つの異なる刺激にクラウディアは身悶えることしかできなかった。

気づくと、クラウディアはいつの間にかアルヴィンの膝の上に乗り、背後から片方の胸を弄られながら、深いキスを受けていた。

「ん……ふ、ぁ、ん、んんっ」

首を後ろに捻った姿勢でのキスは苦しかったが、この時のクラウディアは気にならなかった。舌を絡ませ合い、どちらのものともつかない唾液を啜り合う。

――ああ、もっと、もっと欲しい……もっと。

キスに溺れ、アルヴィンのもう片方の手が腰にまとわりついたシュミーズドレスの下に潜り込んだことにクラウディアは気づかなかった。両脚の付け根にたどり着いた指がしっとりと濡れた秘部に触れるまでは。

「っ、んんっ……！」

クラウディアが上げた驚きの声がアルヴィンの口の中に吸い込まれていく。ぼんやりした頭でも、女性の最も大事な部分に触れられたことに気づいたクラウディアは、しどけなく投げ出されていた脚を本能的に閉じようとした。けれど、すでに侵入した指を避けることはできない。

指が濡れた花弁を開き、蜜口に触れる。クラウディアのそこに今まで触れた人間はいなかった。

「んーっ、んー！」

未知の感覚に上げた叫びも、怯えた声も、すべてアルヴィンの口の中に消えていった。染み出してくる愛液で濡れた指が蜜口にぐっと押し込まれ、ビリッとした痛みが走る。けれど、これもお酒の影響なのか、痛みはすぐに消えてなくなった。

「んぅっ、んんっ、ん、んっ」

誰も触れたことのない場所にずぶずぶと指が埋まっていく。

──入ってくる。私の中に……。

酔ってはいるけれど、異物感がなくなるわけではない。ここにきて初めてクラウディアは怯えた。

「あ……ふ、ぁ……」

ようやくキスがやみ、アルヴィンが顔を上げたのは、蜜壺を犯す指がぐっと奥まで入り込んで動きを止めた後だった。

「はぁ……あ、ん……ん……」

「君の中に僕の指が入っているのが分かるかい？」

アルヴィンは尋ねながら今度はゆっくりと指を引き抜いていく。

「あ……くっ、あ、っは……」

指が蜜口から抜ける寸前、今度はまた奥までずぶずぶと押し込まれていく。その得も言われぬ感覚に、クラウディアの足先がきゅっと丸まった。

探るようにゆっくりと抜き差しを始めた指が、中を解しながら壁を擦っていく。

「あっ……！」

中に入った指がお腹側のある一点に触れた瞬間、背筋を駆け上がっていった快感に、クラウディアの身体がびくんっと大きく揺れた。

「ああ、ここかな？」

再び指の腹がざらざらした箇所を撫でさする。何度も何度も。

「あっ、あ、ああっ」

そのたびにクラウディアの口から大きな喘ぎ声が零れ落ち、びくんびくんと陸に上がった魚のように身体が跳ねる。

「ここが君の感じる場所だよ。ほら、気持ちいいって証拠に奥からどんどん君の蜜が溢れてくる」

アルヴィンの言うとおり、胎内からじわりじわりと何かが染み出して、彼の指を濡らしていた。

――気持ちいい？　これが気持ちいいということなの？

胸と蜜壺の両方を同時に弄られて、クラウディアにはすでにどこがどう感じるのかよく分からなくなっていた。

そもそも大事な場所を他人に触れられるのも初めてで、多感な時期を修道院で過ごしたせいで性の知識も乏しいクラウディアは、自分が今何をされていて、この行為がどこに繋がるかすら分かっていない。

ただただ未知なる感覚に翻弄されるしかなかった。

「でもさすがに中でイクのは難しいかもしれないね」

そう言いながらアルヴィンは親指で割れ目の上にある敏感な花芽に触れた。次の瞬間――。

「ひゃあああっ……！」

脳天を突き抜けた衝撃に、クラウディアの身体がビクンッと跳ねた。けれど、衝撃は一度だけでは終わらない。花芽に触れながら、蜜壺の感じる場所を指で執拗に弄られて、クラウディアの目の前で何かがチカチカと瞬いた。

「や、あ、だめ、そこ、あ、あああっ」

ビクビクとアルヴィンの腕の中でクラウディアの華奢な身体が震える。

「イキそうだね。中がヒクヒクと動いて僕の指を美味しそうにしゃぶっているよ」

クラウディアの耳に舌を這わせながらアルヴィンは囁いた。

「たとえ今日の記憶が残らなかったとしても、この感覚を身体に刻んで覚えておくんだよ、ディア。僕の蝶」

「あっ、あっ、あ、っあ、ああ」

身体の奥から何か得体の知れないものがせり上がってくる。

「イけ」

命令と共に花芯がぐりっと押しつぶされ、クラウディアの感覚が爆発した。目の前で火花が散り、せり上がってきた何かに押し流されていく。

「あ、あ、あああああ！」

一際高い嬌声を響かせながら、クラウディアは絶頂に達した。

アルヴィンの肩にうなじを押しつけながら、背中を反らす。びくんびくんと身体が痙攣し、しばらく続いた後、ようやく弛緩した。

クラウディアは、アルヴィンに背中を預けてぐったりと寄りかかり、目を閉じる。すぐに疲れと眠気が襲い掛かってきた。

闇のベールが意識を覆い隠していく。クラウディアは沈み込んでいく感覚に身を委ねた。

＊＊＊

「おやすみ、僕の蝶」

アルヴィンは意識を失ったクラウディアの膣から指を引き抜くと、汗ばんだ額にキスを落とした。

「このままもう少し君を抱いていたいけれど、そろそろ時間切れのようだから諦めるよ」

すると、誰もいないはずの部屋に第三者の声が響いた。

「当たり前です。まだ結婚前だというのに、殿下は到着早々クラウディア様に何をしているのです？」

声の主はセアラだった。気配を感じさせることなく少し離れた場所で二人を見守っていたセアラは、眉を寄せて主に苦言を呈す。

「話し合うことがあるから人払いをしたのではなかったのですか？　結婚前に手を出すつもりでいるのなら、考えを改めてくださいませ」

「そんなつもりはないよ。今回のは……たまたまそうなっただけだから。これからはちゃんと自制するつもりだ」

「たまたまなんてよくおっしゃいますね。クラウディア様が兄君と間違えたのを口実に、嬉々として手を出そうとしたくせに。まったく、もしこれから公務がなければどうなっていたことか」

「……セアラ、君、いつからこの部屋に来ていたんだい？」

クラウディアがアルヴィンとアーサーを間違えたのはかなりはじめの頃だ。もしかしたら、ずいぶん前から部屋に来ていたのではないか。その疑問をぶつけると、セアラは胸を張った。

「私はクラウディア様の侍女でもありますけど、護衛でもありますから。常に護衛対象の近くにいるのは当たり前ではないですか」

つまりかなり前の段階からここにいて見ていたということだ。

「六年ぶりの再会ですから、今回は見逃しましたけれど、次はありませんから。節度を守ってクラウディア様と接してください」

参ったというふうにアルヴィンは手をあげた。

「分かった。もとよりそのつもりだよ。セアラ」

セアラはただの侍女ではない。護衛も兼ねられるように特殊な訓練を受けた侍女だ。だからこそアルヴィンはクラウディアが修道院から王都に戻ってくる間の護衛として派遣したのだ。

敵が動きを見せるのはこれからだろうが、油断はできない。

アルヴィンはキュッと口を引き結ぶ。

「セアラ。僕はこれから王宮に行かなければならない。後のことは頼んでいいかい？」

「もちろんです」

「夜まで戻ってこられないだろう。そのこともクラウディアに伝えておいてほしい。……まぁ、今日に限ったことではないんだが」

「ご自身の公務だけではなく、陛下の分の公務もしなければいけませんからね」

セアラは訳知り顔で頷いた。

以前から公務をサボり、王妃やアルヴィンに丸投げすることが多かった国王だが、最近では公務どころか離宮に入りびたりで、最低限の仕事しかしなくなっていた。

その分、王妃やアルヴィン、それにエドワード王太子に公務が回ってくるので、以前よりさらに負担が増えている。

もっとも、アルヴィンが異常なくらい忙しいのは、マディソン伯爵の件の後始末も担当しているからだ。

「……やれやれ、結婚式までに何とか落ち着いてくれればいいんだが」

「無理でしょうね。大本を断たない限りは」

セアラの答えに、アルヴィンは顔を顰める。だが、彼女の言うとおりだった。

マディソン伯爵の件は彼にとっての通過点に過ぎない。

「すべての元凶はまだのうのうと生きているからね」

アルヴィンは応接室の窓から外を見つめた。その窓の方向には王宮がある。

「敵が動きを見せ始めるのはこれからだろう。セアラ、クラウディアを頼んだよ」

「御意(ぎょい)にございます、殿下」

セアラは侍女服のスカートを摘まんで頭を下げた。

＊＊＊

同じ頃、王宮内のとある離宮では、しどけなくカウチに身を預けている男と、男に身を寄せる女がいた。

男はアルヴィンの兄で国王のオズワルド、そして女は元側室のティティス・マディソンだ。

ティティスは相手に取り入り、言葉一つで思うように動かす天才だった。清楚で美しく、外見は聖女のようなティティスだが、中身は欲深く自分本位な悪魔のような女だった。

ローヴァイン侯爵の処刑の件も、はじめに言い出したのはユリウス・マディソンではなく、ティティスだ。ティティスは裁判になる前にローヴァイン侯爵を殺す必要があると兄を焚き付け、オズワルドに進言するように勧めたのだ。

万事がそんな感じだった。ティティスは相手が自ら動くように唆し、そのくせ自分だけは安全な場所で高みの見物をしている。そういう女なのだ。

そして今もまた、ティティスはオズワルドを唆そうとしていた。

「ローヴァイン侯爵の令嬢が王都に戻ってきたらしいですわね。半年後にはアルヴィン殿下とご結婚されるとか。そのことを知ったらフリーダはさぞ悲しむでしょう。あの子はアルヴィン殿下を慕っておりましたから」

「あ、ああ、そうだったな」

オズワルドの歯切れが悪くなる。おそらくティティスの「お願い」を聞いてアルヴィンにフリーダと結婚するよう命令を下したあげく、議会の反対に遭ったことを思い出したのだろう。

「あの子も気の毒に。父親の犯罪には関与していないというのに、北の厳しい修道院に送られてしまって。一体どんな目に遭っているのかと考えると、私は夜も眠れません。……ねぇ、陛下。フリーダを修道院から出してあげることはできないのでしょうか？」

「う、うむ。それは……」

「それは無理でしょう」

口を挟んだのはオズワルドの側近であるオールドア伯爵だ。

「フリーダ様が修道院に送られてまだ数か月しか経っておりませんし、出す理由がありません。ローヴァイン侯爵のご令嬢も六年もの長い間、一歩も修道院の外に出ることを許されなかったそうです。それなのにフリーダ様だけ数か月で出しては他の者に示しがつかないでしょう」

「そ、そうだな。すまないな、ティティス」

「……いえ、いいのです。私の方こそ無理を言いました。オールドア伯爵の言うとおり、フリーダを出してあげることは難しいですわね。ですが、もしも――」

ティティスはオズワルドの胸に手を置き、悲しげな表情で見上げた。

「もしも、あの子が修道院生活に耐えられずに逃げ出してしまった時は、陰ながらでもいいので、力をお貸しくださいませ。陛下、お願いでございます」

「うむ、愛しいそなたのお願いだ。その願い、余が全力で叶えようぞ」

オズワルドが深く考えもせずに答えた。いとも簡単に陥落してしまったのだ。

「まぁ、陛下、ありがとうございます！　とても嬉しゅうございます！」

はしゃぐティティスの声を聞きながら、オールドア伯爵は失望と諦念のため息を漏らす。

公務を王妃たちに丸投げし、元側室に溺れて愚策を重ねる王。今のオズワルドはまるで先々代国王のアルブレヒト王のようだと年嵩の者は言う。

先々代国王アルブレヒトは愚王だった。己にすり寄ってくる貴族を偏重し、心ある貴族の進言や忠言は聞かず、気に入らない臣下を次々と処刑した。王宮は腐敗し、まともな政治はできなくなった。

ただでさえ国王の気分によって二転三転する国策は、地方貴族や役人を疲弊させ、国民は重い税金に苦しめられることとなった。

各地で反乱が相次ぎ、アルブレヒト王の後年の治世は、争いにより多くの血が流れる混乱した時代となった。

オズワルドとアルヴィンの父親であり、のちに賢王と称えられたエーベルト王が、病気で急死したアルブレヒト王の跡を継いで王になった時、国内は大いに荒れていた。国王と言えどもいつ殺されてもおかしくない状況だったのだ。

そこでエーベルト王は弟のバール公爵と協力し、国と王家を守るため、国王と一部の重臣たちだけが政治を動かす従来の専制君主制を改め、貴族と庶民の代表が集まって国策を決めるという議会制度を導入した。最初は混乱もあったようだが、エーベルト王の粘り強い説得と指導力のおかげで、議会制度は次第に定着していった。

エーベルト王が賢王と言われるのは、彼が議会の決定に口を出すことはなく、意見が割れた時に仲裁をするくらいで、調整役に徹していたからだろう。彼は議会を信頼し、その結果を尊重した。議会も国王を尊重し、決裁権を預けた。

だが、オズワルドはその決裁権をマディソン伯爵が優位になるように悪用してしまった。

そしてローヴァイン侯爵の一件で、多くの貴族は、奸臣(かんしん)の言葉に操られ、いとも簡単に人の命を奪ったアルブレヒト王の面影をオズワルドに重ねているだろう。

前は大勢いたオズワルドの側近も、心ある者は自ら国王のもとを離れ、残りはマディソン伯爵の犯罪行為に手を貸して処罰された。残っているのはオズワルドを見捨てられなかったオールドア伯爵ただ一人だ。

だがオズワルドはそんなことにも気づいていない。ティティス以外はどうでもいいのだ。

ひたひたと忍び寄る破滅の足音がすぐ近くまでやってきている気がして、オールドア伯爵は目を閉じるのだった。

第4章　王家と贖罪

　オーウェン・ブラウズはブラウズ伯爵家の次男であり、王弟アルヴィンとは乳兄弟の関係だ。騎士となった今はアルヴィン専属の護衛チームを率いている。

　──まったく面倒なことになったものだ。せめて殿下の結婚式が終わるまではと思っていたのに。

　部下から報告を受けたオーウェンは顔を顰めながら主であるアルヴィンのもとへ向かう。この時間、アルヴィンは王宮の執務室で仕事をしているはずだ。

「失礼します、殿下」

　執務室に入ったオーウェンは、挨拶もそこそこに告げた。

「フリーダ・マディソンの件、殿下の予想通りでしたよ」

　フリーダの名前を聞いたアルヴィンは手にしていた書類を机に置き、姿勢を正した。

「報告を聞こう」

　北にある戒律の厳しい修道院に送られたフリーダ・マディソンが何者かに連れ去られたという一報がオーウェンの部下から入ったのは、十日ほど前のことだった。

「部下のデインによると侵入してきた賊は三名だそうです。そのうち二人は陽動役として雇われたならず者だったようで、修道院所属の警備兵によって間もなく捕らえられたとのこと。彼らの証言から、ならず者たちを雇って指示していたのは例の傭兵で間違いないと思われます」

以前から敵の陣営に恐ろしく腕の立つ、人殺し——いや、暗殺をするような役割の者がいることは分かっていた。マディソン伯爵の犯罪を立証するための重要参考人があと一歩のところで口封じのために殺されるということが何度も起きていて、どの被害者もすべて急所を一突きされて絶命していたからだ。

調査した結果、浮かび上がってきたのが国王の側室ティティスが連れてきた元傭兵のルステオだ。マディソン伯爵家に護衛として雇われていた男で、どんな時でも冷静で、しかも冷酷に敵の急所をついて一撃のもとに葬り去るところから傭兵仲間からは彼の瞳の色にちなんで「青き狼」と呼ばれて恐れられていたという。

その通り名のとおり、狙われた獲物は逃げる間もなく殺された。目撃者もいないことから、ルステオが犯人だと見当がついていても、証拠がないので未だに捕まえることはできないでいる。

——でもあいつに狙われた獲物が全員殺されたわけではなく、生きている人間もいる。それもあの男が最も大切にしている主の失脚に繋がる重要な人物が。その人物が実は生きていたと知った時、あの男はどういう反応を示すだろうか。

できればその場に居合わせたいものだと思いながらオーウェンは報告を続ける。

「デインは陛下の指示通りにこちらからは手を出さず、フリーダ・マディソンが『青き狼』と修道院を脱走するのを見届けて戻って来たそうです」

「そうか。デインにはクラウディアの護衛に続いてフリーダ・マディソンの監視役まで務めてもらった。長い間の任務ご苦労だったと伝えてくれ。もちろん、特別手当は弾んでやってほしい」

「はい。ついでに彼が望むだけ特別休暇も与えようかと考えています」

オーウェンの口元が綻んだ。アルヴィンはいつだってオーウェンたちに対する心遣いを忘れない。労いの言葉一つかけたことがなく、守られるのが当たり前だと考えている国王とは大違いだ。

「そうしてやってくれ。……にしても、修道院に入ってから半年しかもたなかったな。いや、思ったより長くもったと思うべきか」

アルヴィンは小さくため息をつく。

「ティティス・マディソンは一年以内にフリーダを修道院から連れ出すだろうと殿下は予想してましたよね」

「あの女には、もうフリーダくらいしか手駒が残っていないからね。ユリウス・マディソンを追い込んだのが僕だと気づけば必ずフリーダを使うために修道院から出そうとするんじゃないかと思ったんだ。何しろ、自分の手を汚さずに安全なところから駒を動かすのが得意なようだから」

アルヴィンが皮肉気に笑う。オーウェンたちはティティスがマディソン伯爵の犯罪に関わっていたという物的証拠がどうしても見つけられず、未だに捕らえることができないでいる。なぜならティティスは用心深く、自分の手は決して汚さないからだ。

「……ティティスの今度の狙いはやはりクラウディア様なのでしょうね」

六年ぶりに見たクラウディアの儚(はかな)げな様子を思い出し、オーウェンは眉間に皺を寄せた。アルヴィンほどではないが、オーウェンも十分クラウディアに庇護欲を覚えているので、できればこれ以上彼女に傷ついてほしくなかった。

だが、ティティスがフリーダを使うつもりである以上、狙われるのはクラウディアの命であることは明らかだ。護衛としてずっとアルヴィンの傍にいたオーウェンには、フリーダの執着心がどれほどのものかよく分かっている。

夜会でアルヴィンと義理で踊った相手にすら嫉妬し、取り巻きを使って嫌がらせを繰り返していたフリーダのことだ。アルヴィンが結婚すると聞いてどれほどクラウディアに恨みと憎しみを抱いていることか。

「だろうな。ティティスのことだ。僕が自らクラウディアとの結婚を議会に提案したことを知れば、こちらの動機が六年前の報復であったことに気づくだろう。僕の弱点がクラウディアであることもね。……でも、それは同時に奴らをまとめて潰すチャンスでもある」

スッと目を細めるアルヴィンに、オーウェンは頷いた。

「ええ。クラウディア様は王族の一員となることが決まっている身。そのクラウディア様を狙えばいくら国王が庇おうと極刑は免れません。それに北の修道院を脱走したフリーダは国から追われる身となりました。フリーダを匿（かくま）ったり逃走の手助けをした者も同罪で処罰対象になります」

「ああ、そのためにわざわざフリーダが脱走するのを見逃したんだ。マディソン伯爵の裁判ではフリーダが犯罪に関与しているか認定できずに極刑にできなかったからね」

　表情こそ変わらないものの、アルヴィンのアイリス色の目が濃くなった。それは彼が怒りを覚えている証拠でもある。

「厳しい北の修道院に送るだけじゃ生ぬるい。それに修道院送りじゃいずれ恩赦で出てくることもあるじゃないか。そんなのは許せないだろう？　フリーダにもティティスにも、そして国王にも、自分が犯した罪はその身を以て償ってもらう。そのためにこの六年間準備をしてきたんだ。やつらを地獄に叩き落とすために。――それが、僕の贖罪だ」

「……殿下。六年前のことは殿下のせいではありません」

　この六年間、何度も口にしている言葉をオーウェンは繰り返す。けれど、アルヴィンからはいつも決まった言葉しか返ってこなかった。

「いや、僕のせいだ。僕が不用意だったから起きたことだった。……大切にしているものならなおのこと隠しておくべきだったのに。口に出してはいけなかったのに」

『先日王妃様のお茶会に顔を出されたそうですね。社交界デビュー前の令嬢たちですが、殿下のお眼鏡にかなった令嬢と出会えましたかな？』

六年前、公務の打ち合わせに訪れたとある大臣の何気ない一言がすべての始まりだった。オーウェンもアルヴィンの護衛としてその場にいたから知っている。

――そう、殿下のせいじゃない。ただ、ほんの少し油断してしまっただけだ。

その場に居合わせたのが、顔も名前も知っている者たちばかりだったこともあり、あのお茶会で出会った令嬢たちの感想をほんの少し漏らしただけ。……ただ、それだけだったのに。

「僕は過ちを犯した。だからこそ僕の手ですべてを終わらせる。そのために何だって利用するよ。自分が王族であることも、クラウディアさえもね。……そんな顔をするな、オーウェン。僕の目的のためにはどうしても必要なことなんだ」

思わず口を引き結んでしまったオーウェンの顔を見てアルヴィンが苦笑する。

「……別に怒っているわけではないですよ。殿下の意図も気持ちもよく分かっておりますから」

そう。別にオーウェンはクラウディアすらも囮に使おうとしているアルヴィンに対して怒っているわけではないのだ。むしろ気の毒だとさえ思っている。

本当はクラウディアを安全な場所に囲ってしまいたいだろうに、それでもあえて憂いを断つために断行しようとするアルヴィンの、そうせざるを得ない状況とすべての元凶に、オーウェンは怒りを覚えているだけなのだ。

本来なら王弟としてもう少し楽に生きられたはずのアルヴィンが、王族としての義務に縛られ続けているのも、すべては無能な国王と人を駒にして弄んでいる側室と、人を踏みにじっても何とも思わない我儘な女のせいだった。

——ああ、そうだ。殿下の言うとおりだ。お前たちの罪はその身で贖うがいい。

オーウェンは六年もの間ずっとアルヴィンに負けず劣らず怒りをくすぶらせていたらしい自分の気持ちを自覚する。

脳裏に浮かぶのは嬉しそうに笑いながら家族のことを話していた少女と、まだ少年だった頃のアルヴィンが彼女に向けていた憧憬の色を含んだ温かな眼差しだ。新米ながらアルヴィン専属の護衛として女官たちと共にオーウェンが見守っていたあの優しい光景はもう二度と戻らない。

屈託のない笑顔を浮かべていたクラウディアは、辛い過去を経て物静かな女性に成長した。微笑みはすれども、もう満面の笑みを浮かべることはない。

そしてアルヴィンも、他人に見せる表情はいつもと変わらないけれど時々昏い目をするようになった。その目の奥に見え隠れする悔恨や憎悪や怒りに気づいているのは、一緒に育ったオーウェンを含むほんの一握りの人間だけだろう。

——幸せな時はもう二度と戻らない。だからこそもうこれ以上失わせてなるものか。

オーウェンは決意を新たにすると、アルヴィンを見て言った。

「フリーダ脱走の一報を受けて、すでに王妃様の命により国境を一時封鎖し、主要な街道に検閲所を配置して王都への出入りも厳しくチェックするように手配しております。ルステオ一人だけならともかく、フリーダ（お荷物）を抱えているので、ほとぼりが冷めるまでは安全策を取って潜伏しているでしょう」

「だろうね。僕がルステオでもそうする。軍もそう長い間フリーダたちの捜索に人員を割くことはできないだろう。いずれ警備は緩む。その隙を狙ってくるだろう」

「はい。ルステオが動くとしたら、三か月後に行われる殿下たちの結婚式でしょう。久しぶりの慶事を祝うために王都には国中から人が集まってくるので、警備も行き届かなくなる。おそらく二人は民に紛れて王都に戻ってくるでしょう。今のうちに警備を強化して備えます。……ところで、殿下。クラウディア様にこのことは……？」

　フリーダの脱走のことをクラウディアに伝えるのかと尋ねると、アルヴィンは首を横に振った。

「いや、クラウディアには伝えないようにしてほしい。結婚式の準備をするのも相当な負担になっているんだ。これ以上彼女の心を乱したくない」

「分かりました。セアラにだけ伝えて、クラウディア様の身辺には十分注意するように言っておきます」

「頼んだぞ。幸いなことにティティスは保身のためフリーダが手元に戻るまで自分からは動こうとしないだろう。ギリギリ間に合う感じだな。式を終えて初夜が済めば名実共にクラウディアは僕の妻となり王族の一員になる。王族になれば国王とて容易に手は出せない。

……今度こそは守れる」

呟きながらアルヴィンが手を伸ばして机の引き出しにそっと触れるのを見てオーウェンは目を伏せた。鍵のついたその引き出しの中に、アルヴィンの大切なものが保管されているのを知っていたからだ。

それはアルヴィンにとってお守りのようなものであった。

「今度こそ失敗しない……絶対に」

引き出しの表面を愛おしそうに撫でながら呟くアルヴィンは、目に昏い色を宿していた。

＊＊＊

ヘインズ修道院を出てから半年後。クラウディアとアルヴィンは王都にある大聖堂で結婚式を迎えようとしていた。

豪華な祭壇に向かって、アルヴィンと並んでゆっくり歩きながら、クラウディアは遠い目になる。

――まさか、本当にたった半年で式を挙げることになるとは。

アルヴィンとバーンズ卿に付き添われ、爵位継承の手続きのために王宮に行った時、宰相のリード・グレイシェル侯爵に「六か月後に殿下たちの結婚式を挙げることになりました」と言われて、クラウディアは思わずわが耳を疑ったものだ。

普通、婚約してからすぐに結婚式を挙げることはない。貴族ならば婚約してから実際に結婚するまで数年かかることもざらだ。

それなのに、クラウディアたちの場合は婚約の告示から半年後に式を挙げる予定だというから驚きだ。

『申し訳ありません、アルヴィン殿下、クラウディア様』

人のよさそうな顔に困ったような表情をのせて、グレイシェル宰相はアルヴィンとクラウディアに頭を下げた。

『ですが、思っていた以上にこの件については国民の関心が高いのです。皆、王族がどんなふうにクラウディア様に償うつもりなのかとじっと窺っております。ですので、できるだけ早く、しかも国民にもはっきりと見える形で示した方が、王家にとっても得になると判断いたしました』

マディソン伯爵の後任として新しい宰相になったリード・グレイシェル侯爵は、柔和な面差しの男性だった。威厳はあまり感じられないが、若い頃から父親の補佐として宰相府に勤めていた彼は、なかなかのやり手だと聞く。

議会制での宰相の役割はかつてのように国王の補佐として国政を担うことではない。国王が職務を問題なく執り行えるようにするのが主な役割だ。そこには国王と議会を繋ぎ、調整する役目も含まれている。

前任のマディソン伯爵が議会と対立して国王と繋ぐどころではなかったのに対し、リード・グレイシェル侯爵は議会との関係も良好で、彼が宰相になったとたん、滞っていた案件がすんなりと進むようになったという。

父親の前グレイシェル侯爵がそうだったように、彼もまた水面下での調整や根回しが得意なのだろう。

そのグレイシェル宰相の説明では、ローヴァイン侯爵家の冤罪のことは新聞に大々的に取り上げられて、今や国民のほとんどがクラウディアたちに降りかかった悲劇のことを知っているのだという。

『もちろん、陛下が独断で裁判もなしにローヴァイン侯爵一族を処罰してしまったことも国民は知っています。おかげで王族に対する国民の印象は最悪と言ってもいいでしょう。これは何としても早急に対処しなければなりません』

その対処というのが、王弟アルヴィンとクラウディアが国民の前で結婚式を挙げるということだった。

式まで長引けばいつまた国民の王族への不信感が噴き出すか分からないということで、最短で式を挙げてこの問題に終止符を打ちたいのだと、グレイシェル宰相は忌憚（きたん）なく言った。

当然クラウディアは驚いたし狼狽えもしたが、アルヴィンと議会が承認したことに今さら異を唱えることはできなかった。

——本当によく準備が間に合ったものだわ。

結婚式の日付を告げられたあの日から六か月。それはまさにクラウディアにとっては怒濤のような日々だった。

何しろクラウディアは社交界デビューに備えて本格的な勉強を始める前に修道院に送られてしまったせいで、貴族令嬢なら習っていて当たり前の礼儀や作法、それに社交界のルールもよく分かっていないのだ。アルヴィンと宰相が手配してくれた家庭教師につきっきりで教えてもらい、何とか形になる程度に身に着けることで精一杯だった。

不幸中の幸いだったのは、忙しいあまりに結婚や将来に対する不安に浸っている暇もなかったことだろう。思い悩む時間があったら、式典に参列する高位貴族や友好国の大使の名前を一つでも多く覚えることに費やしたかった。

一方、アルヴィンも結婚式の準備と公務に忙しく、夜遅くに屋敷に戻ってくることも珍しくなかった。クラウディアと顔を合わせるのは朝だけで、のんびり話をしている暇もないようだった。

――王太子でなくなっても、王族はこんなに忙しいものなのかしら。

そう思っていたが、セアラによると王弟に過ぎないアルヴィンがこれほど忙しいのは、国王のせいだと言う。

『陛下は元側室のいる離宮に入りびたりで、最低限の公務しか行わず、それ以外のほとんどの公務を王妃様やアルヴィン殿下に丸投げなさっているのです』

もちろん、王妃やアルヴィンにも本来やらなければならない公務がある。そこに国王の代行としての公務が加わったせいで、休む暇もないくらいに仕事をこなさなければならなくなっているようだ。

『十二歳になったばかりのエドワード王太子殿下に負担をあまりかけないように、アルヴィン殿下が大部分の公務をお引き受けなさっているので、とても忙しいのです。本来であれば王弟殿下の公務などそれほどあるわけではないのですが……』

すべては国王のせいだった。国王が自分の負うべき役目を果たさないから、その分のしわ寄せがアルヴィンと王妃にいっているのだ。

——そう。すべては国王陛下のせいで……。

アルヴィンと共に祭壇に向かって歩くクラウディアの目の端に、ちょうど参列者として最前列に座っている国王の後ろ姿が映った。とたんに苦々しい気分に襲われて、クラウディアは唇を噛みしめる。無意識のうちにアルヴィンの腕にかける手に力が入っていた。

すると、アルヴィンがスッと身体の位置を微妙にずらし、クラウディアの位置から国王の姿が見なえいように遮ってくれる。決して偶然ではなく、クラウディアを気遣ってのことだ。

——あの日も殿下は私の気持ちを察して寄り添ってくださったのだもの。

あの日とは、クラウディアが正式にローヴァイン侯爵家を継いで、国王夫妻に謁見した時のことだ。

王都に戻って一か月ほど経ったその日、クラウディアはアルヴィンにエスコートされて、謁見の間で玉座に座る国王夫妻の前で付け焼き刃の淑女の礼をしていた。

『うむ。大義であった』

『お帰りなさい、クラウディア嬢。……いいえ、今はローヴァイン侯爵と呼ぶべきでしょうね。あなたがアルヴィン殿下と結婚すればまた呼び方は変わるでしょうけれど、今のあなたはローヴァイン侯爵家の当主ですもの』

王妃が玉座からクラウディアに柔らかな声で呼びかける。久しぶりに耳にした王妃の声に、クラウディアは胸の中が温かくなるのを感じた。王妃の声はクラウディアに対する好意と思いやりに溢れていたからだ。

『顔を上げて、ローヴァイン侯爵。お母上のことは聞き及んでおります。とても辛かったでしょう。お母上は朗らかでお優しくて、慈善活動にもとても熱心でいらして、淑女の鑑のような方でした。私にとってもあの方を失ったことは残念でなりません』

思いもかけない母親に対する悔やみの言葉に、クラウディアの目が潤んだ。

『もったいないお言葉、ありがとうございます、王妃様。母もきっと天国で喜んでおります』

――王妃様がお母様のことを認めてくださっていた。

それだけでほんの少し母親を失った悲しみが癒やされるような気がした。

……けれど、喜んでいられたのは、王妃の隣でつまらなそうな表情をして明後日の方向を見ている国王に気づくまでだった。

国王は決してクラウディアを見ようとしなかった。かけた声も最初の「大義であった」という一言だけ。

もし、目を合わせない理由が、無実の父親たちに処刑という判断を下したことへの罪悪感だったのなら、クラウディアはもしかしたら国王を許せたかもしれない。

けれどそうではないと分かってしまった。

――この方は、私に対して罪悪感など抱いていない。お父様やお兄様たちの命を奪ったことを少しも悪いとは思ってない。私に目を向けないのは関心がないから。どうでもいいと思っているから。

そう理解した瞬間、クラウディアの中に、激しい怒りと憎しみの感情が湧き上がる。それはマディソン伯爵に対する感情を遥かに超えた激情だった。

――この人のせいでお父様とお兄様たちは命を奪われたのに……！

クラウディアは叫びたくなるのを抑えるために、ぐっと唇を嚙みしめた。

――だめよ、ここは王宮の謁見の場。もしここで私が何か言おうものなら、ローヴァイン侯爵家の再興は永遠に叶わなくなる。アルヴィン様にも迷惑がかかってしまう！

その一心でクラウディアは自分の激情を抑え込もうとする。けれど、憎しみは収まるどころかどんどんクラウディアの中で膨らんでいった。

――お父様の忠誠心を土足で踏みにじった。許せない。許せるはずがない！

膨れ上がった激情が喉元から溢れかけたその時だった。クラウディアの手をアルヴィンの指がそっと包み込んだ。手から伝わるアルヴィンのぬくもりと感触が、怒りに支配されそうになっていたクラウディアの心を引き戻していく。

——まるで、自分がいる、大丈夫だと、言われているみたい……。

クラウディアの手を包み込む指はとても優しかった。

ここがどこだか思い出したクラウディアは息を深く吸い込むと、アルヴィンに預けていた手の力を抜く。あれほど激しく胸を突き上げていた感情はいつの間にか消え去り、クラウディアの心にはいつものように悲しみだけが残った。

謁見の時間はあっという間に終わった。

『余は戻る。ティティスが寂しがっているだろうからな』

決められていた謁見の時間が過ぎたとたん、国王はそそくさと玉座を離れていく。

国王が立ち去り、後に残された王妃は申し訳なさそうにクラウディアに声をかけた。

『……ごめんなさいね。ああいう方なのです。私は王族であっても過ちはきちんと正すべきだと思っていますが、あの一件に関して陛下はご自分には何も責任はないと考えているようなの。困ったものだわ』

『今に始まったことではありませんよ、義姉上。私たちが最善を尽くすしかありません』

アルヴィンは王妃に優しい声で言うと、クラウディアを振り返った。

『不快な思いをさせてすまない、クラウディア。けれどこの謁見が終われば、式典以外で陛下と直接顔を合わせることはあまりないと思う』

『……はい』

クラウディアは頷いた。国王を見れば家族を奪われたことを思い出さずにはいられない。今後顔を合わす機会がないというのはクラウディアにとっては喜ぶべきことだった。……けれど納得できたわけではない。

――あの人の過ちを償うために、アルヴィン殿下は私と結婚することになったというのに。きっとそれすらも、どうでもいいことなのね。あれがお父様たちが忠誠を誓っていた国王だなんて……。

生まれて初めての国王との謁見は、クラウディアの心に虚しさを植えつけることとなった。


結婚式は厳かに進む。祭壇の前に到着したクラウディアたちに、グラファスでは最高の地位にいる司祭長が神の代理として祝福を与えた。

「アルヴィン・グラファス。あなたは今、クラウディア・ローヴァインを妻とし、神の導きによって夫婦となろうとしています。汝、健やかなる時も、病める時も、喜びの時も、悲しみの時も、富める時も、貧しき時も、これを愛し、敬い、共に助け合い、その命ある限り、真心を尽くすことを誓いますか？」

「誓います」

アルヴィンの朗々とした声が大聖堂の中に響き渡る。次はクラウディアの番だった。クラウディアは胸をドキドキさせながらその時を待つ。

「クラウディア・ローヴァイン。あなたは今、アルヴィン・グラファスを夫とし、神の導きによって夫婦となろうとしています。汝、健やかなる時も、病める時も、喜びの時も、悲しみの時も、富める時も、貧しき時も、これを愛し、敬い、共に助け合い、その命ある限り、真心を尽くすことを誓いますか？」

「はい。誓います」

ややかすれ気味の声になったが、きちんと言うことができて、クラウディアはホッと安堵の息を吐く。

「それではこちらの結婚宣誓書にサインを」

先に用意されていた宣誓書に、まずアルヴィンがサインをし、続いてクラウディアもサインをしていく。

書き上がった宣誓書を掲げ、司祭長がよく通る声で宣言した。

「ここに新しい夫婦が誕生したことを宣言します」

この瞬間、クラウディアはアルヴィンの妻となった。もう誰もその事実を覆すことはできない。

クラウディアの身体がぶるっと震えた。

――本当にアルヴィン殿下と結婚したんだわ、私。

初恋の相手と結婚できたことを嬉しく思う反面、クラウディアの心の中では罪悪感のようなものが渦巻いていた。

——本当にこれでよかったのかしら。私への贖罪のためにアルヴィン殿下の人生を犠牲にしてしまって。

けれど後悔めいた思いは、アルヴィンにぎゅっと手を握られてあっという間に霧散する。

「ありがとう、クラウディア。絶対に君を幸せにするよ」

「アルヴィン殿下……」

青紫色の目が熱を帯びてクラウディアを見下ろしている。魅入られたようにその目を見返しながらクラウディアは頬を染めた。

じっと見つめ合う二人に、司祭長が「コホン」とわざとらしい小さな咳をする。

「仲睦まじいのは大変結構ですが、外では多くの国民が殿下たちを祝福するために集まっております。ぜひ顔を見せてあげてください」

式を終えた王族は大聖堂の外にいる国民の前に姿を見せることになっている。国民は今か今かと大聖堂の正面入り口の扉が開くのを待っていることだろう。

アルヴィンは苦笑を浮かべてクラウディアの手を取った。

「そうだね。僕たちにはこの先、いくらでも時間がある。行こう、クラウディア」

「はい！」

クラウディアは笑顔で頷いた。不安も罪悪感もあるが、今日この日だけは喜びいっぱいの花嫁として振る舞うと決めていた。

大聖堂の正面の扉が開き、たった今夫婦になったばかりの王弟夫妻が出てくる。

祝福するために集まった国民は、現れた二人を見て感嘆の声を漏らした。

煌びやかな白の礼服を身に着けた凛々しい王弟と、レースとサテンをふんだんに使った白いドレス姿の王弟妃が並ぶ姿はまるで一枚の絵画のようだった。

王弟はつい数年前まで王太子だったので、国民にはよく知られている。花嫁のクラウディアは見るのが初めてだという国民が大部分だったが、彼女を襲った悲劇のことは皆が知っていた。

王弟妃は優しい面差しの、可憐という言葉が似会う顔立ちの女性だった。国民に向かって少しはにかんだように微笑む姿は、大衆の心を大いに揺さぶった。

冤罪で家族と一族を処刑され、自身も遠い修道院に追いやられていた女性。それでも健気に生きてきた彼女が国民に人気のある王弟と結ばれたのだ。まるで小説のような夢物語が現実に起こったのだと、国民が熱狂した。

「アルヴィン殿下、バンザーイ！」

「おめでとうございます、クラウディア様！」

「とてもお似合いです！」

歓声と祝福の声が大聖堂前の広場全体に広がっていく。

「なんて素晴らしいドレスなのかしら！」

白く美しいドレスを身に着けた花嫁の髪は淡い金髪で、日の光にキラキラと煌めいていた。結い上げられた髪には花を模した髪飾りが色を添えている。

ベールはない。髪飾りがよく見えるようにと、先代王妃が嫁いだ時に使わなかったことから、今の王妃もベールは着けないで結婚式に臨んだ。クラウディアもそれを踏襲したのだ。

準備までの時間が短く、先代王妃のドレスと髪飾りを借りるのは苦肉の策だったのだが、どうやら問題はなかったらしい。

クラウディアは安堵の息を吐きながら、国民の声援に向かっておずおずと笑顔を返した。正直に言えば、これほどの人間が集まっているとは思ってもみなかったのだ。

「……こんなに沢山の人が私たちの結婚式を祝うために集まってくれたなんて」

大聖堂前の広場はどこを見ても人の波で溢れている。宰相は『お二人の結婚式は国民の注目の的です。きっと大勢が集まるでしょう』と言っていたのだが、クラウディアはあまり信じていなかった。

「君のことは新聞で大々的に報じられていたからね」

国民の声に応えてにこやかに手を振りながらアルヴィンが言った。

「それにエドワードが生まれて以来の王家の慶事だ。久しぶりだから皆が浮かれているのだと思うよ」

「エドワード殿下が生まれて以来？　ではリリアン王女殿下の時は……」

側室腹とはいえ、リリアン王女もまた国王の娘だ。生まれた時に祝わなかったのだろうかと不思議に思っていると、アルヴィンは苦笑いをした。

「リリアンの時はひっそりと公示するだけだったし、王宮でも祝い事は行われなかった。それが側室を迎える条件だったからね」

「あ……」

ティティスに固執した国王が側室として彼女を迎えるために、王妃とザール公爵が出した条件を呑んだというのは有名な話だった。

その条件というのがお腹の子の王位継承権を放棄するということと、ティティスを側室として公の場に出さないということだったのだ。そのため、リリアン王女はその誕生を公の場で祝われることはなかった。

「国民も側室の産んだ王女の誕生を祝うのは抵抗があったんだろうね。国民も他の貴族も一夫一妻が当たり前だから」

国王だったからこそ妾という扱いにならなかっただけで、国民にしてみたら側室のティティスは愛人同然だ。

それにリリアン王女は早産で、結婚から出産まであっという間だったこともあって、国王の子どもでないのでは、と噂されていた。国民がリリアン王女の誕生を祝うことを

憚ったのも無理はない。

「だから、今日は久しぶりの慶事で、国民もみんな張り切っているんだと思うよ。僕たちはそれに応えるだけだ」

アルヴィンは悪戯っぽく笑ってクラウディアの腰を引き寄せると、彼女の頬にキスをした。

それを見た群衆にどよめきが走り、その直後に歓声が一層大きくなった。

不意打ちのキスにクラウディアは恥ずかしさのあまり頬を真っ赤に染める。それもまた初々しいと国民には好評だった。

「アルヴィン殿下！　クラウディア様！　お幸せに！」

「お幸せに！」

仲睦まじい二人の姿に、広場中に祝福の言葉が溢れる。その声に応じて手を振る王弟夫妻の姿を誰もが微笑ましげに見つめていた。

＊＊＊

……だが、広間の片隅で物陰に隠れて大聖堂を睨みつけている女だけは様子が違った。

「……許さない。アルヴィン殿下は私のものなのに、あの女、絶対に許せない」

スカーフを深めに被った女の顔はよく見えない。ぶつぶつと呟く女に気づいて怪訝そうな顔をしている者もいたが、関わりたくないと目を逸らすだけだった。

「……あまり目立たないように。もし警護兵に見つかりでもしたら困ります。大人しくしていてください」

「何よ。私に命令する気？　お父様に雇われるまではしがない傭兵だったくせに」

女の後ろにいた男が声をかけると女がキッと振り向く。けれど、男は淡々とした表情を崩さなかった。

「俺の主はティティス様です。あんたの死んだ父親じゃない。だからあんたがもしティティス様の意にそわぬことをしたら、その場で叩き斬る」

「……ふん、分かったわよ。今は大人しくしておいてあげるわ。さっさとオールドア伯爵の屋敷に案内しなさいよ」

女は舌打ちをすると、踵を返して広間を後にした。男はその後に続きながら、女が呪祖のように呟くのを聞いた。

「アルヴィン殿下の婚約者は私よ。あの女になんて絶対渡すものですか。今度こそ潰してやるわ。今度こそ」

＊＊＊

王宮で行われた祝賀会が終わり、屋敷に戻ってきたのはもうだいぶ遅い時間だった。

セアラに寝支度を手伝ってもらいながら、クラウディアは結婚式が無事に終わったことにホッと安堵の息を吐いた。

「何とかヘマをしないですんだみたい。よかったわ」

「控え室から様子を窺わせていただいておりましたが、クラウディア様は堂々とされておられましたよ。自信をお持ちください」

「自信……。自分の振る舞いに自信が持てるようになるのはいつになるかしら」

今回は付け焼き刃でどうにかなったが、まだまだこれからも身に着けなければならないことは山ほどある。

修道院にいたから社交界に慣れていないという言い訳が許されるのは最初のうちだけだ。いつまで経っても不作法を続けていたら、ローヴァイン侯爵家の名前どころかアルヴィンの名誉も傷つけることになるだろう。

――それだけはどうしても避けなければ。

セアラに髪を梳いてもらいながら、クラウディアはこれからの段取りを頭の中で考える。

――後回しにしていたダンスも習わないといけないわね。ローヴァイン侯爵家当主として必須とも言える領地経営や議会の仕事のことも教えてもらわないと。

あれこれ考えているうちに、寝支度が終わった。クラウディアがベッドの縁に腰を下ろすと、セアラがテキパキと天蓋付きベッドのカーテンを下ろしていく。

「今日はお疲れ様でした。ゆっくりお休みください。クラウディア様……いえ、奥様」

急に「奥様」と言われてクラウディアはびっくりしてセアラを見返す。セアラはにっこりと笑った。

「昨日までクラウディア様はアルヴィン殿下の婚約者というお立場でしたが、今や神の前で誓い合ったご夫婦です。妃殿下か奥様とお呼びするのが当然かと思います」

「そ、そうね」

クラウディアはほんのりと頬を染めながら頷いた。

「私、アルヴィン殿下と結婚したんですものね」

「その通りでございます」

式を挙げ、神の前で誓いの言葉を口にし、結婚宣誓書にサインまでしたのに、クラウディアは未だにアルヴィンと結婚したという実感が湧かなかった。

──なんだか夢の中にいるみたいで、未だに私がアルヴィン殿下と夫婦になったなんて信じられない……。

実感がないのも無理のないことなのかもしれない。これは名目上の結婚で、本当の意味で夫婦になることはないのだから。

分かっていてもクラウディアはこれが偽の結婚であることに一抹の寂しさを覚えていた。

──もし本当の夫婦であれば、一緒に夜を過ごすことができるのに。

この半年間、アルヴィンはクラウディアを色々と気遣ってくれたが、常に一線を引いてきた。彼女の身体に触れるのはエスコートをする時くらいなものだ。そのため、「名目上の結婚」と言われたこともあって、クラウディアはすっかり自分たちは白い結婚になるのだと思い込んでいた。

――仕方ないわ。だってアルヴィン殿下は私への保護と贖罪のために結婚しただけですもの。

セアラは天蓋のカーテンを下ろし終えると、ベッド脇のサイドテーブルにランプを置き、スカートの裾を摘まんで挨拶をした。

「それではおやすみなさいませ、奥様」

「おやすみなさい、セアラ。……あ、待って」

そのまま踵を返そうとしたセアラを、クラウディアは慌てて呼びとめた。

「今日はランプの火は消さないの？」

いつもならセアラはランプの火を消して退出する。けれど、今日はなぜかランプに火を灯したまま退出しようとしているのだ。

もちろん、クラウディアが横になる前に自分で火を消せばいいだけのことなのだが、いつにないセアラの行動を不思議に思って呼びとめたのだった。

振り返ったセアラは意味ありげに微笑んだ。

「はい。そのままでいいと伺っております。あ、奥様が消す必要もないそうです。それではこれで失礼します」

あっけに取られているうちに笑顔のままセアラは寝室を出て行ってしまった。

「消す必要がないと言っても……油がもったいないわ」

もちろん王弟ともなれば資産も膨大で、ランプの油を気にする必要などないことは分かっている。けれど、修道院ではランプの油も貴重で、節約のために長い間灯すことは禁じられていた。つつましい生活が身に着いていたクラウディアはどうにも気になってしまい、そのままにしておくことなどできそうもない。

火を消すためにベッドを降りて、サイドテーブルに置いてあるランプに手を伸ばそうとしたその時、急に寝室の扉が開いた。

セアラが何か忘れたのかと思ったクラウディアは、天蓋のカーテンを開けて仰天する。そこにワインの瓶とグラスを二つ手にしたアルヴィンの姿があったからだ。

「で、殿下!?」

目を剥くクラウディアに、アルヴィンがにっこりと笑う。

「祝福の乾杯をしようかと思って、とっておきのものをジェイスに用意させたんだ」

「で、でも私、お酒は……」

初日に一杯だけならと飲んで、酔っぱらって寝てしまうという失態を犯した。あの日のことはあまりよく覚えていないが、着替えもせずに意識を失ったのだ。さぞ迷惑をかけたことだろう。

反省したクラウディアはそれ以降なるべく酒類は口にしないようにしてきた。結婚式の後に王妃が開いてくれた祝賀会でも飲んだふりをして少し口に含んですませたくらいだ。

「大丈夫。これはワインではなくて、葡萄水だ。ワインの瓶に入っているから間違われることが多いけど、アルコールは一切入っていない」

「そ、そうなのですね。葡萄水なら修道院でいただいたことがあります。あ、あの、私、着替えてきますね」

今さらながら自分が夜着姿であることに気づき、クラウディアはそわそわした。せめて羽織るものがあればいいのだが、あいにくと手に届くところにはない。

「別に着替える必要はないと思うよ。そのままでいい」

アルヴィンは瓶のコルクを引き抜くとベッド脇のサイドテーブルに置いたグラスに注ぐ。葡萄の独特の香りが周囲に広がるが、確かにアルコールの匂いはしなかった。

――よかった。これで醜態を晒さなくてすみそう。

グラスを受け取ったクラウディアはちらりとアルヴィンを窺った。

アルヴィンはいつもの礼装姿ではなく、シャツにトラウザーズといったとてもシンプルな装いだった。もしかしたらこれからすぐに就寝する予定なのかもしれない。

――今日は色々あって忙しかったもの。お互いに。

「今日は忙しくてきちんと話をする暇もないくらいだったね。結婚式に祝賀会、賓客への挨拶や晩餐会と、立て続けに予定が入っていたから」

グラスを持ち上げながらアルヴィンは微笑んだ。

「でもそれも終わった。ようやく二人だけで静かに祝える。僕たちの前途に祝福あれ」

顔の前にグラスを掲げてお決まりの言葉を告げると、アルヴィンはグラスに口を付けた。クラウディアも彼を真似てグラスを掲げると、赤紫色の液体を口に含んでいく。

葡萄の香りが口いっぱいに広がった。修道院で飲んでいたものよりも味が濃く、高級なものだとすぐに分かる。

「美味しい……」

祝賀会でも晩餐会でもクラウディアは緊張のあまりほとんど何も口にしなかったため、余計に美味しく感じられるのかもしれない。コクコクと葡萄水を飲み干していくクラウディアをアルヴィンがじっと見つめていた。

「とても美味しかったです」

空になったグラスを手にクラウディアは満足の吐息をついた。

「もう一杯飲むかい？」

「いいえ。眠る前ですから、これ以上は……」

「そうか」

アルヴィンはクラウディアの手から空になったグラスを取り上げ、まだ半分以上残っていた自分のグラスと一緒にサイドテーブルに置くと、おもむろに呟いた。

「じゃあ、始めようか」

それは独り言にしてはやけにはっきりとした言葉だった。

「え……？」

何を始めるのかと問い返す間もなく、クラウディアは肩を引き寄せられる。驚くクラウディアの唇をアルヴィンの口が塞いだ。

「んぅっ、ん、んんっ、は、な、何を」

クラウディアは慌ててアルヴィンの胸を押しのけた。

「何って、今夜は僕らにとっての大事な初夜だよ。……ああ、もしかして僕が寝室に来たのは本当に祝杯をあげるためだけだと思った？」

「え？　初夜？」

ポカンとクラウディアは口を開けた。その様子を見てアルヴィンが苦笑いを浮かべた。

「初夜だよ。夫婦になった男女がするものだ。ついでに言うと僕らは王族だから事後に処女の証として王宮にシーツを届けなければならない。そうしないと僕らの子どもは正式な子どもとして認められなくなる」

「子ども？　処女の証？」

初めて聞く事柄にクラウディアは困惑した。王族の結婚では処女の証を立てなければならないというのも知らなかった。

「そ、そんなこと初めて聞きました！」

実はクラウディアが結婚に尻込みをしないようにアルヴィンがわざと教えないようにしていたのだが、それを彼女は知る由もなかった。

「高位貴族の中では有名な話だから、あえて君に教える必要はないと思ったのかもしれないな。ごめんね？　これも規則なんだ」

悪びれもせずに言うと、アルヴィンはクラウディアを抱えたままベッドに倒れ込んだ。

「え？　きゃあ！」

押し倒されたのだとクラウディアが気づいた時には、すでにシーツに身体を縫いとめられていた。

「この半年もの間、我慢した僕の忍耐力を褒めてほしい。特につい味見をしてしまった初日は辛かった。初夜の儀があったから、君は今まで僕に襲われることなく処女でいられたんだってこと、自覚してほしいね」

クラウディアはこの期に及んでようやく、アルヴィンが本当の意味で夫婦になるために寝室を訪れたことを悟った。

「ど、どうして？　白い結婚だとばかり……」

「僕はそんなこと一言も言った覚えはないんだけど」

繊細なレースでできた夜着の肩ひもに指をかけながらアルヴィンが笑う。

「よく考えてみて、クラウディア。君は次代のローヴァイン侯爵を産む必要があるってことを忘れているんじゃない？」

「あ……」

そうだ。今のクラウディアはローヴァイン侯爵位を継いでいるが、それはあくまで暫定(ざんてい)的なものだ。クラウディアの子ども――それも男児に受け継がれることを前提とした叙爵だった。

——どうして失念していたのかしら。

もしかしたら暫定的だったからこそ、当主としての自覚が芽生えなかったのかもしれない。当たり前のことをクラウディアは少しも考えていなかったのだから。

自分の至らなさにクラウディアは唇を噛みしめる。

「白い結婚などありえないと分かったかい？　君と僕は結婚した。ならば君が産むのは僕の子どもだ」

「……はい」

「怯えなくていい。君は一人じゃない。僕らは神の前で夫婦になることを誓った。家族になったんだ」

「家族……」

家族、という言葉にクラウディアの胸がぎゅっと何かに摑まれたように痛みを訴えた。

「君と家族になりたい。家族を失くした君と、家族というものを知らない僕。だからこそ、互いの必要なものを与え合うことができる。そう思うんだ」

「アルヴィン様……」

それは不思議とクラウディアの胸を打つ言葉だった。もしかしたらそれこそ望んでいたものだったのかもしれない。

——家族。そうだわ。義務と贖罪のための結婚だったとしても、私とアルヴィン様は家族になったのよ。

　おずおずと口を開く。

「……あの、家族は私を『ディア』という愛称で呼んでいました。もし差し支えなかったら、アルヴィン様にも……」

　アルヴィンはにっこりと笑った。

「ディア、だね。これからはそう呼ぶよ。ディア、僕の妻」

　優しく囁かれて、クラウディアの胸がキュンと高鳴った。

「僕に君を愛させてほしい」

　こくりと頷く。その言葉を拒絶することなど、クラウディアにはできなかった。

　夜着がアルヴィンの手によって剥がされていく。シュミーズどころかドロワーズまで脱がされ、今やクラウディアは完全に無防備な状態でベッドに横たわっていた。

　アルヴィンの手がむき出しの膨らみに触れる。ぞわりと背筋に得体のしれない震えが走った。

「んっ……」

「ずっとお預けを食らっていた宝箱を開ける気分だ。ああ、だめだよ、ディア。隠さないで。夫には全部さらけ出すものだよ」

「は、はい……」

　恥ずかしい。恥ずかしくてたまらない。

けれど、閨事はこういうものだと言われて、何も知らないクラウディアは従うしかなかった。

「ひゃっあ、そ、そんなところを摘ままないでください！」

立ち上がってきていた胸の頂を摘ままれて、クラウディアは真っ赤になって叫んだ。

「あっ、だめっ」

「ふふ、ごらん。どんどん硬くなっていくよ。これは君が僕に胸を弄られて感じている証拠なんだ」

「ふっ、くっ」

アルヴィンは立ち上がりかけたもう片方の胸の頂をピンと指で弾いた。その衝撃に一瞬だけ息が詰まり、弾かれた胸からジンと広がっていく奇妙な感覚に、声が漏れた。

「ああっ」

不思議なことに、触れられているのは胸のはずなのに、下腹部もじんと疼き始めていた。

――こんなの、こんなの知らない……！

ぞわぞわとした未知なる感覚に、クラウディアは翻弄されていた。それなのに、なぜかこんなふうに触れられるのが初めてではない気がしていた。

――前にこんなことがあったような……ああ、分からない。

うまく思考がまとまらなくなっている。

肌が粟立ち、アルヴィンは我が物顔でクラウディアの柔らかな肉を揉み、唇と舌で堪能していく。

「美味しそうだね、まるで熟れた果実のようだ」

ぷっくりと膨らんだ胸の先端にちゅっとキスをされて、クラウディアの子宮がキュンとなった。

――ああ、私、変だわ。もっともっと触ってほしいと思うなんて。疼く先端をもっと指で苛めてほしいと思うなんて。

記憶にないものの、アルヴィンが初日に植えつけた欲望の芽は確実にクラウディアの中で芽生えていた。

「あ、んっ、あ、ああっ！」

望み通り色の濃くなった先端を指で捏ねられ、クラウディアの唇から嬌声が零れた。

お腹の奥の方からじわりと何かが染み出してきて、じっとしていられなくなる。思わずもぞもぞと脚を擦り合わせると、アルヴィンがくすっと笑った。

「我慢できなくなったのかな？」

アルヴィンは手を伸ばしてクラウディアの脚の間に指を滑らせた。

「ひゃっ！」

そんなところを触る人がいることすら想像していなかったクラウディアは仰天した。だがすぐに脚の付け根に指を差し込まれて、更に仰天することになる。

「だ、だめっ、そんなところ……ああっ、やぁぁ」

花弁に指が触れると、ぬちゃっと濡れた音がした。これは一体どういうことかと思う間もなく、蜜口の上で指がくちゃくちゃと掻き回すような動きをし始める。

「っつ、だ、め、いや、変になる、からぁ！」

「大丈夫。君はこれがきっと好きになるよ」

つぷっと音を立ててアルヴィンの指が蜜口に突き立てられる。

「いっ……!?」

一瞬だけ刺すような痛みを覚えてクラウディアは喘ぐ。けれど痛みはすぐになくなり、代わりに激しい異物感が襲い掛かってきた。

アルヴィンの指は中を探るように動きながら奥へと向かう。

「ここが君の感じる場所だよ」

お腹側のある一点を指の腹で擦られた次の瞬間、クラウディアの身体がビクンと跳ねた。

「あっっ、あああっ」

ざらざらした部分をアルヴィンの指が何度も掠(かす)める。そのたびに腰が浮き上がって声を出さずにはいられなくなった。

「ん、いい子だ。前回のように沢山弄ってあげるから、イッて？」

「あっ、だめ、それ、だめっ、あっああ、そこばっかり、やだぁ」

ざらざらした部分を執拗に責められて、クラウディアは泣きながら身悶えた。なのに、アルヴィンは指を抜くどころか、頭を下げて片胸の頂(いただき)をぱくりと口に含んで舐めしゃぶる。

胸の頂を弄られたいと、さっきは確かに望んでいたはずなのに、いざそれをされると未知なる感覚がせり上がってきてクラウディアは怯えるばかりだった。

――ああ、これはなに？　奥から何かが上がってきて爆発しそう……！

目の前で火花がパチパチとはじけ飛ぶ。

せき止めようとしても、一度動き出した馬車が急には止まれないように、もうクラウディア本人にはどうすることもできなかった。

「アルヴィン様っ、あっ、……あっ、あああああ！」

無意識のうちにアルヴィンの指をぎゅっと締めつけながらクラウディアは絶頂に達した。足がシーツの上で丸まり、華奢な身体が何度も痙攣(けいれん)する。

「あっ、あ、あ……」

荒い息の中でクラウディアは、胎内から溢れた何かが脚の付け根に向かって零れ落ちていくのを感じた。

「いい子だ。上手にイケたね。次はもっとここを解そうか」

絶頂が覚めないうちに、アルヴィンはクラウディアの中に二本目の指を挿入した。中を探りながらくちゃくちゃと出し入れさせて、広げていく。

「あっ、はぁ、あ、ん、は……」

喘ぎ声を漏らしながらもクラウディアはなすすべなく指を受け入れる。身体はぐったりと弛緩し、逃げられそうもない。

アルヴィンは指でクラウディアの蜜壺を探りながら頭を下げて、赤く熟れた胸の先端を口に咥えて歯を立てる。

突然与えられた更なる刺激に、クラウディアの身体がビクンッと揺れた。子宮の奥がじんと痺れて、再び熱を帯びていく。

「あっ、はっ、ん、っ、痛っ」

三本目の指が入れられた。二本目は何も感じなかったのに、三本はさすがに無理があったのか、ぴりっとした痛みを覚えた。けれど、それも数回指が出入りする間に慣れてしまい、すぐに痛みは消えた。

その頃には、蜜壺はぐっしょりと染み出してきた蜜で濡れそぼち、指が埋められた場所からぬちゃぬちゃといやらしい水音がしていた。

――恥ずかしい！　恥ずかしいのに、止められない。

もうすでにその水音の原因が自分の膣から染み出した愛液であることも分かっている。けれど原因が分かったとしてもどうすることもできなかった。

突然、アルヴィンの指の動きが止まった。

――終わったの……？

閨の事を何も知らないクラウディアは、まだまだ先があることも知らなかった。

ぐったりと肢体を投げ出しているクラウディアから指を引き抜くと、そこはバックリと口を開け、物欲しそうにピクピクと震えている。アルヴィンは己の指についた蜜をぺろりと舐めると、淫靡に笑った。

「もうそろそろそいいかな」

衣擦れの音がした。

ぼんやりと天井を見ていたクラウディアは、再びのしかかられてハッと我に返った。

いつの間にか服を脱いでいたアルヴィンが、クラウディアの身体に覆い被さってきた。

「アルヴィン、様……？」

「え？　あ、きゃ！」

生まれて初めて父と兄以外の裸を見てしまい、クラウディアはくらくらした。鍛えているのか、服を着た時の見た目以上にアルヴィンの身体は筋肉質だった。均整のとれた筋肉が全身に程よくつき、外見からは予想もつかないほどがっしりしている。

クラウディアの兄であるアーサーも騎士になるために身体を鍛えていたから筋肉質だった。アルヴィンはアーサーに比べると細身だが、兄と同じくらい鍛えている身体のように見えた。

自分の状況を忘れて見とれていると、アルヴィンはにやりと笑った。彼にしては珍しい笑みだった。

「クラウディア。君を貰うよ」

「えっ……」

アルヴィンは状況が呑み込めていない様子のクラウディアの膝に手をおくと、割り開いて脚の間に身体を落ち着かせた。

「あっ、待って、いやっ」

先ほどまで弄られていた部分を露わにされ、クラウディアは狼狽える。けれど、すでに脚を閉じることは不可能だった。

膝の裏に回った手に脚を掬い上げられ、クラウディアの腰が浮く。自然と上向いてしまった蜜口に、指ではない何か硬くて熱いものが触れた。ぎょっとしてクラウディアが見ると、脚の間には、とてもアルヴィンのものとは思えない凶悪な肉槍があった。

浅黒くて血管の浮いた太いものが天を向いている。先端からは何かの液体が滲み出ていて、今にも爆発しそうな気配さえあった。

エラの張った先端が、クラウディアの蜜口に押し当てられている。ものすごい質量だ。指の比ではない。

それがクラウディアの蜜口をめがけて侵入してくる。

「いくよ、ディア」

「あっ、無理よ……だめ、入らないっ！」

身体を裂かれる恐怖に、クラウディアは激しく首を横に振った。

「大丈夫、女性の身体は受け入れられるようにできているんだ。力を抜いて、ディア」

「無理、無理だから……あっ、あああああ！」

ズズズと押し込まれた屹立が、蜜口を押し広げる。鋭い痛みがクラウディアを襲った。

「痛い、お願い、やめて、アルヴィン様！」

願いも虚しくアルヴィンは決して止まらなかった。

「すまない、ディア。なるべくゆっくり傷つけないように進むから。今だけ我慢してくれ」

「っふ、あ、くっ……」

狭い隘路をみっちりと埋め尽くした楔が先に進むたび、痛みが強くなっていく。だんだんと酷くなる異物感と押し広げられる苦しさに、息が詰まった。

「あ、ふ……ん、ん……」

「あと、少しだから」

少しずつ入り込んだ屹立が、クラウディアの儚い処女の証を食い破り、更に奥へと潜り込んでくる。痛みのあまりクラウディアはすすり泣いた。

やがて、クラウディアは自分の臀部に何かが当たったのを感じた。それはアルヴィンの腰であり、あの凶暴な楔をクラウディアの胎内がすべて受け止めた証でもあった。

——私の中で、アルヴィン様が激しく脈打っている……。

心臓がもう一つ下腹部に埋まっているみたいに感じた。自分のものではないのに、同じような速さで脈打つ屹立に、自分が無垢ではなくなってしまったことを否応なく突きつけられる。

「これで本当に僕らは夫婦になったんだよ、ディア」

アルヴィンは最後まで行きつくと、動きを止めてクラウディアの顔や唇にキスの雨を降らせる。

先ほどまであった快感はすでに遠く、痛みを紛らわせるために浅い息を繰り返していたクラウディアは、その言葉に目を上げた。

「……本当の、夫婦に」

「そうだよ。これで神でもない限り僕らを引き裂くことはできなくなった。僕らはお互いのものとなったんだ、ディア」

——私が、アルヴィン様のものに。そしてアルヴィン様が私のものに。

そう考えたとたん、痛みしか感じられなかったはずの下腹部に甘い疼きが芽生え始めるのが分かった。

やがてクラウディアが落ち着いた頃を見計らって、アルヴィンはシーツを摑んでいたクラウディアの両手を取り、指をしっかり絡ませた。

「痛いだろう、ごめんね。でもまだ先があるんだ。もう少しだけ我慢して。そのうちきっとこれが好きになるから」

「は、はい……」

よく分からないが、アルヴィンの言うことならそのとおりなのだろう。これほどの痛みを与えられながらも、アルヴィンに対するクラウディアの信頼は揺るぎもしなかった。

「動くよ」

アルヴィンはクラウディアと指を絡ませながらゆっくり腰を動かし始めた。クラウディアの身体がアルヴィンの動きに合わせて揺れる。

「はぁ、あ、んっ、あ、ふ、ん」

相変わらず痛いし、苦しい。まるで苦行のようだとクラウディアは思う。けれど、最初は苦痛しか感じられなかったのに、そのうちに先ほど感じた甘い感覚が時々差し込むようになった。

「あっ、んんっ、あ、あ、はぁ」

クラウディアが漏らす声からそれが分かったのか、アルヴィンの腰の動きが明らかに変わった。様子を見ながらゆっくりとした抜き差しだったものがだんだん速くなり、時々戯れるように奥を小突き始める。

「んんっ……あ、はぁぁ、そこはっ」

ぐりぐりと先端で奥を擦られて、ぴりりとした疼きが背筋を這った。たまらずに弓なりに背中を反らす。すると目の前に差し出された赤い果実をアルヴィンの唇がすかさず捕らえた。

「あっ、ああっ」

きゅんと下腹部が鳴り、続いてそこから熱いものが広がっていく。それは確かに快楽の波と呼べるものだった。

アルヴィンはクラウディアの胸から顔を上げて、淫靡に笑った。

「この分だと中で感じるようになるのも早いかもしれないね」

「んっ、はぁ、中……？」

何を言っているのか理解できなくて、苦しい息の中で尋ねると、アルヴィンはクラウディアの腰から手を放して、繋がっている場所を探った。

花弁を開いて怒張を受け入れている箇所をゆっくりとなぞった指が、そのすぐ上にひっそりとたたずむ小さな蕾を捕らえる。

そのとたん、クラウディアの頭からつま先まで信じられないような快感が貫いた。

「ひぅっ！」

ビクンッとクラウディアの身体がまるで陸にあがった魚のように跳ねた。

「ここはね、女性の身体の中でも特に敏感な箇所なんだ。あまりに敏感なので、触れるとかえって辛くなる女性もいるみたいだから、ディアのここを今日は弄らないようにしようと思っていたのだけれど、想像以上にディアは淫らみたいだから、いいよね」

「え、な、なに、や、そこはだめっ」

敏感な部分だというのは本当らしく、アルヴィンの指が触れるたびにクラウディアは大きく身体を揺らして悶えた。

――ああ、だめ、そこはだめっ。

生まれて初めての感覚に、クラウディアは涙を散らしながら首を横に振る。自分が変わってしまう、変えられてしまうような気がしたのだ。

けれどアルヴィンの指は止まらなかった。抽挿を繰り返しながら、指で蕾を擦り上げる。

「気持ちいいかい？　ティア、この感覚を忘れないでしっかり刻み込んで。僕がいないと生きていけないくらいに、溺れてくれ」

「ああっ、んんっ、ぁあ、あ、あ」

アルヴィンの動きが速くなる。もうすでに痛みは遠く、陰核からの強烈な快感に引きずられ、アルヴィンからもたらされる悦楽以外のことはすべて消えた。

――ああ、頭が真っ白になる。何も考えられなくなっていく。

「ディア、クラウディア」

クラウディアの表情にもう苦痛はない。陶然とした表情でアルヴィンの行為を受け入れている。いつの間にか花芯からアルヴィンの手は離れていたが、クラウディアを包み込む法悦は少しも変わらなかった。

アルヴィンはクラウディアの顔の横に絡ませた指を再度縫いとめると、本格的に動き始める。

「ディア、僕の妻……」

ずんずんとクラウディアの媚肉に肉棒を突き立てながらアルヴィンが呟く。けれどクラウディアはすでに何も考えられなくなっていて、アルヴィンが何を言っているのか理解できなかった。

ただただ、欲情をたたえたアイリス色の目だけがクラウディアが判別できる唯一のものだった。

「あっ、あっ、アルヴィン様、私、また来ちゃう」

先ほども感じた波が再び押し寄せるのを感じて、クラウディアはアルヴィンに訴えた。

「イキたいの？　そうだね、僕もそろそろ限界だ。いいよ、一緒にイこう。少しキックするけど、我慢してついてきて、ディア」

動きが急に激しくて強くなる。腰を抱えるように腕を回され、何度も強く奥に叩きつけられた。背中が弓なりに反る。

「あっ、あっ、アルヴィン、様っ」

「そうだ。アルヴィンだ。兄（アーサー）じゃない。君を犯しているのは僕だ。それを忘れないで」

歯ぎしりしながら吐き捨てると、アルヴィンは身を乗り出してクラウディアの唇を塞いだ。

「んんっ、んっ、んんんっ」

アルヴィンの重みを身体全体で受け止めながら、クラウディアは彼の口の中に甘い悲鳴を放つ。なぜここで兄の名前が出てくるのか分からなかった。

王都に来た初日に、酔ったまま自分がアルヴィンをアーサーと間違えて名前を呼んでしまったことも、そのことで嫉妬されていることもクラウディアは知る由もない。

欲望と共に嫉妬にかられたアルヴィンに何度も責めたてられ、穿（うが）たれる。

「君は僕のものだ。僕がそう決めた。あの瞬間から、君はずっと僕のものだった」

「アルヴィン様っ、イク、ああ、イクっ」

せり上がってくる波に揉まれ、クラウディアの目の前が真っ白に染まった。

「あっ、あああああ！」

一際高い嬌声を響かせて、クラウディアは再び絶頂に押し上げられた。

クラウディアの媚肉が妖しく蠢き、アルヴィンの雄に絡みついて絞り上げる。

「くっ……」

歯を食いしばりながら、アルヴィンはクラウディアの中で己の欲望を解放した。熱い飛沫がクラウディアの胎内を満たしていく。

「ぁあ、ん、ふ、ぁあ」

——熱い……！

じわじわと胎内に広がっていく熱に、クラウディアは陶然となった。

閨事の知識はほとんどないのに、なぜか今自分の中に放たれているものが大切なものだということが本能的に理解できる。

「……これで、名実共に君は僕のもの。もう誰にも引き離せない。引き離させはしない」

ぐっぐっと腰を押しつけ、最後まで出し尽くしたアルヴィンがクラウディアの耳元で囁く。

その言葉に「嬉しい」と返したかったのに、ヒクヒクと痙攣し、荒い息を吐くクラウディアにはもう指一本動かす力はない。けれど、ずっと絡み合うアルヴィンの指の感覚だ

けは感じていた。

＊＊＊

そのまま気絶するように眠ってしまったクラウディアの中からゆっくりと屹立を引き抜くと、アルヴィンは大きく息を吐いた。

ようやくクラウディアを手に入れた余韻に浸っていたいのはやまやまだが、まだやらなければならないことがある。

ベッド脇に散らばった服をかき集めて素早く身に着けると、アルヴィンはクラウディアを起こさないようにその身をそっと抱き上げた。シーツには純潔を散らした跡と、激しい情事の痕跡がはっきり残っていた。

セアラが音もなく現れ、処女の証のついたシーツを新しいものと取り替えていく。そのシーツは明日の朝、すみやかに王宮に届けられる予定になっていた。

テキパキとシーツを替えたセアラは、一度だけクラウディアを気遣うように見つめたが、諦めたように頭を振って寝室を出て行った。

きっとクラウディアの身体を清めたり世話をしたかったのだろうが、それは夫であるアルヴィンの役目だ。

アルヴィンは真新しくなったシーツにクラウディアを横たえると、屈みこんで額にキスを落とした。

「ようやく君を手に入れた、蝶の姫。もう二度と放しはしない」

＊＊＊

同じ頃、王宮内にあるひっそりと静まり返った離宮ではティティスが一人祝杯を上げていた。

「ふふ。新しい夫婦の誕生に幸あれ」

「オウガ、おかわりをちょうだい」

ワインの入ったグラスを空にすると、傍に控えていた侍女のオウガに差し出す。

「お嬢様、飲み過ぎはよくありませんよ」

オウガは空になったグラスにワインを注ぎながらも苦言を呈す。ティティスはふふっと少女のように笑った。

「だって久しぶりの気楽な夜なんですもの。陛下のお守りもしなくてすむし、少しくらい構わないでしょう?」

いつもなら公務を放棄して離宮にやってくる国王だが、さすがに各国から賓客が集まった祝賀会の席を抜けてくることはできないようだ。おかげで、ティティスは久しぶりのひとり寝を楽しむことができる。

ティティスはスッと目を細めてワイングラスを見つめる。

「……かつて、お父様にとって私は、マディソン家とお兄様に都合のいい、利用するだけの駒だったわ。でもね、チェスの歩兵の駒だって進め方によっては騎士はおろか国王や王妃を取れるし、他の駒に昇格もできるのよ？　お父様を蹴落とし、私は生き残ることができた。だから今度は私が駒を動かす番」

前マディソン伯爵は兄のユリウスを溺愛していた。ティティスにとっては小心者で浪費家で考えなしの兄だったが、父の前マディソン伯爵にとっては家を継ぐ大事な嫡男だ。我儘を許し、数多くの過ちも狼藉ももみ消し、好き放題にさせていた。

一方、早くに亡くなった母親の代わりに家の中で采配を振るい、幼いながらマディソン家を支えていた美しく賢い娘のことは、家のための道具とみなしていたのだ。

『ティティス、マディソン伯爵家とユリウスを援助してくれる裕福な男を捕まえるんだぞ。幸いお前は母親に似て美しい。きっと引く手あまただろう』

何度も何度も告げられた言葉。それがティティスには不満だった。

――なぜ家とお兄様のために私が犠牲にならなければならないの？

ティティスは駒ではなく、自分がそれを動かす人間になるべく、父親の護衛として雇われていた傭兵のルステオを誘惑し、純潔と引き換えに仲間に引き入れた。そしてルステオに事故を装わせて、父親と、家から小姑を追い払おうと画策していたユリウスの妻を殺させたのだ。

頼れる父親と妻を一気に失ったユリウスは次第にティティスに依存するようになった。

ティティスはついにマディソン伯爵家の実権を握る立場になったのだ。

　ユリウスを駒とみなし、思うように操れる立場になったティティスはその快感に酔いしれた。そして更に高みに上り多くの駒を動かすべく、一人の男性に狙いを定めた。

　それが国王オズワルドだ。自分の崇拝者の一人からオズワルドがたびたびお忍びで貴族の夜会に足を運ぶことを聞いたティティスは偶然を装って国王との出会いを果たし、一夜を共にした。

　オズワルドの気に入る女性を演じるのは実に簡単だった。なぜならオズワルドはユリウスと同類の男だったからだ。野心や気位が高いくせに小心者で卑屈、自分の意見というものがなくすぐに人に流される。しかもオズワルドは優秀な王妃と王弟に劣等感を抱いていたので、庇護欲をそそるようなたおやかな女性を演じながらほんの少し持ち上げるだけで、面白いほどティティスに溺れてくれた。

　そうすればあとはこっちのものだ。ちょうど避妊に失敗し、ルステオの子を妊娠していると気づいた時だったので、それを利用することにした。オズワルドは少しも疑いを持たなかった。それほどティティスに夢中になっていたのだ。

　こうして側室として迎えられたティティスだったが、誤算がなかったわけではない。側室になる条件として公の場に出ることを禁じられ、お腹の子どもの王位継承権も認められなかった。「国王の子」を利用して権力を振るうことができなくなったのだ。

　ただ、その時はこれから先、男児を産めばいいのだと簡単に考えていた。男児を産めばその子を次期国王にすることも夢ではない、と。

　誤算が生じたのはリリアンを産んで間もなくの頃だった。流感にかかり、高熱を出したオズワルドは子どもを作る能力を失っていたのだ。

「陛下も結局は役立たずね。お兄様も使えない駒だったし。フリーダは多少使えるといいのだけれど」

　ティティスはフリーダが嫌いだった。浪費家で我儘で、外見も中身もティティスを煙がっていた義姉にそっくりだ。なお悪いことに、ユリウスの戯言を信じて「お願い」すればティティスが何とかしてくれると思い込んでいる。

　オズワルドの手前「姪を可愛がる叔母」を演じているのでなければ、さっさとルステオに言って始末させていただろう。

「いつか駒になると思って温情をかけていたのだから、フリーダにはせいぜい役に立ってもらわないと。その間に私は将来のことを考えないとね。そろそろ陛下も使えない駒になりそうだもの。オウガ、トランザム公爵にこっそり連絡を取ってちょうだい」

　トランザム公爵は隣国の貴族で、かつてティティスの崇拝者だった男性だ。オズワルドが現れる前までは結婚相手の一番の候補だったこともあり、万が一のことを考えて密かに交流を続けていた。

　オウガはにんまり笑う。

「はい。承知いたしました」

「陛下という駒がなくなっても、私だけ盤上に残るために根回しをしておかないとね。それまではゆっくりとフリーダの悪あがきを楽しませてもらうわ。アルヴィン殿下にも私の駒を潰した報いは多少受けていただかないと」

グラスを傾けて芳醇なワインの香りを舌と喉で堪能すると、ティティスは嫣然と笑った。

「さぁ、フリーダ、アルヴィン殿下、そしてクラウディア様。上手に踊って私を楽しませてちょうだい？」

第5章　不穏な影

衣擦れの音でクラウディアは目を覚ました。

ゆっくりと目を開けて、隣に人の気配がないことに気づいて慌てて起き上がる。その拍子に上掛けがめくれて裸の上半身が露わになってしまったが、それを恥じらうより前に、クラウディアが起きた気配に気づいたアルヴィンが天蓋のカーテン越しに声をかけてきた。どうやらアルヴィンはだいぶ前から起きていたらしい。

「ディア。起こしてしまったようだね、すまない」

――そういえば、今日は朝早くから公務があるって仰っていたわ。

「すみません、アルヴィン様。お支度を手伝います」

クラウディアは急いでベッドの端に脱ぎ散らかされたままのナイトドレスとドロワーズを拾い上げて身に着ける。けれど、ベッドを降りる前にカーテンが引かれてドレスシャツ姿のアルヴィンが現れた。

「僕なら大丈夫だ。支度もほとんど終わっている。君はまだ寝ていて構わない」

「いえ、私も起きて着替えます。せめて、お見送りを……」

言いながらベッドから降りようとするクラウディアをアルヴィンは押しとどめた。

「すぐに出かけるから気にしなくていい。それよりも、昨夜は君に無理をさせすぎてしまったから、もう少し休んでいた方がいい」

アルヴィンは意味ありげにクラウディアの胸を見下ろしながら微笑んだ。襟ぐりの深いナイトドレスからむき出しになっている鎖骨や胸もとには所々に鬱血の痕があった。いずれも昨夜、アルヴィンがクラウディアの身体に刻みつけたものだ。

ナイトドレスで隠れて見えない場所にもいたるところに同じような所有印がつけられている。最初、アルヴィンが自分の肌に情事の痕を残すことを不思議に思っていたが、夫婦は互いが自分のものである印を残すものだと言われて納得した。

クラウディア自身は修道院暮らしが長く、性の知識に疎いこともあり、夫婦なら誰もがキスマークをつけるわけではないことを知らなかった。女性の親類もおらず、気軽に尋ねる相手もいない。そのため、アルヴィンが告げる夫婦の愛の営みや閨での作法をそっくりそのまま信じてしまった。

請われるままクラウディアもアルヴィンの肌にキスマークを残すこともある。痕を残すほど強く吸うのはなかなか骨が折れる作業だったが、アルヴィンの肌に赤く咲いた鬱血の痕は自分がつけたのだと思うと、不思議と喜びが込みあげてくるのを感じた。

なるほど、夫婦が自分のものだという印を残すのも当然だと思えた。

クラウディアはアルヴィンの言葉に、昨夜このベッドでどれほど自分が乱れたかを思い出してしまい、頬を赤く染める。

閨を共にするようになって二か月が経つが、クラウディアはまだ恥ずかしさが抜けなかった。

「恥ずかしがる君も可愛いよ」

ほんのりと赤く染まった頬に惹かれるようにアルヴィンは手を伸ばしてクラウディアの顎を掬い上げると、キスを落とした。唇に触れるだけだったキスはたちまち深いものになる。口腔を這いまわる舌に己の舌を巻きつけて、クラウディアは深いキスに酔いしれた。

「ふっ……ぁ、んっ……ん……」

どれほどそうしていただろう。アルヴィンが顔を上げる頃にはクラウディアは全身の力が抜け、すっかり息があがっていた。

ベッドの上に座り込むクラウディアの頬を名残惜しそうに撫でながらアルヴィンが囁く。

「このままベッドに逆戻りしたくなるけど、もう行く時間になってしまった。バーンズ卿の授業は午後からだったよね？　セアラには伝えておくから、それまでゆっくり休んでくれ。……今夜のためにも、ね」

意味深長な笑みと言葉を残して、アルヴィンは寝室を出て行った。ぼうっとしたままそれを見送っていたクラウディアは我に返ると、真っ赤に染まった頬を枕に押しつける。

相変わらず公務で忙しい日々を過ごしながらも、アルヴィンは結婚してから毎晩のようにクラウディアを抱く。優しく、それでいて激しく。数か月前までは何も知らない処女だったクラウディアはすっかり彼との交わりに溺れてしまい、今では自ら求めるようにまでなってしまった。

修道女出身の無垢な少女はもういない。いるのはアルヴィンに触れられるだけで子宮を疼かせてしまう、淫らな女だった。

──ふ、夫婦なんですもの。別に悪いことじゃないでしょう？　それに私をこんなふうにしたのはアルヴィン様だもの。

アルヴィンが何も知らなかったクラウディアの身体を開拓し、欲を植えつけ、悦楽の淵に沈めたのだ。

今だってアルヴィンが激しいキスなんてするから、乳房の先端は硬く尖り、昨夜の交わりで満足したはずの子宮が疼いてたまらなくなっている。

「……アルヴィン様の意地悪。今日の午前中はたまたま授業がないからいいようなものの、もしあったら私、勉強に身が入らなくなっていたところだわ」

もっともアルヴィンはそれすらも見越してわざとクラウディアにキスをしたのだ。

閨を共にするようになって知ったが、アルヴィンは夜限定で少し……ほんのちょっぴり意地悪になることがある。クラウディアを刺激してわざと欲しがらせたり、羞恥心を煽るようないやらしい言葉を言わせて、悦に入ったりする。

……そしてそんなふうに意地悪されることを、クラウディアは嫌だと思っていない。むしろゾクゾクした悦びすら感じてしまう。

――欲に溺れてはならないと、あれほど修道院では教わったのに。

「こんな私を見たら、マリア院長様やシスターたちは何と言うかしら？」

呟きながらもクラウディアの口元に苦笑いが浮かぶ。その答えは尋ねるまでもなく分かっていたからだ。

「……ふふ。マリア院長様やシスターたちはきっとこう言うでしょうね。『ディアが幸せそうでよかった』って」

実際、クラウディアは幸せだった。

アルヴィンは忙しいながらもいつもクラウディアを気遣い、夜は情熱的に愛してくれる。屋敷の使用人たちも皆優しくしてくれる。

――幸せだわ。幸せすぎて、怖いくらい。

初恋の相手であるアルヴィンの妻になる。かつてそんなことを夢想していたこともあったクラウディアは、おかげで未だに夢を見ているんじゃないかと感じることさえあった。夢から覚めたら全部失われているのではないかと。

けれど、クラウディアが不安になるたびにアルヴィンは彼女の心の揺らぎを察知したかのように、夢ではなくて現実であることを身体に刻み込んでくれる。

だからこそクラウディアはますますアルヴィンとの情事に溺れてしまうのだろう。

「……アルヴィン様、好き。あなたが好きです……」

決して本人の前では口にできない言葉を呟くと、甘いけれど少し切ない気持ちが溢れてきて、キュと胸が痛くなった。

――これはあくまで王家の贖罪のための結婚なのに……。私がローヴァイン侯爵家の生き残りだからアルヴィン様は結婚しただけ。私はアルヴィン様が自ら望んで選んだ伴侶じゃないというのは分かっているの。

それでもあまりにアルヴィンが優しいから、情熱的に抱いてくれるから、期待してしまう。贖罪のためだけではなく、クラウディア自身のことを好きになってもらえるのではないかと。両親のように互いに愛情を持った夫婦になれるのではないかと。

「……いえ、期待しすぎてはだめね。なぜ自分がここにいるのか忘れないようにしないと」

クラウディアは自分を戒めると、鼓舞するように頬を両手でぺちりと叩いた。

「さあ、せめてアルヴィン様に相応しい妻になれるように頑張らないとね」

勢いよくベッドを降りると、クラウディアはセアラを呼ぶために鈴を鳴らした。アルヴィンはゆっくり休むように言っていたが、そう悠長にしてもいられない。学ぶべきことは沢山あるのだから。

「セアラ。湯あみの準備をお願い。その間に朝食をすませて、湯あみが終わったら昨日の復習をするわ」

こうしてクラウディアのいつもと変わらない一日が始まる。

その間にも悪意は少しずつクラウディアに忍び寄ってきていた。

午後になり、支度を終えたクラウディアが王宮に行こうと玄関ホールに降りると、執事のジェイスが一通の手紙を手に、難しそうな顔をして近づいてきた。

「奥方様。お出かけになるところを申し訳ありません。つい先ほど郵便屋が奥方様宛てのこの手紙を届けに来たのですが」

「手紙？　私にですか？」

「はい。ヘインズ修道院のマリア院長様からです。……ですが、どうも以前に見たものとは様子が違うのでどうしたものかと……」

「様子が違う？」

ジェイスが差し出してきた手紙を受け取った瞬間、彼の言っている意味が分かった。

クラウディアは近況を報告するためにマリア修道院長と時々手紙のやり取りをしている。そのため執事のジェイスもヘインズ修道院から送られてきた手紙を何度か見たことがあるのだ。

「ジェイスの言うとおり、少し変ね。マリア院長様が封筒裏に書くいつものサインもミドルネームが抜けているし、何より封筒に使われているこの紙……」

真っ白な封筒を何度もひっくり返して確かめながらクラウディアは呟く。

「普通の紙だわ。マリア院長様が書く手紙には必ずご自身で抄（す）いた押し花入りの紙を使われるのに」

　生産量が少ないので表に出まわることはないが、ヘインズ修道院では紙の製造も自分たちの手で行っている。修道院内に張り出される紙や、シスターたちが家族に宛てて出す手紙もすべてお手製のものだ。

　紙を抄く作業は難しく、クラウディアはなかなか上手に仕上げられなかったが、慣れているシスターたちは職人顔負けの腕前で、とても美しい紙を抄くことができた。マリア修道院長も上手で、自分が使う紙にはそれと分かるように押し花を入れて抄いていた。

「そうです。マリア院長様からの手紙はいつも押し花が透けて見えているのがとても印象的でした。ですが、今回の手紙は押し花もなく、ごく普通の紙が使用されています。少し変だと思いまして」

　なるほど、ジェイスは手紙をクラウディアに渡すべきか、怪しいものとして処分すべきか迷っているのだろう。

「開封してみればはっきりするかもしれないわね」

　けれど、ジェイスは首を横に振った。

「いいえ、奥方様。やはりこの手紙は怪しいと思います。奥方様に害を及ぼすものが中に入っているかもしれません。お許しいただけるのであれば、まず私が開封して安全を確認したいと思います。よろしいでしょうか？」

「奥様、ジェイスさんにお任せした方がいいと思います。万一のことがありますもの」

後ろに控えていたセアラが口を挟む。ややあってクラウディアは頷いた。

「そうね。お願いするわ。読まれて困ることは書いていないと思うし、もし重要なことが書かれていたとしてもジェイスを信用していますから」

にこりと微笑むと、ジェイスの口元が微かに緩んだ。いつも真面目な表情をしているジェイスが微笑むのはかなり珍しいことだった。

「ありがとうございます、奥方様。執事としての誇りにかけて書かれている内容について他言はいたしませんので、ご安心ください」

「頼みますね」

ジェイスに手紙を託し、クラウディアはセアラと専属の護衛騎士であるオーウェンを連れて王宮に向けて出発した。

――アルヴィンと結婚したことやお父様たちの悲劇が新聞を賑わしたことで、新聞記者や物見高い貴族たちから面会を求める手紙が殺到したと聞いているわ。

だから今回の手紙もマリア修道院長の名前を出せば処分されずにクラウディアの手に渡るだろうと考えたものだろうと、この時のクラウディアは軽く考えていた。王宮に着いた時にはすっかり手紙のことは頭から抜け落ちていたくらいだ。

今のクラウディアには手紙のことよりバーンズ卿の授業と、その後に予定されている王妃とのお茶会の方が遥かに重要なことだった。

「今日は議会についての説明です」

結婚後もクラウディアの淑女教育と、王族としての教育は続いている。最近になってそこにまたもう一つの教育が加わることになった。侯爵家当主としての教育だ。

ローヴァイン侯爵家を次代に残すための暫定的な当主とはいえ、クラウディアはれっきとした女侯爵であり、家を守っていく義務がある。そのためには知識が必要だった。

幸いなことに王家から派遣されてきた管理人が、以前の使用人たちをそのままそっくり雇ってくれたために、ずっとローヴァイン侯爵家に仕えてくれていた家令は今もなお健在だ。彼はこの六年間ずっと父に代わって侯爵領を守ってくれていた。領地経営は彼の助けを借りておいおい習っていくことになるだろう。

だが、当主の仕事は領地経営だけではない。特にローヴァイン侯爵家は議員権を持つ貴族だ。今は王族の一員になったので議員権は保留になっている状態だが、アルヴィンが爵位をもらって王族から離れれば、そのうち議会に参加する必要も出てくるだろう。

その時に困らないためにバーンズ卿が色々と教えてくれることになったのだ。クラウディアは週に一度、王妃のお茶会に参加するために王宮を訪れるので、その機会を利用してバーンズ卿の授業を受けている。

「議会の開催時期は決まっていますが、時々臨時で開催されることもあります。議員権を持つ貴族は議会の招集には必ず応じなければなりません。王宮側も陛下かその代理人が必ず出席し、議会の開催を宣言します。議会での席はあらかじめ決まっていて――」

議会の採決の流れや、質問の応酬のやり方などの説明を聞いているうちにあっという間に時間が過ぎ去っていった。

「今日はここまでにしましょう。クラウディア様はこの後、王妃様のところへ？」

「はい」

「それでは主居館の入り口までお見送りいたします」

今クラウディアたちがいるのは宰相府や内務府などの行政機関が集まった建物だ。王妃は王族の住まう主居館にいるので、そこまで移動する必要がある。

「時間を取っていただき、ありがとうございました、バーンズ卿。今日も楽しい授業でした」

椅子から立ち上がりながら言うと、バーンズ卿は顔を綻ばせた。

「クラウディア様は理解も早いし、とてもいい生徒ですから私もお教えする甲斐があるというものです」

そこまで言って急に何かを思い出したように、バーンズ卿は真顔になった。

「そうでした。お伝えすることがあったのです。以前クラウディア様が仰っていた蝶の髪飾りのことで」

クラウディアはハッとなってバーンズ卿を見返す。

正式にローヴァイン侯爵になった際、クラウディアはバーンズ卿から王都のタウンハウスから国に押収されたものの一覧表を渡されていた。それらは現在屋敷を借りている貴族が引っ越した後、タウンハウスに戻されてそっくりそのままクラウディアに返却されることになっている。

　領地から持ってきた母親の宝石も、父親が使っていた万年筆も、壁にかかっていた一族の肖像画も全部戻ってくる予定だ。けれど一覧表の中にアルヴィンから送られた蝶の髪飾りはなかった。

　そこでアルヴィンに知られないようにこっそりバーンズ卿にお願いして調べてもらっていたのだ。どうしても手元に取り戻したくて。

「どうなりました？　見つかりましたか？」

　期待を込めて尋ねたが、バーンズ卿は申し訳なさそうに首を振った。

「申し訳ありません。探させたのですが、残念ながら見つかりませんでした。国に押収される前に持ち出されたとしか思えません。当時タウンハウスで雇われていた使用人はほとんど臨時雇いでしたので、今から行方を調べるのは少し難しく……」

「そうですか……」

　クラウディアはそっと目を伏せた。国に押収される前ということは、もしかしたら当時雇っていた使用人が持って行ってしまったのかもしれない。

　――そんなことをするような人たちには思えないけれど……。

　あれから六年も経っている。当時の使用人たちを探したとしても、とっくにどこかに売り払われているだろう。

　――もう二度と戻ってこないのね。あの髪飾りも、お父様やお兄様たちと同じように永遠に失われてしまい、取り戻すことはできない……。

ぽっかりと心の中に穴が開いたようだ。

「お力になれず、申し訳ありません」

頭を下げるバーンズ卿に、クラウディアは慌てて言った。

「いいえ。バーンズ卿。あなたのせいではありません。六年も経っているのですもの。仕方ないですわ。運が悪かったのだと思うことにします」

ところが顔を上げたバーンズ卿は意外なことを口にした。

「神は我々の行いを見ておられます。……髪飾りはきっといつかクラウディア様の手元に戻ってくるでしょう。諦めてはいけません、クラウディア様」

「……そうですね」

クラウディアは、バーンズ卿は慰めのために言ったのだと思った。

「ありがとうございます。バーンズ卿。いつか手元に戻ることを願っています」

そうは言うものの、クラウディアは取り戻すことはほぼ諦めていた。

落ち込んだ気持ちのまま、バーンズ卿に先導されて、セアラと護衛のオーウェン、それに護衛騎士二人と一緒に主居館に向かう。

回廊を渡っている最中、ふとこんな会話が耳に飛び込んできた。

「まぁ、ご覧になって」

「ぞろぞろと人を引きつれて。いいご身分ですこと」

「社交界で実績もないくせに、ご家族の死を利用してあの方の妻に収まるなんて、浅ましい……いいえ、羨ましいこと」

「本当、羨ましいですわ。私も修道院に行ってみようかしら」

それは明らかにクラウディアのことを指している言葉だった。

クラウディアの顔がこわばる。声のした方に目を向けると、反対側の回廊に二人の貴族令嬢がいて、こちらを見ながら扇で口元を覆っていた。

回廊は音が響く。隠れてこそこそと噂話に興じているように見せかけながらも、明らかに聞かせようとしている意図が感じられた。

「聞き捨てなりませんな」

バーンズ卿が足を止めて険のある表情で令嬢たちを見据えた。セアラはクラウディアを庇うように前に出て、オーウェンなどは剣の柄に手をかけていつでも抜刀できる姿勢を取っている。

「妃殿下を前に無礼にもほどがある」

けれど令嬢たちは怯える様子もなかった。くすくす笑いながら言い返してくる。

「あら、私たちは別に妃殿下のことを言っていたわけではありませんわ」

「そのとおりです。別の人のことを口にしていただけです。妃殿下のことだなんて、一言も言っておりません。……それとも妃殿下にはご自分のことだと思われる心当たりがおありなのでしょうか？」

完全にあてこすりだ。クラウディアはグッと唇を噛みしめたくなったが、彼女たちの前で反応したら負けだと思い、無表情を貫く。

代わりに怒ってくれたのはバーンズ卿だった。

「黙りなさい。妃殿下を前に頭も下げないとは、王族に対する不敬以外の何物でもない。礼儀すら弁えない者は王宮に足を踏み入れる資格はない。今すぐ立ち去りなさい」

令嬢たちは不快そうに顔を顰める。

「私たちにそんな口を利くなんて、どこの誰かは知らないいけれどあなたこそ無礼ではなくて？」

「そうよ。私たちのお父様は伯爵よ！」

「私も伯爵だがな。このことは宰相府を通して厳重にあなた方の家に注意が行くだろう。トリミシア伯爵令嬢、シュレイドル伯爵令嬢」

名前を言い当てられて、二人の令嬢は驚いてバーンズ卿を見返した。バーンズ卿は伯爵位を持つ貴族だが、宰相補佐という役割から勤務中はごく普通の文官の服を身に着けている。だから令嬢たちは彼をただの文官だと見たのだろう。

「伯爵ですって？」

「ちょっと、ただの侍従じゃないの!?」

「あら。リード・グレイシェル宰相閣下の補佐官であるバーンズ伯爵を知らないとは驚きですね」

セアラが意地悪っぽい口調で口を挟むと、二人の令嬢は仰天した。

「グレイシェル宰相の補佐官ですって？」

「ちょっと、伯爵が傍にいるなんて聞いてない――」

狼狽える令嬢たちに、バーンズ卿は冷ややかな口調で告げた。

「王宮は令嬢方の遊び場ではない。不敬罪で牢屋に入れられたくなければ、妃殿下に無礼を詫びて即刻立ち去りなさい」

令嬢たちはこれ以上ここにいれば本当に牢屋に入れられかねないと思ったのだろう。悔しさを滲ませながらクラウディアに向かって頭を下げた。

「も、申し訳ありませんでした」

「以後気を付けます」

「次はないと家族にもそう伝えておきなさい、お二人とも」

バーンズ卿は二人に警告するように告げると、打って変わってにこやかな表情でクラウディアを振り返った。

「さぁ、王妃様のところへ参りましょう、妃殿下」

「ええ、バーンズ卿。王妃様をお待たせしてはいけないものね」

何事もなかったかのようにバーンズ卿が歩き始めたので、クラウディアもそれに続いた。

それきり令嬢たちに目を向けることはしなかったが、バタバタと走り去る音が聞こえたので、立ち去ったのだろう。

「嫌な目に遭わせて申し訳ありません、クラウディア様」

バーンズ卿が頭を下げる。クラウディアは首を横に振った。

「バーンズ卿のせいではありません。それに……あの方々の言っていることは間違ってはいませんから」

確かに令嬢たちの言葉には傷ついた。けれど傷ついたのは、彼女たちの言っていることが本当だと分かっているからだ。

もちろんクラウディアがアルヴィンとの結婚を強要したわけではないが、客観的に見れば家族の悲劇を利用して王族に収まったと言われても仕方のない状況だ。

——そう。あの二人の言うとおり、私は社交界での実績もない。王族に相応しいと認められることは何もしていない。

周囲にいる人たちは優しくしてくれるが、おそらく社交界には彼女たちと同じ認識でいる者も多いだろう。

クラウディアがアルヴィンと結婚できたのは、父親が冤罪で殺されたからだ。その贖罪のために唯一の生き残りであるクラウディアを娶っただけ。もし悲劇が起こらず、父親も存命だったら、クラウディアがアルヴィンの相手に選ばれることはなかっただろう。

それなのにアルヴィンに愛してもらいたいなどと、なんとおこがましいことを考えていたのか。

「そんなことはありません、奥様。あの二人の言うことを真に受けてはだめです」

セアラの言葉に、バーンズ卿も頷いた。

「そうです。クラウディア様。ご自分を卑下することはありません。きっかけはどうであれ、アルヴィン殿下が選んだのはクラウディア様です。自信をお持ちください」

バーンズ卿もセアラも慰めてくれるが、クラウディアはその言葉に頷くことはできなかった。

どうして自信など持てるだろうか。自分でもアルヴィンに相応しいとは思えないでいるのに。

「それにしてもあの二人がなぜ王宮にいたのか……。私としてはその方が気になりますね」

令嬢たちが逃げて行った方向を振り返りながらバーンズ卿が言った。

「トリミシア伯爵令嬢、シュレイドル伯爵令嬢。あの二人はかつてフリーダ・マディソンの取り巻きだったんですよ」

「フリーダ様の？」

思いがけない名前を耳にしてクラウディアは目を丸くした。

「ええ。社交界でも有名でしたよ。気に入らない令嬢に嫌がらせをしたり目に余る言動が多い上に、用もないのに王宮に押しかけてきては、フリーダ嬢と一緒にアルヴィン殿下を追いかけ回しておりましたから。注意をしようにも、国王陛下がフリーダ嬢に甘くて何をしても許してしまうので、取り巻きの彼女たちも増長して手がつけられなかったのです」

ところがマディソン伯爵が罪人として処刑され、フリーダが修道院送りになると、一転して彼女たちの立場は悪くなった。

「本人たちは『フリーダ様に脅されて従っていただけ』と言い訳をしていましたが、それを信じる者はいません。それどころかマディソン伯爵家の犯罪に加担していたのではないかという噂すら流れまして。さすがにまずいと思ったのか、両親によってそれぞれ領地に送られて、今年の社交シーズンにはどこにも顔を出さなかったそうですよ。まぁ、そもそも彼女たちを招待する家はないでしょうけど」

「それなのに突然揃って王宮に来るだなんて、おかしなことですね。王宮に入るのは簡単なことではないのに」

眉を寄せてオーウェンが呟くと、バーンズ卿は頷いた。

「ええ。たとえ伯爵家の令嬢であっても、王宮側の許可がなければ門を通すことはない。誰が通行の許可を与えたのか、どういう目的があって来たのか調べてみましょう。このことは私にお任せを。それより、王妃様をお待たせするわけにはいきませんので、先を急ぎましょう」

「え、ええ」

令嬢たちのことが気になりはしたが、バーンズ卿の言うとおり、王妃との約束の時間に遅れるわけにはいかない。クラウディアは気持ちを切り替え、王妃の待つ主居館に向かって歩き始めた。

週に一度のお茶会は、クラウディアにとっては淑女教育と王族としての教育の成果を王妃に示す大事な機会だった。

王妃もクラウディアを社交界になじませるために、友人でもある高位貴族の夫人をお茶会に呼んで積極的に交流させた。

今はまだ王弟妃として社交界の場に出たり公務を行うことは免除されているが、そのうち否応なく人前に立つことになるだろう。その時に王妃のお茶会で貴族夫人たちと交流していることは大いに役に立つはずだ。

——今日はどなたが招かれているのかしら？

だが、王妃の部屋に到着すると、部屋の主はおらず、いるのはリリアン王女だけだった。

「王妃様は用があって少し遅れる、だそうです。だから、戻ってくるまでクラウディア叔母様の話し相手になってあげてって」

すまして言う様子があまりに可愛らしいので、クラウディアは顔を綻ばせた。

「まぁ、ありがとうございます、私とおしゃべりしてくださるんですね、リリアン殿下」

リリアンは側室のティティスが産んだ子どもだ。黒髪に青い目の可愛らしい女の子で、九歳になったばかりだという。

初めてクラウディアがリリアンと顔を合わせたのはまだ結婚する前のことだ。その時はそっぽを向かれてまともに話ができなかった。嫌われたと少しだけ落ち込んだが、エドワード王子によると、焼きもちを焼いただけだったらしい。

『リリアンはアルヴィン叔父上が大のお気に入りなんです。ですから叔母上に嫉妬しているんですよ』

なんでも王妃の所に預けられたばかりの頃、心細い思いをしていた時に、優しく気遣ってくれたアルヴィンにすっかり心酔してしまったらしい。

――確かにアルヴィン様に優しくされたらすっかり気を許してしまうわよね。気持ちは分かるわ。

アルヴィンも不遇な姪を放っておけなかったのだろう。

マディソン伯爵の罪が露見し、その妹であったティティスは側室の座から降ろされた。爵位も剝奪されたために、平民になったティティスと彼女が産んだリリアンは、修道院に送られてそこで一生を終えるはずだったのだ。

ところが、国王がそれに強固に反対し、修道院行きを免れる代わりにティティスは離宮を一歩も出られない身となり、娘のリリアンは王妃に預けられて養育されることとなった。

――母親から離されて気軽に会うこともできないなんて……。なんてお気の毒なのでしょう。

すぐに死別することになってしまったが、父親の事件の後、母と離されずにすんだクラウディアはきっと幸運だったのだろう。

もちろん、会えないだけで両親とも健在なリリアンと、家族すべてを失ったクラウディアでは比較にならないが、独り取り残される寂しさや心細さは誰よりもよく分かっているつもりだ。

国王と側室に溺愛されて育ったせいで、我儘な王女だと噂されているリリアンだったが、クラウディアには親しい者から切り離されて虚勢を張っているだけのように見えた。

それ以来、クラウディアは王宮に行って顔を合わせる機会があった時は積極的に話しかけるようにしている。最初の頃は目も合わせてくれなかったリリアンだったが、今では笑顔を見せてくれるまでになった。

――今日は機嫌がいいみたいね。

「陛下から手紙の返事が来たんですね、リリアン殿下」

「そうなの！」

とたんにリリアンの顔がパァっと明るくなった。

「叔母様に言われてお手紙を一生懸命書いて出したら、昨日お返事が来たの！」

「まぁ、それはよかったですね殿下」

「ええ！　叔母様のおかげよ。ありがとう！」

「どういたしまして。リリアン殿下が笑顔になられてよかったです」

リリアンは父親を恋しがっていた。母親のことはなぜか何も言わないが、国王には会いたがっている様子で、しばしそのことで癇癪（かんしゃく）も起こしていたらしい。

国王はリリアンが王妃預かりになって以降、一度も娘に会いに来ていないようだ。というのも、国王が無理やり連れ出してしまう可能性があるため、リリアンに会う時は王妃が同席することが条件になっていた。ところが国王は王妃と顔を合わせたくないばかりに、娘にも会いに来ないらしいのだ。

――こんな小さな子どもが寂しがっているのに、全然会いに来ないだなんて……。

最初それを聞いた時は怒りを覚えたものだ。だが、国王に会いに来いと言うわけにもいかない。見かねたクラウディアは寂しげに瞳を揺らすリリアンに、手紙を送ってはどうかと提案してみたのだ。

リリアンは大いにやる気になり、手紙を書くために一層勉強に力を入れるようになった。そしてようやく先日、満足のいくような手紙を書き上げて届けることができたのだった。

「手紙で陛下はなんと？」

「公務が大変でなかなか会いに行けないけれど、近いうちに来てくれるって」

「……そうですか。よかったですね」

きっと公務が忙しいというのは会いに行けない言い訳なのだろう。国王を慕うリリアンにはとてもではないが真相は話せない。

「ところで手紙といえば、代々の国王が友人や妻に宛てた手紙を集めた本があるそうですよ。そこには子ども、つまり王女様方や王子様方とやり取りをした手紙も入っていて――」

さり気なく国王の手紙から話題を逸らし、リリアンの興味を引くような話をしているうちに王妃が戻ってきた。

「お待たせしましたね、クラウディア。リリアン王女もクラウディアの相手をしてくださってありがとう。でもそろそろ歴史の先生が来る時間だから戻った方がいいわ」

「あ。そうだった！」

チェストの上の置時計の時間を見るなり、リリアンが慌てて椅子から飛び降りる。

「叔母様、また今度ね！」

「はい。リリアン殿下。お勉強頑張ってください」

お付きの侍女を引きつれて、リリアンは慌ただしく戻って行った。

「リリアンの相手をありがとう、クラウディア。陛下からの返信が届いてからずっと落ち着かない様子で。よほど嬉しかったのね。陛下があの子の手紙すら面倒がって返信しなかったらどう慰めようかと考えていたのだけれど、杞憂でよかったわ」

王妃は苦笑を浮かべると、優雅な仕草でソファに腰を下ろした。

「ごめんなさいね、クラウディア。今日のお茶会はリクラム侯爵夫人が参加する予定だったのだけれど、朝から具合が悪いそうで欠席の連絡が来たの」

「そうですか。残念ですが、具合が落ち着かれたら、またご一緒できる機会もありましょう。その時を楽しみにしております」

そつなく述べると、王妃の顔に笑みが浮かんだ。どうやらこの答えで合格だったようだ。

王妃は傍に控えている侍女に二人分のお茶を用意するように命じる。淑女教育の進捗について報告している間に、香ばしいお茶の香りが部屋に漂い始めた。

やがて琥珀色のお茶の入った陶器が運ばれてくると、王妃は改まった口調で告げた。

「……実を言うとね。リクラム侯爵夫人が不参加でちょうどよかったわ。なるべく人の耳には入れたくなかったから。本当はあなたにも言うか言うまいか迷ったのだけど、国民の間でも噂になり始めているから、新聞記事を見たり他の誰かに聞かされたりするよりは私の口から説明する方がいいと思って」

「王妃様？」

その口調に不穏なものを感じてクラウディアは戸惑ったように王妃を見返す。王妃はクラウディアを真剣な眼差しでしばらく見つめてから、おもむろに告げた。

「……フリーダ・マディソンが北の修道院から脱走したわ。今もって行方不明よ」

「…………………え？」

何を言われたのか最初は理解できず、たっぷり十秒は経ってからクラウディアは言った。

「フリーダ様が、修道院から脱走した、ということですか？」

「ええ。何者かの手引きでね。修道院から出ないことを条件に罪に問われないですんでいたのに、よほど犯罪者になりたいようね。……まぁ、大人しくしているとは思っていなかったけれど、まさか修道院に入って半年もしないうちに脱走するなんて」

王妃が不快そうに眉を顰める。

「修道院から連絡が入ってすぐに軍に捕縛を命じたのだけれど、未だに見つかっていないわ。おそらく誰かに匿われているのでしょう」

「あ、あの。フリーダ様はいつ修道院から脱走したのですか？」

呆然としていたクラウディアは、我に返って王妃に尋ねた。王妃の口調からはフリーダが脱走してしばらく時間が経っているように感じたのだ。

「五か月近く前。あなたとアルヴィン殿下が結婚する前のことよ」

「そんな、前に……」

「アルヴィン殿下がただでさえ急な結婚式で忙しいあなたの気持ちを乱したくないと言うので知らせなかったの。……ただ、最近になって王都で姿を見たという噂が立ち始めたのよ。あなたに知らせるか知らせないかはアルヴィン殿下に任せていたのだけれど、誰かの口から知らされるよりはと私の勝手な判断で伝えることにしたの」

「フリーダ様が、王都にいるかもしれない、と？」

おうむ返しに尋ねながら、クラウディアはなぜ自分はこれほど動揺しているのかと不思議に思う。

確かにフリーダが修道院を脱走したことには驚いたけれど、クラウディアは心のどこかで彼女があの厳しい生活に耐えられるわけがないとも思っていたし、いつかは逃げ出すのではないかとも感じていた。

だから、脱走のことを聞いて驚いたが、動転するほどではなかった。けれど、どうしてか今の自分は動揺しているし、ショックも受けている。……それはなぜ？

――……ああ、そうなのね。私は、アルヴィン様が私にフリーダ様のことを隠していたことがショックだったんだわ。

もちろん、アルヴィンにも理由があってクラウディアに言わなかったということは分かっている。王妃も言っていたではないか。結婚式の準備に忙しいクラウディアの気持ちを乱したくなかったからだ、と。

――でも、結婚式を終えた後は？　もうすっかり落ち着いているのに、アルヴィン様は私に伝えてくださらなかった……。どうして？

そんなふうに考え始めるともうだめだった。心の奥底に隠していた不安が一気に蘇ってくる。

――だって、議会に認められていたなら、アルヴィン様の花嫁は私ではなくてフリーダ様になっていたはずなんだもの。

あの優しいアルヴィンが、国王に押しつけられたからといってフリーダを邪険にするはずはない。きっと礼儀正しく、そしてそれなりの誠意を持って接していただろう。

そんな二人の間に特別な感情がなかったなんて、どうして言えようか。

結婚前も結婚後も、クラウディアはアルヴィンにフリーダをどう思っていたか尋ねたことはない。答えを知るのが怖かったからだ。

――もし、アルヴィン様がフリーダ様を思っていらして、それで私に修道院を脱走したことを言わなかったのだとしたら……。

　不安が不安を呼び寄せる。やがて不安が懸念を疑惑に変えようとしたその時、王妃の声がクラウディアを我に返らせた。

「クラウディア。フリーダ・マディソンに気をつけなさい。彼女が修道院を脱走し、手引きをした者と国外に逃亡したというのであればまだよかったのですが、王都に姿を現したということは、あなたに危害を加える可能性があるということよ」

「え……？」

　思いもよらない王妃の言葉に、クラウディアは目を見開いた。

「私はフリーダがどういう女性なのか知っているわ。外見は美しいけれど、我儘で、残忍で、愚かで、そして執念深い。欲しいと思ったものは何がなんでも手に入れなくては気がすまない性格よ。そしてあの娘はアルヴィン殿下に酷く執着していたわ。何年もアルヴィン殿下を追いかけ回して、それでも振り向いてもらえないと知るや、陛下を唆して王命で婚約者に収まろうとした。議会に認められなくて婚約は白紙に戻ったのに、自分はアルヴィン殿下の婚約者だと言って憚らなかった。そんなフリーダがアルヴィン殿下とあなたが結婚すると聞いて大人しくしていると思う？　私は思わないわ。フリーダは必ずあなたを狙うでしょう。アルヴィン殿下はそれを警戒してあなたと屋敷の警備も増やしているはずよ」

　心当たりがあった。こうして王宮に来る時も、結婚前までは付き人はセアラ一人だけだったのに、今では護衛のオーウェンも付いてくるのが当たり前になった。王宮でセアラとオーウェンはどこにでも付いてきて、決してクラウディアを一人にすることはない。

——それは私が狙われるかもと警戒していたから？　私は知らないうちに守られていたの？　でも、できればアルヴィン様、あなたの口から知らせてほしかった……。

「……教えてくださってありがとうございます、王妃様。何も知らないでいるより、不安になるとしても分かっていた方がいいですから」

クラウディアは膝に置いた手をぎゅっと握りしめ、アルヴィンと話をしなくてはと考えていた。

ところが王宮から屋敷に戻ってすぐにクラウディアは王妃の警告が杞憂ではなかったことを思い知る。執事のジェイスからこんな報告を受けたからだ。

「奥方様。今朝届けられた修道院からの例の手紙のことです。あれから慎重に開封して調べたところ、便箋の内側に毒が塗られておりました」

「え……」

「何ですって!?　毒が？」

クラウディアは驚きのあまり声も出せず、反応したのはセアラだった。

「開封した時にかすかに匂いがしまして。致死量ではありませんし、皮膚についても特に問題はない毒です。けれど手紙に触れた手で顔に触れたり、万が一口の中に入ってしまうと徐々に神経がやられて身体が麻痺してしまうという類のやっかいなものでした」

「それが便箋の内側に塗られていたのですか？　便箋にはなんと書かれていたのですか、ジェイス？」

「当たり障りのない文章が並んでいて、特にこれといった個人的な情報や特徴はありませんでした。念のためにヘインズ修道院に手紙を送ったかどうか確認するつもりではありますが、おそらく、偽物でしょう」

「……私が、狙われたのね？」

確認する声が震えた。クラウディアの頭の中で王妃の忠告がぐるぐると回っている。

『フリーダ・マディソンに気をつけなさい』

――もしかして、これもフリーダ様が……私を狙って？　王妃様の仰っていたことは本当だったの？

くらりと急に目の前が揺れた。しかもその揺れはどんどん激しくなってくる。

「……あら……？」

「クラウディア様！」

「奥方様!?」

セアラとジェイスの慌てているような声が聞こえたが、その時にはクラウディアの視線の中に彼らの姿はなかった。

クラウディアには周囲が揺れているように感じられていたが、実際に揺れていたのは彼女自身の身体だったのだ。クラウディアの華奢な身体が後ろ向きに倒れていく。

けれど床に届く一歩手前でクラウディアの身体を受け止めた腕があった。

「……危なかった……」

いつの間に帰ってきていたのか、アルヴィンが玄関ホールの床に打ちつけられるところだったクラウディアを抱きとめたのだ。

「……アルヴィン様……？」

揺れが収まり、いつの間にか閉じていた目を開けてみると、クラウディアの視界いっぱいにアルヴィンの顔があった。

「大丈夫かい、ディア？」

「アルヴィン様？　どうして……」

アルヴィンは公務に行っていたはずだ。夜になるまで戻ってこないと思っていたのに、どうして屋敷に戻ってきているのだろう。

「義姉上がクラウディアにフリーダ・マディソンの話をしてしまったと聞いて、早めに仕事を切り上げて戻ってきたんだ。屋敷に入ったとたん、倒れそうになっている君に気づいた。間に合ってよかったよ。立てるかい？　それともこのまま部屋に運ぼうか？」

「だ、大丈夫、です」

まだアルヴィンの腕に抱きとめられたままだったことに気づき、クラウディアは慌てて立ち上がった。幸い、めまいはもう収まっている。動いてもくらりとすることはない。けれどアルヴィンはまた倒れるかもしれないと心配なのか、クラウディアの腰に腕を回したままだった。

「申し訳ありません、奥方様。玄関でする話ではありませんでした」

ジェイスが申し訳なさそうに頭を下げる。気にする必要はないと言うためにクラウディアは口を開こうとしたが、それより先にアルヴィンが答えていた。

「お前にしてはとんだ不手際だったな、ジェイス。毒のことをクラウディアに報告したのもそうだ」

「……今後同じような手口で来るかもしれません。奥方様に知らせないわけにはいかないでしょう」

二人のやり取りで、もしかしたら手紙の毒のことも知らされないままで終わっていたかもしれないとクラウディアは気づいた。

「お待ちください。私は知らせてもらえてよかったと思っています。これから不審な手紙が来たら気をつけることができますもの。それより、アルヴィン様。どうして話してくれなかったんですか？　フリーダ様が修道院から脱走したことを」

責めるように見上げると、アルヴィンは困ったように青紫色の瞳を揺らしたが、やがて、仕方ないとでも言うようにため息をついた。

「どうして言えただろうか。フリーダ・マディソンは君の一族にとって仇の娘だ。彼女の名前は君にとって家族の不幸と結びついているだろうことは想像に難くない。不用意に君を動揺させたくなかった。式の後から今まで知らせなかったのも同じ理由だ。命を狙われるかもしれないことを伝えて、君を怯えさせたくなかったんだ」

——ああ、やっぱりそうだったのね。アルヴィン様がフリーダ様のことを伝えなかったのは、私を怖がらせないためだったのね。そして何も知らせないまま、今までずっと守ってくれていたんだわ。

それがアルヴィンだ。クラウディアの知る、そして惹かれてやまないアルヴィンだった。

——アルヴィン様は優しくて気配りができて、いつだって自分のことより他人のことに配慮している。そんな方だった。

「ありがとうございます、アルヴィン様。私のためだったのですね。でも、夫婦になったのですもの。これからは隠さずに教えてください。私はただ守られるだけなのは嫌なのです。何も知らされないで、取り残されたままなのは……」

修道院で暮らしていた頃のクラウディアはまさにそれだった。守られていたが、何も知らされず、教えてもらえた頃には何もかもが終わった後だった。終わってしまったことに対して今さらどうすることもできず、クラウディアの気持ちだけがいつも置き去りにされる。

——もう、そんなのは嫌なの。

「すまなかった、ディア」

アルヴィンはクラウディアの頬を撫でながら謝った。

「僕は君に怯えて暮らしてもらいたくなかった。けれど、それがかえって君を不安にさせてしまったんだね」

「……アルヴィン様のせいではありません。私を守ろうとしてくださっていることはよく分かっていますもの」

そう。アルヴィンがクラウディアを守ろうとしていることだけは確かだ。

――アルヴィン様は十分私を気遣ってくださる。……今はそれだけでいいの。

いつかは彼にフリーダとのことを聞ける時が来るだろう。フリーダが捕まって、もう何の脅威もないと分かれば、クラウディアはもう彼女の名前に怯えなくていいのだから。

「ジェイス、この屋敷に届いた郵便物は誰宛てであろうと必ず開封して先に調べるように手配してほしい。セアラもディアの身辺にはより一層気をつけて警戒してくれ。オーウェンも王宮について行く時はディアから目を離さないようにしてほしい。王宮には不特定多数の人間が行き来しているからね」

アルヴィンがジェイスたちに指示しているのをぼんやりと聞きながら、クラウディアは手紙のことを考えていた。

――マリア院長様からの手紙と偽って毒を送りつけてきたのがフリーダ様とは限らないわ。王宮で嫌みを言ってきた令嬢たちのように、両親の死を利用して王弟妃に収まった女だと思っている者は他にもいるでしょうし……。

犯人がフリーダであってほしくないと思ってしまうのは、王妃同様に彼女がどれほどやっかいな人間であるか知っているからだ。

六年前、ほんの一時同じテーブルに着いただけだったにもかかわらず、フリーダの起こした数々のトラブルと言動を思い出すだけで胃の辺りが冷たくなってくる。

——でも、たとえフリーダ様だったとしても私は大丈夫。皆が守ってくれるのだから。それに私には怯えたり不安になっている暇などないわ。私はアルヴィン様の妻で、ローヴァイン侯爵家の当主なんだもの。

それでも不安は消えることはなく、クラウディアは小刻みに震える手をぎゅっと握りしめていた。

結局、手紙は偽物だった。ヘインズ修道院に問い合わせてそれはすぐに判明したが、誰がクラウディアに出したのかはいくら調査しても分からなかった。

フリーダがやったことなのか、それともクラウディアをよく思わない貴族がやったことなのか。判明しないまま、時間だけが過ぎていく。

警備の兵を増やし、ジェイスが事前に確認するようになったせいか、その後クラウディア宛てに毒入りの手紙が送られてくることはなく、平和な日々が続いている。

もしかしたらこのまま何も起きないのではないかとクラウディアが期待を抱き始めた頃

だった——二度目の事件が起こったのは。

この日、クラウディアはいつものようにバーンズ卿の授業を受けるために王宮にやってきていた。ところが馬車から降りたところに迎えに現れたのは、今までに見たことがない侍女と二人の護衛兵だったのだ。

「妃殿下。バーンズ様から案内するようにと仰せつかっております。どうぞこちらへ」

王族の一員であるクラウディアを迎えにくるのは、宰相府に勤める侍女や侍従の中でももっとも地位の高い者たちだ。護衛も同様で、王族の警護を担う近衛隊の中から身分もしっかりしていて腕の立つ兵が選ばれる。

どちらも選ばれるメンバーはいつも決まっているので、クラウディアともすっかり顔なじみになっていた。

だがこの日クラウディアの前に現れた侍女は見覚えがなく、兵士の方も近衛隊の服を身に着けてはいるものの、それまで一度も見たことがない男たちだった。

戸惑うクラウディアの横で、セアラとオーウェンが互いに視線を交わし合っている。

——侍女も護衛兵も知らない者たちばかりなんて、どう見ても不自然よね？

けれど、本当にバーンズ卿がよこした迎えだという可能性もあるので、いきなり拒否することは難しい。

迷いに迷ってクラウディアは承諾することにした。

——もし何かあったとしても、王宮には兵士が沢山いるから、心配することはないのかもしれない……。

「……分かりました。案内をお願いするわ」

セアラとオーウェンの反応を確認しながら答えたが、二人は特にクラウディアの行動を止めることはなかった。

「それでは妃殿下、こちらへどうぞ」

侍女が笑みを浮かべてクラウディアたちを先導する。けれど、建物に入ってすぐに彼女が向かう方向がおかしいことに気づいた。セアラも同じことに気づいたようで、先頭を歩く侍女に声をかける。

「宰相府のある棟はそちらではありませんよね？　いつもバーンズ卿の授業は宰相府で行われているのに、今日は違うのですか？」

セアラの言葉に侍女は足を止めて振り返る。けれど声をかけられた一瞬、侍女の肩がぎくりと震えたのをクラウディアは見逃さなかった。

「そうなのです。本日は別の棟で授業を行うから、そちらの方に案内するようにとバーンズ様から仰せつかっております」

「そうなのですか……」

なるべく平静を装いながらもクラウディアはやはりおかしいと感じた。いつもと違う建物で授業を行うのであれば、バーンズ卿ならば必ず自ら迎えに来ているはずだ。クラウディアの知らない侍女や兵士たちに案内させることは絶対にない。

宰相府のある棟とは逆の方向へ案内されながら、どうしようかと思っていると、回廊に出たとたん急に近衛兵の一人がオーウェンに言った。

「お前はここまでだ。いくら妃殿下の護衛といえど、これから先は近衛隊でない者は通すわけにはいかない」

驚いたのはクラウディアだった。

――近衛隊ではない者は通せない？　でもオーウェンは……。

それはおかしいと口を開きかけた時、セアラがクラウディアの横にぴたりとついて小声で素早く告げた。

「奥様。私が合図を送ったらすぐに柱の陰に逃げ込んでください」

一方、オーウェンは自分を止めた近衛兵に近づきながら笑顔で言った。

「へぇ、近衛隊でなければ通せないと。おかしなことを言う奴だな。だいたい俺はお前たちの顔に見覚えがまったくないんだが……本当に近衛隊か？　いや、違うよな！」

言い放ちながらオーウェンは一気に近衛兵に近づくと剣を抜いた。

セアラがクラウディアに向かって叫ぶ。

「今です、奥様！」

クラウディアは弾かれたように走り出し、近くの円柱の陰に逃げ込んだ。

……それからはあっという間の出来事だった。

オーウェンは男の一人を瞬時に切り伏せた。切ったと言っても致命傷ではなく、あくまで動きを止めるためのもので、男が昏倒したのは剣の柄で殴られたからだろう。

「こいつっ」

一人がやられるの見て慌てて切りかかってきた近衛兵を、オーウェンは振り向きざまに切り上げた。男の手から剣が弾き飛ばされる。すかさずオーウェンはそのまま男の腹に拳を叩きこんだ。男はうめき声を上げて床に沈み込んでいく。

一方、セアラはクラウディアに合図を送ると同時に先頭にいた侍女に飛び掛かった。侍女は抵抗したものの、あっという間に後ろ手に摑まれて床にねじ伏せられた。

「な、なぜ……っ」

侍女が呆然と呟く。なぜ見破られたのか不思議なのだろう。

「バーンス卿に別棟に案内するように頼まれたなんて、信じるわけないでしょう？　そっちの男たちも制服は近衛兵のものだけど本物じゃないわね。オーウェンが近衛隊に所属していることも知らないなんて」

セアラが鼻で笑うと、オーウェンも剣を鞘に収めて、床に伸びている男たちを皮肉げに見下ろした。

「近衛隊の服を着ていないから殿下が個人的に雇った護衛だと勘違いしたんだろうが、あいにくと俺はれっきとした近衛隊のメンバーだ。新人でもなければ俺の顔を知らない近衛兵なんていない。ましてや妃殿下の護衛に当たる近衛が俺を知らないなんてありえないのさ」

だからこそ「近衛隊でないからオーウェンを通せない」と男が言ったことが、彼らが偽物である明解な証拠になったのだ。

「そんな……そんなこと、教えてもらわなかった……」

「残念だったわね。さて、誰に言われてこんなことをしたのか、きっちり吐いてもらうわよ」

その後、オーウェンの連絡を受けて本物の近衛隊や護衛兵たちがやってきて、男たちは捕縛された。

「危険な目に遭わせて申し訳ありませんでした、クラウディア様」

騒動が収束し、改めてバーンズ卿のところへ向かいながら、セアラとオーウェンはクラウディアに頭を下げた。

やはりセアラたちもすぐに彼らが怪しいと思ったが、あの場で捕まえることはせず、クラウディアが彼らについて行くと言っても止めなかった。

オーウェンが申し訳なさそうに言った。

「あの場で捕まえても言い逃れをされてしまいそうだったので、あえてここは彼らの策に乗ろうと考えたのです。すぐにボロを出すと思いましたし。……でも、そのせいでクラウディア様を危険な目に遭わせてしまいました」

「気にすることはないわ。怪しいと思っていたのに、それでもついて行ったのは私だもの。それに、私は少しも危険な目に遭ってなどいないし、二人はきちんと守ってくれたじゃないの」

セアラたちに何か考えがあると分かっていたので、クラウディアもあえて偽の侍女たちの思惑に乗ったのだ。どうして二人を責められよう。

「私は少しも怖いなんて思わなかったわ。二人が守ってくれると分かっていたから」

微笑みながら言うと、セアラたちはなぜか感激したようにクラウディアを見つめた。

「クラウディア様。なんてお優しい……」

「さすが、あのアルヴィン殿下が目をつけ……じゃなかった、大事になさっている蝶の姫だ」

「蝶の姫？」

オーウェンが口にした聞き慣れない言葉にクラウディアは首を傾げる。するとオーウェンは苦笑を浮かべて言った。

「俺の口からはちょっと説明できないです。でも、いつか殿下が説明してくださるでしょう」

謎めいた言葉に再び首を傾げるものの、そこに事件のことを聞いたバーンズ卿が駆けつけてきたために、クラウディアの頭の中で、オーウェンとのやり取りは隅に追いやられ、そのうち埋もれてしまった。

その後の調べで、偽の侍女と近衛兵がクラウディアの誘拐を企てていたことが判明した。彼らはクラウディアからセアラとオーウェンを引き離し、別室で待機していた男たちのところへ連れて行く手はずだったのだ。

偽の侍女たちの証言により、待機していた男たちも捕縛された。男たちはならず者の一派で、依頼主の指示により王宮に荷物を卸している商人に化けて侵入した。クラウディアを捕まえた後、荷物に紛らわせて王宮の外に連れ出すつもりだったらしい。

だが残念ながら男たちは依頼してきた相手がどこの誰かは知らないようだった。何人もの人間を介しての依頼だったため、軍がどれだけ調べても大本にたどり着くことはできなかった。

ところが、意外なところから事件を企てた犯人が判明した。

クラウディアを誘拐犯たちのところへ案内する役目だった偽の侍女と偽の近衛兵たちは、実はまったくの偽者ではなく、別の部署の侍女や、下級の兵士として王宮で働いている者たちだったのだ。

兵士はお金で雇われただけで事情をまったく知らなかったが、侍女は違った。

『親の借金のことで脅されて……仕方なかったのです！』

辺境にある小さな土地の領主だった侍女の両親は、とある貴族に借金があったのだ。城で侍女として働きながら地道に借金を返していた彼女だったが、金を借りていたとある貴族の令嬢から言うことを聞かなければ担保としていた領地を取り上げると脅されて、仕方なく今回の犯罪に加担したのだという。

そのとある貴族の令嬢というのが、シュレイドル伯爵家の令嬢だった。そう、クラウディアに嫌みを言ってきた二人の令嬢の内の一人だ。

詳しく調べると、侍女が脅された時にもう一人の令嬢――トリミシア伯爵令嬢も同席しており、二人がかりで脅された侍女は命の危険すら感じて、承諾するしかなかったのだという。

近衛隊の制服を用意したのもシュレイドル伯爵令嬢たちだったそうだ。

もしかしてあの日王宮にいたのは侍女を脅すためだったのだろうかとクラウディアは思った。バーンズ卿に注意されて以降、王宮に来ていないようだから、王宮勤めをしていた侍女を脅すのならあの日しかなかったはずだ。

近衛隊は領地にいたシュレイドル伯爵令嬢とトリミシア伯爵令嬢を父親ともども王族の拉致未遂事件の首謀者として捕縛した。

＊＊＊

王宮の敷地の外れにひっそりと建っている建物がある。そこは王宮内で罪を犯した者が裁判が始まるまでの間収監される場所――いわば牢獄だ。

アルヴィンは護衛のデインを連れて牢獄内にある目的の部屋に向かっていた。薄暗い廊下を進んでいくと、部屋に近づくにつれて騒がしくなっていくのが分かる。

「私たちは主犯ではありません！　フリーダ様に脅されて仕方なくやったことなのです！」

「本当です！　突然フリーダ様から手紙が届いて、こうしろと指示されたのです！　私たちはその指示に従って行動しただけなのです！」

甲高い声が石畳の廊下にも響いてくる。声の主はシュレイドル伯爵令嬢とトリミシア伯爵令嬢だ。

二人は家族と引き離され、牢獄内にある個室で連日厳しい尋問を受けていた。普通は一人での尋問だが、今日に限ってはアルヴィンの要望により二人揃っての尋問だ。

仲間がいるという安堵感からか、二人はいつもよりも声高に「自分たちのせいではない」と訴えているようだった。

非常に耳障りな声で、アルヴィンの横では護衛のデインも顔を顰めている。アルヴィンも不快だったが、これから先もう二度と耳にしなくていいのだと思い、溜飲を下げる。

「どうせ今日が最後だ」

アルヴィンは二人にあることを告げるためだけにここを訪れていた。

部屋に入ると、二人はすぐさまアルヴィンの姿に気づいたようだった。連日の尋問と慣れない牢獄生活ですっかりボロボロの姿になっていた彼女たちはアルヴィンを見てやつれた顔に喜色を浮かべた。

「アルヴィン殿下！　助けてくださいませ！」

「殿下！　どうかご慈悲を！　私たちも被害者なのです！」

「そうです。すべてフリーダ様のせいなんです！」

クラウディアを狙ったくせに、図々しくもそんなことを言い出す。優しいアルヴィンなら同情してここからすぐに出してくれるとでも思ったのだろうか。

不快さのあまりアルヴィンは顔を歪めるが、二人は気づくことなくアルヴィンに近づこうとして立ち上がったところで、兵士に無理やり押さえつけられた。

「殿下に近づくんじゃない。この犯罪者が！」

「ち、違います！　私たちはただフリーダ様に脅されていただけで！」

「そうです。仕方のないことだったんです！」

二人の言葉を黙って聞いていたアルヴィンはここで初めて口を開いた。

「……父親である伯爵たちが人身売買の顧客だったことをバラされたくなかったら指示通りにしろと脅されたのだろう？」

令嬢たちの声がピタリとやんだ。唖然とした顔をアルヴィンに向ける。

「で、殿下……？」

「我が国では父王の代から人身売買を全面的に禁止している。売る方も買う方もその身分にかかわらず重い罪に問われる。それなのに伯爵たちは隠れて犯罪組織から違法に奴隷を買っていた。一年ほど前にその犯罪組織は軍によって摘発されたが、その際にとある幹部が顧客リストを持ったまま逃げてしまったんだ。後日その幹部は遺体となって発見された。が、顧客リストは所持していなかった。おかげで国は人身売買に関わったとされる貴族たちを処罰することができず、君たちの父親はさぞホッとしていたことだろう」

アルヴィンの淡々とした言葉に令嬢たちは言葉を失い、次第に顔を青ざめさせていった。なぜなら二人は父親に言い含められていたのか、どれだけ尋問されてもフリーダからの脅迫の内容については頑なに口を噤んでいたからだ。

「すっかり安心していたのに、フリーダ・マディソンからある日脅迫状が届いた。人身売買をしていたことをバラされたくなければ、自分に力を貸せという内容だ。もし万が一犯罪組織と繋がりがあり人身売買にまで手を染めていたと知られたら、自分たちの家はおろか命もおしまいになる。そう考えた伯爵たちはフリーダに手を貸すことに決めて、君たちを使ってクラウディアを拉致しようと画策した」

「な、なぜ、それを……どこで」

自分を見る令嬢たちの目に恐怖が浮かんでいるのを見てアルヴィンはほんの少しだけ満足したが、これで終わらせるつもりはなかった。

ことさら優しげな口調になり、二人に告げる。

「簡単だ。尋問で伯爵たちがペラペラしゃべってくれたんだ。君たちは家のために頑張って尋問に耐えたようだけど、娘よりよっぽど根性がなかったようだね」

「そ、そんな……」

二人は愕然とした表情になった。追い打ちをかけるようにアルヴィンは付け加える。

「捨て駒にした君たちの方が厳しい尋問に耐えたというのに、酷い話だ」

「……捨て駒？」

「ど、どういうことですか？」

不穏な単語に二人は敏感に反応した。

「君たちは知らないようだけど、君たちは共にとっくにそれぞれの伯爵家から籍を抜かれているんだ。だから今の君たちは貴族令嬢ではなくただの平民だ。王族であるクラウディアを狙うことの危険性を十分に分かっていた伯爵たちは、万が一発覚した時のため、自分たちとは無関係だと装うために君たちを貴族籍から抜いて全部の罪を押しつけるつもりだったんだよ」

「そ、そんな……」

「うそ……お父様が……うそよ……」

ショックのあまりか、二人の顔は青ざめるのを通り越してすっかり白くなっていた。

アルヴィンはにっこりと笑う。

「安心したまえ。そんな言い訳が通るわけはない。たかが伯爵家の令嬢にならず者たちを手引きする力も金もないからね。表だって動いていたのは君たちだが、この度の事件について主導したのはシュレイドル伯爵とトリミシア伯爵だということは調べがついている。

君たちは父親に命じられて動いていただけ。そう認定された」

「じゃあ、私たちは――」

助かるのかと言いかけたのはトリミシア伯爵令嬢……いや、元伯爵令嬢の方だった。一方、元シュレイドル伯爵令嬢の方は笑顔のアルヴィンに違和感を覚えたようだった。

「殿下。あの、私たちは……家は、どうなるのでしょうか？」

怯えながら尋ねた元シュレイドル伯爵令嬢の言葉にアルヴィンは優しい口調で告げる。

「もちろん、一族郎党死刑になるだろう。王族であるクラウディアに危害を加えようとした件に、禁止されている人身売買を行った罪も加算されるからね。君たちの家族だけでなく一族も連座することになる。でも安心したまえ。君たちを含めた女性たちは死刑にはならないだろう。修道院に送られることで済むはずだ。よかったね、だって君たちはクラウディアを羨ましいと思っていたのだろう？」

「えっ……」

「ち、違っ……」

二人は絶句する。笑顔のアルヴィンをまじまじと見返し、令嬢たちはようやく彼が激しい怒りを抱いていることを悟る。……けれど知った時にはもう遅かった。

「一族の男たちは死刑になり、君たちは修道院預かりになる。羨ましいと思ったクラウディアと同じ境遇になれるんだ。それを望んでいたのだろう？　よかったじゃないか」

「ち、違いますっ、そんなことを望んだのでは……」

「お、お待ちください、アルヴィン殿下。そういう意味ではなくて……殿下！」

悲鳴にも似た声を上げる二人を余所に、アルヴィンは踵を返して部屋を後にした。しばらくの間その声は響いていたが、もはや二人の元令嬢のことなどアルヴィンの頭からは消え去っていた。

＊＊＊

「私、別にどこも悪くはないのに……」

セアラにベッドに追いやられたクラウディアはしばらくの間縁に座ってぼやいていたが、諦めて横になった。

——本当は勉強もしなくちゃいけないし、今日はダンスのレッスンもあったのに……。サボってしまっていいのかしら？

具合が悪いわけではないのにこうして何もしないでベッドに横になっていることに罪悪感を覚える。けれど、セアラにも執事のジェイスにも「休んだ方がいい」と言われてしまったので、逆らう気にはなれなかった。

それに正直に言えば今は人と会って話すのがしんどいと感じていたのだ。

——厚意に甘えて休ませてもらおう。この時期を過ぎればいつもの調子に戻れるのだから。

アルヴィンもセアラもジェイスも、クラウディアが最近塞ぎがちなことを心配してくれている。それが申し訳なくてわざと元気に振る舞っていたのだが、それがかえって心配をかけることになってしまったようだ。

――皆はきっと拉致されそうになったことがショックで元気がないと思っているのでしょうね。

おかげでしばらくの間王宮に行くのを禁止されてしまった。

『これは命令だよ、ディア。しばらくの間は屋敷から出るのを禁止する。バーンズ卿の授業のことも心配いらない。屋敷に来てくれるそうだから』

『わ、分かりました。アルヴィン様の指示に従います』

正直に言えば社交をする元気もなかったため、クラウディアは内心喜んでアルヴィンの意見に従った。

このところ、クラウディアの食欲は落ちていた。夜も時々眠れなくて、アルヴィンの腕の中でじっと夜が明けるのを待つこともある。

クラウディアにとって辛い日が近づいてきているからだ。

――あれからもう六年……いえ、七年になるのね……。

七年前の、社交シーズンの終わりに近づいたこの時期に、クラウディアの父と兄を含む一族の男たちは情報漏えいの容疑で連行されてしまった。そしてそれから十日も経たないうちに処刑された。

——お父様とお兄様たちの命日が近づいてきている……。

毎年この時期になるとクラウディアは当時のことを思い出し、憂鬱になる。食欲が落ちて夜も眠れなくなり、昼間もだるい状態が続く。感情の振れ幅も大きくなり、頭がぼうっとしていたかと思うと、急に涙が零れて止まらなくなることもあった。

修道院にいた時はシスターたちを心配させないために、次から次へと仕事を請け負って気を紛らわせるか、どうしても泣きたい時は一人になれる仕事をして隠れて泣いていたものだ。

家族の命日が近いことを知っていたシスターたちはクラウディアの様子がおかしい原因にきっと気づいていたはずだ。けれど、誰も何も言わずそっと寄り添ってくれた。でも今年は何も言わずにただクラウディアの悲しみを受け止めてくれていたシスターたちはいない。

クラウディアはアルヴィンにもセアラにも心配をかけたくなくて、黙っていた。

——これは私が一人で乗り越えなくてはならないことだもの。

もう七年も経つのだ。父親を陥れたマディソン伯爵も罰を受けてもうこの世にはいない。父親と一族の名誉は回復し、家の再興も果たせた。悲願が達成されたのだ。

——だから、悲しみを乗り越えてそろそろ前に進んでいくべき。そうでしょう？

それなのに、今年もまたクラウディアは同じところで足踏みしている。

悲しみも怒りも次第に風化していく。そうして人は前を向いて生きていくのだと、マリア修道院長は言っていた。……けれど、クラウディアの苦しみはいつまで経っても消えることがなかった。

普段は忙しさに紛れて考えずに済んでいるのに、この時期が来るたびに自分は何一つ忘れていないのだと思い知らされるのだ。

――お父様、お兄様、そしてお母様。私はいつまでこの苦しみを抱えて生きていればいいの？

――ねえ、お母様、私はいつまで一人で生きていればいいの？

溢れてきた涙を押しとどめるようにクラウディアは目をぎゅっと閉じた。

「ディア！　クラウディア！」

大きな声がしてクラウディアは目を開けた。すると目の前にはアルヴィンがいて、その向こうには見慣れた天蓋があった。

「……アルヴィン様……？　私、眠っていたんですか？」

何度も瞬きしていると、クラウディアの手を握っていたアルヴィンの心配そうな顔がくしゃっと歪んだ。

「うなされていたんだ。だからつい起こしてしまった」

「……すみません。きっと何か悪い夢を見ていたんだと思います。覚えていませんが」

けれど、この息苦しさと胸の痛みからいって、家族の夢だったに違いない。

アルヴィンは慰めるようにクラウディアの頬を撫でた。火照った身体にはその手の冷たさが心地よく感じられる。

「君の見る夢を全部『良い夢』にする力があればいいのに」

「アルヴィン様は十分私に『良い夢』を見させてくださっていますよ」

修道院にいた時は何も持たなかったクラウディアが、家を再興できたのも王弟妃になれたのも、全部アルヴィンのおかげだ。

「……そんなんじゃ足りないんだ。僕が君から奪ってしまったものは大きすぎて返せない」

ポツリと呟いたアルヴィンの言葉は、けれどクラウディアの耳にははっきりとは届かなかった。

「アルヴィン様？」

「……でもね、一つだけ返せるものがあることに、今気づいた」

アルヴィンはクラウディアの背中に手を差し入れて身を起こさせると、そっと抱きしめた。

「僕はね、君が昔のように屈託なく笑ったり感情を露わにしなくなったのは大人になったからだと思っていたんだ。七年前にあんなに辛い思いをして、それでもつつましく生きてきた君は、誰よりも早く大人にならなければならなかったんだって。……でも違ったようだ。大人になったからだけじゃない。君はずっと感情を抑えて生きてきたんだね、この七年間、ずっと」

「……アルヴィン様？」

クラウディアは困惑しながらアルヴィンを見上げた。

「君の様子はマリア院長から義姉上経由で知らされていた。母君を失くした君は悲しんでいたけれど、少しずつ立ち直ってきていると。この時期になると家族を思い出して気鬱になるようだけど、うまく感情の折り合いをつけているようだという報告だった。だから僕は君が時間の経過と共に立ち直ってきているのだとばかり思っていた。いや、思い込んでいた。でも違ったんだね。君はあの時から少しも立ち直っていない。ただ感情を抑えて表には出さない術を覚えただけ。ずっと君は心の中に色々な感情を溜め続けていただけなんだとようやく分かったよ」

「そ、そんなことは、ないと……」

「感情を抑えた場面を、僕も一度目にしている。陛下と謁見した時だ。君はあの時、必死に何かの感情を抑えようとしていたよね？」

「それは……」

あの時に覚えた感情を思い出そうとしたクラウディアは、胸の奥底で何かが首をもたげ始めるのを感じて戸惑う。アルヴィンの言葉が呼び水となったかのように抑え込んできた何かが急に溢れ出てくる。

アルヴィンはクラウディアの頬を両手で挟むと、息がかかるくらい近くまで顔を寄せた。

「君が覚えたというその感情を僕は知っている。なぜならそれは僕も持っている感情だからだ。ディア、それはね――『憎悪』だよ」

「憎悪……？」

「怒りであり憎しみであり、相手の破滅を願う気持ち、それらをひっくるめた感情だ。あの時、君は陛下に憎悪を覚え、すぐにそれを抑え込んだ」

「い、いいえ、いいえ、確かに昔は恨んだことも憎んだこともあります。けれど、今は――」

クラウディアは焦って否定する。否定しなければならないと思った。なぜなら国王に対してそんな感情を抱くことは臣下として許されないからだ。けれど……。

――本当に？

心の内から自分に問いかける声がした。

――家族を奪われた時に抱いた恨みや憎しみを、私は本当に忘れたことがあったの？

生きるために、心の中に全部押し込めて思い出さないようにしていただけではないの？

「ディア。君は本当に憎んでいないと言える？　側室の歓心を買うために何の罪もない君のお父上と一族を死刑にするという判断を下した王を。その暴挙を止められなかった僕ら（王族）を」

「それは……」

アルヴィンの言葉に触発されたようにクラウディアの胸の中のドロドロとしたものが急

速に膨らんで渦を巻く。長い間目を背けてきたクラウディアに、己の存在を主張するかのように。

「ディア。君には僕らを憎む権利がある」

「やめて、ください、そんなことを言われたら――」

――私はこの七年間、ずっと心に収めてきた本音を無視できなくなってしまう……！

ローウェン中将は父の死を悼んでくれた。クラウディアたちを修道院に送り届けてくれた兵士たちも優しかった。

――……だから、私は怒ることも彼らを恨むこともできなかった。

ヘインズ修道院の皆もクラウディア母娘を気遣ってくれた。

――……だから、私は憎しみを表に出すわけにはいかなかった。優しい人たちを困らせないために。自身の身の安全のために。

クラウディアにできたのは、自分の内にあるドロドロとした気持ちを悲しみのベールの中に包んで隠して、目を背けることだけだったのだ。

けれど、今、アルヴィンの言葉にベールははぎ取られ、中に隠していたものが露わになっていく。怒りが。恨みが。そして、胸をかきむしりたくなるような激情が。

――ああ、これは確かに『憎悪』だ。

「もういいんだ。君を縛っていたものから解放してあげるといい。ここには僕しかいない。何を言っても咎める者はいないよ、ディア。だから君の本音を聞かせてほしい。僕が全部受け止めるから――」

その優しい口調と促すような言葉に、クラウディアの中で何かがプツンと切れて決壊した。

「憎んでいない……わけないじゃないですか!!」

ぶわりと、涙と共に抑えてきた感情が口からほとばしる。

愛していた。大切だった。クラウディアのすべてだったのだ。家族は。

「憎いわ、私の家族を奪った国王が！　一体、お父様が何をしたというの！　お父様ほど陛下に忠実な臣下はいなかったのに！　なのにあの人はマディソン伯爵の言うことだけを信じてお父様たちを殺した！　それなのに、真実が判明した後も、少しも悪いと思ってなくてっ、謝罪の言葉も、悼む言葉すらなくて！　何のために、お父様は命を奪われなくてはならなかったの!?　まだあんなに小さかった従弟まで殺されて！」

クラウディアは泣き叫びながらアルヴィンの胸をドンと叩いた。非力な女性の力とはいえ、痛みがないわけではないだろうに、アルヴィンは避けることなく受け止める。

「返して、返してよ！　お父様とお母様とお兄様を！　私の家族を！　親戚を！　私の家族を！」

もうすでに自分が何を口走っているのかさえ分からない。順序立てて話すこともできない。クラウディアにできたのは、溢れ出てくる感情のまま気持ちを吐きだすだけだった。

「許せない、絶対に許せない！　できるなら、私と同じ苦しみを与えてやりたい！　……

でも、私には何もできなくて！　本当は、無力な自分が一番許せないの。生きるだけで精一杯で、ただ流されるだけの無力な自分が、一番嫌で嫌でたまらない！　何もできない私が一人生き残って、一体どうしろというの!?」

みっともなく泣き叫んで、声を張り上げて、辛かったこと悲しかったことを吐き出していく。そのすべてをアルヴィンは受け止めてくれた。

「どうして……どうして、私をおいて皆逝ってしまうの！　……一人で生きていく意味なんてないのに……、どうして……どうして私だけ生きていかなくちゃだめなのっ……」

家族の後を追って死ねたらどれだけ楽だっただろう。でも、生きていかなければならなかった。

――そんな境遇に追い込んだすべてをどれほど恨んだことか。

「っ、う、どうして、どうしてっ……！」

「ディア……」

アルヴィンの腕がクラウディアの身体をそっと包み込む。その温かさに縋るようにクラウディアはアルヴィンの胸に顔を押し当て、声を上げて泣いた。

心配して様子を見に来ていた執事のジェイスやセアラが、悲痛な泣き声に痛ましそうに表情を曇らせながらそっと退室したことも、クラウディアは知らなかった。

……やがて、涙も声もかれ果てたクラウディアは、アルヴィンの腕の中で大人しく背中を撫でられるままになっていた。

「頑張ったね、ディア。それでいいんだよ。自分の気持ちを吐き出すことが君には必要だったんだ」

優しく触れる温かな手が妙に心地いい。

すべて吐きだしてしまった今、クラウディアの心の中はからっぽで何の感情も湧いてこなかった。あれほどグルグルと渦巻いていた憎悪も、いつも心の中にあった悲しみも今は遠い。

——不思議ね。ついさっきまではあんなに辛かったのに、今は妙に気分がすっきりしているわ。

悲しみが癒えたわけではない。けれど、ついさっきまでとは決定的に何かが違っていた。

「……こんなに泣き叫んだのは、お父様たちの刑が執行されたと知った時以来です……」

ぽつりと呟くと、アルヴィンはクラウディアの涙の跡が残る頬にそっとキスをした。

「君はこれだけの感情をずっとしまいこんでいた。傷ついた心を癒やすのには時間が必要だとは思っていたけれど、でも……時間だけではだめだったんだね」

「そう、ですね。……分かるような気がします」

夫と息子を失い、実家からも縁を切られてしまい生きる気力を失ってしまった母親を支えるために、クラウディアは自分の苦しみや悲しみを後回しにするしかなかった。残されたたった一人の家族を失うまいと必死だったのだ。

その母親を失った後は一時だけ怒りや憎しみが生きる糧になったものの、すぐにそれを表に出すことはやめた。監視するために送り込まれた修道院で王族に対する怒りや憎しみを表に出すのは危険だと感じたからだ。

——私は生きなければならなかった。それがお母様の最後の願いだったから。

クラウディアに許された感情は悲しみだけだった。けれど、その悲しみも優しいシスターたちを心配させないように、だんだん表に出さなくなり、いつしか隠すようになってしまった。

——怒りや憎しみも時の経過と共に擦り切れて薄れたのだとばかり思っていた……。けれど、今なら分かる。私は心の奥底に押し込めたそれらの感情を見ないようにしていただけだったのだわ。

思えばクラウディアがこの時期になると辛くなるのも当然だと言える。家族を失った悲しみから、クラウディアはまったく立ち直れていなかったのだから。知らない間にクラウディアの心は悲鳴を上げていたのだ。

「……私、気持ちを吐き出して気づいたんです。私は……たぶん家族にも怒りを覚えていたんですね。私一人を置いていってしまったから。お母様に対しても、どうして私のために生きる努力をしてくれなかったのかと、恨む気持ちがあったと思います」

母親は夫と息子を失った悲しみから立ち直ることができなかった。傍にはクラウディアがいたのに、そのために生きようとはしてくれなかった。

——私ではお母様の生きる意味にはなれなかった。お父様とお兄様を失ったのは私も同じなのに。私にはもうお母様しかいなかったのに。

心の奥底に押し込んで忘れたかった憎悪は、何も国王に対するものだけではなかった。一人取り残されたことへの怒りや、後を追うことすら許されなかったことへの恨みも、確かにクラウディアの中にあったのだ。

「私が自分の胸に巣くう憎悪から目を背けていたのは、きっと生きるためだけではなく、家族に対する複雑な感情を思い出したくなかったから。……お母様たちだって好きで私を一人にしたわけではないのに。そんなふうに恨んでしまう私は……」

「君がそう思うのも無理はないよ。生きる方が辛いことだって世の中沢山あるのだから。ましてや君は、まだ親の庇護を必要としていた子どもだったんだ」

軽蔑される覚悟で伝えた事実を、アルヴィンはあっさり受け入れた。

「アルヴィン様……」

「ディア、これから僕の前では気持ちを隠そうとしなくていい。泣いて笑って、時には怒って恨みつらみも口にしていい。ここにいる限り君は安全だ」

からっぽになった心に、アルヴィンの言葉が浸透していく。

――もう隠さなくていいんだわ。悲しみも怒りも、憎悪も。国王(あのひと)を恨んでもいい。憎んでいてもいいんだ。

「はい……。ありがとうございます、アルヴィン様」

クラウディアはアルヴィンの胸に頭をもたれて目を閉じた。

何かを考える気力はなく、ただただ静かにアルヴィンの体温を感じていた。

けれどしばらく無言でじっと抱かれているうち、奇妙なことに身体の芯がじんわりと熱を帯びていくのをクラウディアは感じた。この感覚はすっかりおなじみになったものだ。

感情を爆発させた反動なのか、それとも本能的なものなのか。理由は分からないが今クラウディアはアルヴィンが欲しくてたまらなかった。

「アルヴィン様、私を抱いてください……」

閨に誘うのはいつもアルヴィンの方で、クラウディアからねだったことはない。自分から求めるのは恥ずかしかったし、淑女がすることではないという思いがあったからだ。けれど、この時のクラウディアはまったく気にならなかった。

恥ずかしさも感じない。ただただ欲しいという欲求がクラウディアの頭を支配していた。

アルヴィンは困ったように笑う。

「……君は今とても傷ついている。それにつけ込むようなことはしたくない」

どうやらクラウディアを気遣って身を引こうとしているようだ。クラウディアは首を横に振った。

「いいえ、傷ついているからこそ、アルヴィン様が欲しいのです。どうか私が生きる意味を与えてください。生きていていいんだと実感させてほしいのです」

ずるい言い方だとクラウディアは頭の片隅で思う。気遣いにつけ込もうとしているのはむしろ自分の方だろう。

――でも欲しくて欲しくてたまらないの。

クラウディアはアルヴィンの手を取り、薄い夜着を押し上げている胸の膨らみに導いた。

「私に家族をください。アルヴィン様との家族を――」

「……ディアは僕の扱いを心得ているね」

突然、胸の膨らみに当てられたアルヴィンの手がクラウディアの柔らかな肉を捕らえる。

「そんなふうに言われたら、断れないじゃないか。ディアのためを思って遠慮したのに」

ため息交じりの声は、けれど先ほどの気遣い溢れる声音とは打って変わって熱のこもったものだった。

期待にきゅっと下腹部が疼き、摑まれた胸の膨らみの先端が硬く尖っていくのが自分でも分かる。

「遠慮なんてしなくていいんです。私はアルヴィン様の妻ですもの」

「ディア……」

アルヴィンの顔が落ちてくる。クラウディアは薄く唇を開いてアルヴィンのキスを受け止めた。

「んっ……ふ、あ……んんっ」

深いキスを受けながら、アルヴィンの手がクラウディアの夜着を優しくはぎ取っていく。

クラウディアは侵入してくる舌に自分の舌を絡ませながら、アルヴィンの服に手をかけた。

「……んっ、弱っている君につけ込むのはやっぱり少しばかり罪悪感を覚えるが……」

息継ぎのために少しだけ唇を離したアルヴィンはくすっと笑う。

「君に求められるのは嬉しい限りだ」

「アルヴィン様……」

胸の膨らみをなぞっていた手が下に動き、クラウディアの下腹部に軽く触れる。

「君が生きる意味を求めるのであれば、僕がそれを与えよう」

アルヴィンは片手で自分の服をはぎ取りながら、クラウディアをベッドに優しく押し倒す。クラウディアはその間もアルヴィンが服を脱ぐのに手を貸した。気が急くあまり、アルヴィンの邪魔をしているだけかもしれないが、ますます激しくなる渇望に、じっとしていられなかったのだ。

その渇望は、ようやく裸になったアルヴィンにぎゅっと抱きしめられたことでますます激しくなった。まだほとんど何もされていないというのに、両脚の付け根から蜜が溢れて零れ落ちていく。

「んっ……あっ……」

濡れた唇が首すじを這う。ざらっとした舌の感触や、肌に触れる髪の毛がやけにくすぐったく感じられた。

「ふっ……あっ……ん……」

再び胸の膨らみを捕らえた手が、柔らかな肉を優しく揉み上げる。赤く熟れた果実のような乳首を指が掠めるたびに子宮を中心に痺れたような快感が広がっていった。

「あっ、んんっ……」

胸もとまで下がったアルヴィンの唇が赤い果実をぱくりと口に含む。濡れた感触にぞくりと背筋が震えた。

――きもちいい。でも、足りない。こんなのじゃ足りないの。

触れるアルヴィンの手はいつもと同じにとても優しい。クラウディアの肌を撫でる手つきは、傷つけないようにと気遣いに溢れている。

クラウディアの肌を丹念に愛でて、十分に官能を掻き立てるまで、彼は決して自分の欲望を解き放とうとしない。それはいつものことだ。

けれど今日のクラウディアは優しさや気遣いは求めていなかった。欲しいのは激しく欲情をぶつけられること、それをこの身に受けることだった。

「アルヴィン様……足りない。足りないのです……」

クラウディアは手を伸ばしてアルヴィンの首に抱きつくと、自分の裸の胸を彼の胸板に押しつけた。

「もっと激しくしてください、私を壊すくらいに犯して」

「……ディア」

「壊れたっていい。……いいえ、壊してください」

アイリス色の瞳がじっとクラウディアを見下ろしている。その探るような目は欲情に濡れながらもクラウディアの心の奥底までを覗き込もうとしているかのように鋭かった。

やがてアルヴィンは低い声で言った。

「……いいよ。それが君の望みなら、君を壊してあげる。家族のもとへ逝きたいと思う君の願望ごと、粉々に」


「あっ、あ、あっ」

ギシギシとベッドが軋む音と共にクラウディアの嬌声が響き渡る。

四つん這いになり、お尻を高く上げたクラウディアを後ろからアルヴィンが責めたてていた。クラウディアにはもう自分を支える力はなく、シーツに顔を押しつけて、後ろから勢いよく押し込まれる屹立をただただ受け止めている。

二人の間からはパン、パンと肉がぶつかる乾いた音が絶え間なく上がる。

ずんっと打ちこまれるたびにクラウディアの身体が揺れた。けれどその激しい衝撃を受け流すことすら今のクラウディアにはできない。細い腰に巻きついたアルヴィンの腕が、胸の膨らみを摑むもう片方の手が、逃げることを許さないからだ。

下半身をがっちりと押さえ込まれたクラウディアはなすすべもなくアルヴィンの怒張を受け入れた。……けれどそれは決して無理やりではない。

「ああっ、いいっ、もっと……！」

クラウディアの口から出るのは悦楽の声だけ。クラウディアは自ら進んでアルヴィンを受け入れているのだ。

獣のようなこの体位を取らされるたびに恥ずかしがっていたクラウディアは、今はいなかった。いつもだったら恥ずかしくてたまらない姿も、まったく気にならない。大事な秘部や後孔まで丸見えになってしまっているのに。

「あっ、はっ、あ、んんっ」

――そうよ、これが欲しかったの。

優しいアルヴィン。けれど、いつだって本当は激しく求められたかった。

――義務感や贖罪のためだけでなく、私を求めてほしかったの。

「アルヴィン様、もっとください、もっと……！」

「ディアっ……」

応えるようにアルヴィンの動きがもっと激しくなった。

この体位だといつもより深い場所にアルヴィンの屹立が当たるようだ。一突きされるたびに背筋から脳天を快感が走り抜けていく。

「はぁあっ、んんっ」

クラウディアは身体をわななかせた。

もう今のクラウディアに悲しみも怒りも憎悪も存在しない。あるのはアルヴィンに対する恋情と激しい欲望だけ。

けれどそれが、心のどこかで憎悪と共に死への渇望を抱き続けていたクラウディアを生に留まらせてくれる。

「アルヴィン様。もっとください。もっと……！」

力が抜けてシーツに投げ出されていた手を何とか持ち上げ、クラウディアは縋るように後ろに伸ばした。アルヴィンは腰と胸に回していた腕を解くと、クラウディアの両手をしっかりと摑んだ。

「君が望むなら、いくらでもあげる。だから、君は僕の傍に居続けるんだ。この先もずっと、永遠に」

摑まれた腕がぐいっと後ろに引き寄せられる。

「ああっ……！」

背中が反らされて、シーツにつっぷしていたクラウディアの上半身が持ち上がった。より深くクラウディアの臀部とアルヴィンの腰が密着する。その状態のままズンと突き上げられ、膣奥をこじ開けられるように抉られた。

子宮の奥がじんじんと痺れたように熱くなる。

「あっ、あ、あっ、ああ」

貫かれるリズムに合わせて豊かな胸がふるふると揺れた。

——ああ、私はなんていやらしい姿をしているのかしら。

ふと頭の片隅でかろうじてまだ残っていた冷静な部分が思う。獣のように後ろから繋がって、後ろ手に引っ張られながらも悦びの声を上げる自分。いやらしくて浅ましい姿。

……けれど、身体はかえって被虐心を煽られて悦んでいる。胎内から愛液が溢れて、太腿を伝わっていく。その感触すら気持ちよくて、更に愛液を滴らせた。

「ああっ、ん、っふ、あ、あっ」

じゅぶじゅぶと、二人が繋がっている箇所から粘着質な水音がしている。恥ずかしいどころか、その音にますます煽られて、無意識のうちに膣内を埋め尽くす怒張を締めつけていた。

「くっ……」

すると、お返しとばかりに膣奥を太い先端でごりっと穿たれて、クラウディアの唇から甘い悲鳴がほとばしる。

「ぁあっ、あ、ああっ、あああ！」

全身にさざ波のように広がっていく快感と悦びに、クラウディアは全身を震わせた。

「ディア、クラウディア」

アルヴィンは片方の腕を放して、クラウディアの顎を摑んでやや強引に後ろを振り返らせる。

欲望をたたえた青紫色の目がクラウディアを見つめていた。

そこにあるのは、もはや優しさや労わりや気遣いではない。むき出しの欲情だ。クラウディアが欲しいと目が語っている。

それこそがクラウディアが望んだもの。

苦しい体勢なのに、心が喜びに満ちていく。

「アルヴィン様、キスを……キスして。お願い」

哀願すると、アルヴィンは身を乗り出し、背中に覆い被さるようにしてクラウディアの口を塞いだ。

舌が入り込み、息が苦しくなる。苦しいのに気持ちいい。

――ああ、アルヴィン様、私を欲しがって。そして私を壊して……！

子宮が疼き、先を促すように媚肉が屹立を熱く締めつける。無言の誘いに応えるように、抽挿が再開された。

「んんっ、ふ、ぅ、ん、はぁ、んぅ」

キスをされながら後ろから穿たれ、クラウディアは次第に何も考えられなくなっていく。分かるのは、アルヴィンからもたらされる悦楽だけ。

ベッドの軋む音が激しくなっていく。もはや意味のある言葉はクラウディアの口からもアルヴィンの口からも出ることはなかった。

「っつ、は、あ」

「あ、んん、あ、はあ、あ、あっ、イクッ」

いつの間にかキスが解かれ、再び四つん這いのままシーツに顔を押しつけたクラウディアは、アルヴィンの腰の動きに揺さぶられながら慣れ親しんだ絶頂の予兆に、ぶるっと背中を震わせる。

アルヴィンは力の入らないクラウディアの腰に腕を巻きつけ、引き寄せながら彼女の胎内を強く激しく穿った。

これ以上はないほど膨らんだ屹立が膣奥に入り込み、子宮に続く部屋の入り口を抉る。

「あっ、あああ！」

脳天から足のつま先まで痺れるような快感が突き抜けた。その次の瞬間、クラウディアの目の前が真っ白に染まり、甲高い声が喉からほとばしる。

「あああああ――――！」

クラウディアは絶頂に達し、お尻を高く上げたまま激しく身体を痙攣させた。

絶頂と同時にクラウディアの膣肉が激しく蠕動し、アルヴィンの肉茎に絡みつき射精を促すように絞めつけていく。

「くっ……」

アルヴィンは歯を食いしばり、クラウディアの腰を抱えたまま一瞬だけぶるっと身を震わせると、熱い飛沫をクラウディアの胎内に放った。

「あ……ん、ぁ……は」

ドクドクと流し込まれる白濁をクラウディアは悦びに身を浸しながら受け止める。

最後の一滴までクラウディアの膣に放出したアルヴィンは、大きく息を吐きながら身を離した。ぬちゅっと音を立てて膣を塞いでいた杭が離れていく。それを寂しく思いながらも、クラウディアは俯いた姿勢のまま荒い息を吐いて絶頂の余韻に震えた。クラウディアのぱっくりと開いた蜜口からは白濁なのか愛液なのか判断がつかないものが零れ、足を伝わってシーツに零れ落ちていく。

その様子を見たアルヴィンの喉がごくりと鳴った。

アルヴィンはクラウディアの身体をひっくり返すと、優しい仕草でベッドに横たわらせる。ぼんやりと見上げたクラウディアは、熱を帯びた視線にハッとなった。

子種を放って満足したはずのアルヴィンの屹立が再び力を取り戻していることにも気づいてしまい、ゾクリと背すじが震える。もちろん、期待で。

「まさか、あれだけで満足したなんて言わないよね？」

頬を撫でながら問われ、クラウディアはうっとりと微笑みながら首を横に振った。

「いいえ、満足していません。もっとください、アルヴィン様」

クラウディアは脚を開き、先ほどまでアルヴィンを受け入れていた付け根の部分を晒す。恥ずかしさはなかった。

ゆっくりと覆い被さってくるアルヴィンの首に手を回し、引き寄せながらクラウディアは嫣然と笑う。

二人の寝室からは長い時間、クラウディアの嬌声が響いていた。

「アルヴィン様、愛しています」

数時間後、疲れ果てて、けれど身も心も満足したクラウディアは、眠りに誘われながらも傍らに横たわるアルヴィンに告げた。

――本当は言うつもりじゃなかった。義務感と贖罪のために私と結婚するしかなかったアルヴィン様に自分の気持ちを押しつけることはできなかったから。

けれど、目を逸らし続けていた感情を爆発させてしまった今、この気持ちを隠すことは難しかった。

――アルヴィン様だって自分の前ではもう感情を隠さなくていいと仰ってくださったもの。明日になったら後悔するかもしれないけど……でも、どうしても伝えたくなってしまった。

別れはいつだって突然だ。

予期せぬことで突然家族を奪われたクラウディアはずっと悔やんでいた。もっと両親や兄たちに「愛している」と伝えておけばよかったと。

もちろん、クラウディアが愛していることなど家族は分かっていただろうし、自分も家族に愛されていたことを知っている。でも言葉にしたことはなかった。

――大切なことはいつだって失ってから気づくんだわ。

もう二度と同じ過ちはしたくない。そう思ったら言わずにいられなかったのだ。

「……僕も君が大切だ、ディア」

アルヴィンはクラウディアの額に唇を落として囁く。

——愛しているという言葉ではないのね。……でも、それでいいの。

もとより応えてもらえるとは思っていなかったのだから。

それでもほんの少しだけ失望した心を抱えながら、クラウディアは目を閉じて眠りの淵に落ちていった

＊＊＊

「……愛しているよ、ディア」

アルヴィンは完全に眠りに落ちたクラウディアに囁く。もちろん反応はない。きっとこの言葉はクラウディアの耳には届いていない。

「ごめんね。僕にはまだ君の想いに応える資格がない。でも全部終わった暁には……」

カタン、と扉の向こうで微かな音が聞こえて、アルヴィンは言葉を切る。音は執事のジェイスからの呼び出しの合図だ。

夫婦の時間を中断させてまで知らせるべきだとジェイスが判断したことが起きたのだろう。

クラウディアを起こさないようにそっとベッドから抜け出ると、アルヴィンは素早く服を身に着けて寝室を出た。

「お休みのところ申し訳ありません」

廊下ではジェイスが待っていた。

「何があった？」

「先ほど秘書官から連絡がありました。例の人物がアルヴィン様に極秘でお会いしたいと言ってきているそうです。フリーダ・マディソンとルステオのことで伝えたいことがあると」

その言葉を聞いたアルヴィンの唇が弧を描いた。

「……そうか。これで、ようやく本当にローヴァイン侯爵たちの仇が取れる」

第6章　真の黒幕、真の罪人

　クラウディアはいつもの日常を取り戻していた。

　アルヴィンに感情を爆発させたあの日からクラウディアの精神状態は安定し、気鬱になることも突然泣き出すこともなくなった。

　——お父様たちの命日も穏やかな気持ちで過ごせたわ。これならいつかお父様やお兄様たちのための冥福を祈るために処刑場に足を運ぶこともできるようになるかもしれない。

　お茶会のためにおもむいていた王宮からアルヴィンの屋敷に戻ってきたクラウディアの表情は明るい。

「お帰りなさいませ、奥方様。珍しくアルヴィン様もご帰宅されております、何でも予定されていた交流会が先方の都合で延期になったそうで」

「まぁ、それなら久しぶりに夕食をご一緒できますね」

　執事のジェイスの報告に、クラウディアは嬉しそうに笑った。つられてジェイスも、そしてセアラも笑顔になる。

　最近、クラウディアはよく笑うようになった。修道院から王都に戻って来たばかりの頃は、笑顔と言っても微笑む程度だったが、今では声を立てて笑うことさえある。

クラウディアの明るい笑顔に触発されたように、屋敷中が明るい雰囲気に包まれていた。

「着替えたらアルヴィン様にご挨拶をしに行くわ。三か月後に王宮で行われる夜会のことで相談したいこともあるし」

今日王妃から言われたのだ。外国の大使や外交官を招いて行われる王宮主催の夜会で、アルヴィンとクラウディアにファーストダンスを踊ってほしいと。

少なくともこの十年、国王夫妻によるファーストダンスは行われたことがないという。国王がダンスをするのを嫌がるためだ。そのため、いつもアルヴィンが国王の代役として王妃とファーストダンスを行ってきたという。

『殿下も結婚してあなたというパートナーができたのですもの。これからはあなた方にファーストダンスをお願いすることにするわ』

――そんな大役、私に務まるのかしら。

ダンスの皮切り役として、また王族として注目される中でダンスを披露することになるのだ。まだ社交そのものに慣れていないというのに、果たしてきちんとやり遂げることができるのだろうか。

もちろん、結婚後もずっとダンスのレッスンは続けているのだが、練習場で講師相手に踊るのと人前で踊るのとでは訳が違う。

――昔はアルヴィン様と踊りたいと願っていたのに……。あの頃思い描いていたものとはだいぶ違う状況ね。

七年前、家族と交わした懐かしい会話の記憶が蘇り、クラウディアの胸にほろ苦い思いが広がっていく。

社交界デビューの場でアルヴィンと踊れるかもしれないと、心をときめかせていた頃。あの頃はほんの数か月後に家族をすべて失ってしまうなどと夢にも思わなかった。

「奥方様？　どうかなされました？」

急に表情を曇らせたクラウディアに、ジェイスが声をかける。クラウディアは我に返ると、慌てて気持ちを切り替えた。

「いえ、何でもないわ。ダンスの授業を増やしてもらわなければと考えていただけ。さぁ、部屋に戻ってアルヴィン様のところに行きましょう」

けれど書斎に向かったクラウディアは、すぐにダンスのことを忘れた。アルヴィンから驚きの報告を受けたからだ。

「え？　フリーダ様が見つかった？」

「ああ。彼女を修道院から連れ出した傭兵のルステオと共に、オールドア伯爵が所有する王都の邸宅に匿われている」

「オールドア伯爵……陛下の側近の方ですね」

面識はないが、クラウディアはアルヴィンと結婚するにあたって主要な貴族の名前を記憶する必要があったため、オールドア伯爵の名前と役職だけは知っていた。

「ああ。どうやら元側室のティティスに二人を匿ってほしいと懇願された陛下が困ってオールドア伯爵に丸投げしたようだ。オールドア伯爵は陛下に命じられて二人をしぶしぶ引き受けたものの、関わり合いになりたくないと使用人に任せて放置していたらしい。そのせいで、彼はつい最近までフリーダがかつての取り巻きを脅して君を狙わせていたことを知らなかった」

シュレイドル伯爵とトリミシア伯爵の件が起きて初めてオールドア伯爵はフリーダたちがやっていることに気づいたらしい。遅まきながら使用人に二人の動向を監視させることにしたオールドア伯爵は、今度は彼らが直接クラウディアを襲う計画を立てていることを知って大いに慌てた。

「もし事が露見したら、フリーダたちを匿っていたオールドア伯爵も共犯として厳罰を受けることになる。王族を狙えば本人はおろか家は断絶となり、一族郎党も死刑になるからね。いくら国王の命令だったとはいえ、一族すべての命を差し出すことはできないと、オールドア伯爵は陛下を裏切ってフリーダたちを売ることにしたんだ」

「では、フリーダ様たちはもう捕らえられて？」

狙われる心配はもうなくなるのかと期待して尋ねたのだが、アルヴィンから返ってきたのは意外な答えだった。

「いや、オールドア伯爵にはそのまま二人を気づかれないように監視してもらっている。彼らは君を襲撃する計画を立てているそうなので、それを利用して本当の黒幕を捕まえる」

「本当の黒幕？」

「そうだ。ユリウス・マディソンは傀儡に過ぎない。君の家族を破滅させた本当の黒幕はまだ健在だ。今も罪を償うことなく王宮でのうのうと暮らしている」

クラウディアは息を呑んだ。マディソン元宰相とその一派が処刑されて、すべては終わったものと思っていたのだ。けれど、アルヴィンによれば、彼らの背後にはまだ別の人物がいたらしい。

「く、黒幕というのは誰なのですか？」

「ティティス・マディソン。国王の元側室で、現在は妾として王宮内の離宮に住んでいる」

「ティティス・マディソン……」

もちろんクラウディアは彼女の経歴や名前は知っている。国王の第二子であるリリアン王女の母親だということも。けれど、顔を合わせたことはない。貴族としての身分も失い、後見人もいないティティスは国王の慈悲のもと、離宮にひっそり住んでいると聞いている。

「僕も数回ほどしか会ったことはないが、外見は聖女のように楚々としている。陛下の前では外見のとおりのたおやかな女性を装っているらしいが、中身は……オールドア伯爵曰く『女狐』だそうだ。僕は狐というより毒蜘蛛だと思っているけれど。自分は直接手を下すことなく、他者を言葉巧みに操って駒として動かしているらしい」

──そういえばお父様もティティス様が陛下をたぶらかしているとおっしゃっていたわ。ティティス様以上にマディソン伯爵を嫌っていたけれど。

「ですが、なぜティティス様はローヴァイン侯爵家を狙ったのです？　ほとんど、いえ、全然関わりがないというのに……」

アルヴィンはすぐに答えなかった。どう言おうかと逡巡した後、そっと目を伏せながら言った。

「……フリーダ・マディソンだ。フリーダの方は黒幕ではなくティティスの駒の一つに過ぎないが、君の家族を破滅させた件には彼女が関わっている」

「フリーダ様が……？」

「ああ。君の家の破滅をフリーダが父親に願い、ティティスがローヴァイン侯爵家を陥れる方法をマディソン伯爵に教唆したようだ」

「そんな……なぜ……」

──もしかして七年前のお茶会の時に彼女から蝶を庇ったせい？

思い当たる件はそれしかなかった。クラウディアとフリーダの接点はなかったのだから。お互いに社交界デビュー前だったたし、家同士の交流もなかったので、王妃主催のお茶会で同じテーブルに着くまでは存在すら知らなかったくらいだ。

──でも、彼女が執着していたアルヴィン様と結婚した今ならともかく、お茶会の件でフリーダ様がローヴァイン侯爵家に恨みを覚えたというのもおかしな話だわ。

あの日、クラウディアは蝶を庇って彼女に手を叩かれたが、同時に彼女をも庇ったつもりだった。王宮で育てられている国蝶グラファス・エイガを傷つけたら、フリーダと彼女の家は大変なことになっていたはずだ。

「理由は……分かっている。けれど……すまない。今は言えない」

アルヴィンは少し辛そうに告げると、ぎゅっと目を閉じた。けれど、すぐに目を開き、クラウディアをまっすぐ見つめる。

「全部が終わった後に必ず説明する。それまで待ってほしい。……今言えるのはこれだけだ」

「……分かりました。すべて終わるまで待ちます」

きっと何か深い理由があるのだろう。クラウディアは頷いた。

「……話を元に戻そう。フリーダと傭兵ルステオの居場所は判明しているので、彼らを捕らえるのは簡単だ。けれど、今の段階で二人を捕らえてもティティスの罪を問うまでには至らない。傭兵のルステオはティティスの護衛だったが、北の修道院を襲撃してフリーダを連れ出す前に解雇されている。そのため、ティティスはフリーダの脱走は自分とは無関係だと主張している」

「そんなのは──」

「もちろん、解雇は表面上だけだろう。ルステオに命じてフリーダを連れ出させたのはティティスだということはほぼ間違いない。けれど決定的な証拠がなければ捕まえることができないんだ。国王がティティスを庇うからね」

「……」

国王、という言葉を聞いてクラウディアはぎゅっと唇を噛みしめる。言いたいことは山ほどあったが、アルヴィンの話の邪魔をしたくなかった。

「そこでフリーダたちの君への襲撃計画を利用することにする。どうやら彼らは王宮内で君を襲うつもりらしい。だとすれば必ずティティスのいる離宮に現れるだろう。わざと彼らに襲わせ、失敗して離宮に逃げ帰ってきたところを捕らえるつもりだ。王族である君を襲った犯人を匿ったとなれば、いくら国王が庇おうと捕らえることができる」

アルヴィンはクラウディアに微笑んだ。

「もちろん、君に危険はない。背格好が似た女性を代役に立てるつもりだ。いくら兵士たちが守るとはいえ、万が一のこともある。セアラとオーウェンは本物だと周囲に思わせるために代役について行ってもらうことになるが、君は屋敷でのんびり過ごしてくれればいい。この屋敷は要塞並みの警備をしいているから、王宮にいるより安全だ」

「アルヴィン様……。でも、それは……」

この計画には重大な欠点がある。そのことにアルヴィンは気づいていないのだろうか。

――いいえ、アルヴィン様のことだから、気づいているはず。でも、私の安全のためにあえて無視しているのでしょうね。

「…………」

迷ったのはほんの一瞬のことだった。クラウディアはアルヴィンの目を見つめながら口を開く。

「いいえ、代役を立てる必要はありません。私が囮になります」

「ディア!?」

アルヴィンが目を見開く。仰天しているアルヴィンにクラウディアは微笑んでみせた。

「いくら背格好が似ていても双子でもない限り誤魔化すには限界があります。私は頻繁に王宮へ出かけていますから、顔を覚えている者も多いでしょう。やはりここは私自身が行くべきかと」

「……君が行く必要はない。代役で十分だ」

「アルヴィン様。相手もバカではありません。危険な橋を渡っているのですから、標的である私が本人かどうか必ず確認するでしょう。もし代役かもしれないと少しでも疑われたら、敵は警戒して今回の計画自体が破たんしてしまいます。フリーダ様たちは逃げ出し、行方をくらませてしまうかもしれない。そうなったら私はこの先もずっと、怯えて暮らさなければならなくなる。……そんなのは嫌ですもの。だから、貴重なこの機会を絶対に逃したくはないんです」

「だが……危険だ」

「それは承知の上です。でも、セアラもオーウェンもいますし、兵士もすぐに駆けつけて守ってくださるんでしょう？　ならば平気です」

ついこの間までのクラウディアだったら、アルヴィンの言うことに従い、屋敷の中で守られていたことだろう。けれど、アルヴィンの前で感情を爆発させて以降、クラウディアの中で何かが変わった。

——これまでの私はただただ流されるままだった。自分では何も考えず周囲に従っていれば、ある意味それがとても楽だったから。でも、流されるままでは、先に進むことはできない。……そうでしょう？

「アルヴィン様。七年前、私は何もできませんでした。もちろん、まだまだ子どもだった私に何かができたわけでないのは分かっています。けれど、お父様たちの最期を見届けることも、弱っていくお母様をこの世に引き止めることもできませんでした。仇のマディソン伯爵のことも、そうと知る前にすべて終わっていました」

「でも、それは……」

「ええ。仕方のないことだと分かっています。王都から遠く離れた修道院にいたのですもの。けれど、私が何も成せなかったのは確かなのです。だから……私の中では何も終わっていなかった」

母親が最期の時に言った『いつか、必ずお父様たちの無実は明らかになる。あなたは生きて、それを見届けて』という言葉を思い出す。クラウディアは確かに生きていたが、見届けられたかといえば否だろう。

——けれど、お父様たちを死に追いやった真の黒幕がフリーダ様とティティス様だとするならば……。

「私は今度こそこの目ですべてを見届けないといけない。そうしなければ前に進むことができない。……そんな気がするのです。ですから、アルヴィン様。囮役は私にさせてください」

「…………」

アルヴィンはしばしの間クラウディアの顔を見つめて説得できる言葉を探していたようだが、やがて諦めたようにため息をついた。

「……結局、義姉上の言うとおりになったようだな。今回の作戦について説明した時、あの方は微笑みながら僕にこう言ったんだ。『でもね、アルヴィン殿下。きっとクラウディアは自分が囮になると言い出すでしょう。ここ最近の彼女を見ていれば分かります』と」

「王妃様が……」

クラウディアは目を丸くする。まさか王妃に口添えをしてもらえるとは思ってもいなかった。

「ああ。そしてこうも言っていた。『もし、そうなった時にはクラウディアの望むとおりにしてあげてね』と。それが君にとっては必要なことだとも言っていた。……まったく、あの人にはいつまで経っても敵いそうにないな」

「あの、つまり私は協力させてもらえるのですか？」

期待を込めて見つめると、アルヴィンは苦笑いを浮かべて頷いた。

「ああ、君にも協力してもらう。……でも、約束してほしい。君の役割は襲撃犯たちをおびき寄せることだけだ。そのあとのことはオーウェンや僕らに任せて、安全な場所に移動してくれ。決して危険なことに関わってはいけない。いいね？」

「はい、もちろんです。ありがとうございます、アルヴィン様」

クラウディアは笑顔で頷きながら「次にお会いした時、王妃様にお礼を言わなければ」と思うのだった。

＊＊＊

襲撃の決行日は、思いのほか早くやってきた。クラウディアがアルヴィンから話を聞いた日から一週間後のこの日、クラウディアはいつものようにセアラとオーウェンを伴って屋敷を出た。

「大丈夫です、奥様。何があっても私とオーウェンが守りますから」

王宮に向かう馬車の中、そわそわしているクラウディアにセアラが励ますように声をかける。

「ありがとう、セアラ。でも大丈夫。不思議と怯えたり怖いと思ったりはしていないの。

緊張して普段通りに振る舞えるかという不安はあるけれど」

「それはいい傾向だと思います。いざとなった時に怯えて動けないのでは困りますし、緊張感があれば逃げなければならない時もすぐに反応できるでしょうから」

「そういうものかしら？」

「はい。そうですとも」

セアラはにっこり笑ったが、すぐに真顔になった。

「さて、馬車に乗っている時間は短いので、今のうちにおさらいをしておきましょう。報告によると、すでにフリーダとルステオ、それに彼らに雇われた傭兵たちは王宮に到着しているそうです。オールドア伯爵に無理を言って自分たちを王宮に送り込ませたようですわ。彼らの計画が万が一失敗した場合……いえ、たとえ成功したとしてもすべての責任をオールドア伯爵に押しつける気なのでしょうね」

「お気の毒に……」

国王の命令とはいえ、犯罪の片棒を担がされることになるとは。一度も会ったことはないが、クラウディアはオールドア伯爵に大いに同情していた。

「王宮に入ったフリーダはさっそく離宮に向かったそうですわ。いつでも離宮に乗り込んでフリーダとティティスを捕縛できるように、アルヴィン様はすでに兵を率いて待機しているとのことです」

「あとは私たち次第ということね」

改めて気を引き締めると、クラウディアは窓の外に視線を向けた。王宮は貴族の邸宅が並ぶ地区の目と鼻の先にある。そのため、クラウディアを乗せた馬車と護衛の兵士たちはあっという間に王宮にたどり着いた。

「妃殿下。お迎えにあがりました」

馬車が到着すると、いつものように王妃付きの侍女と護衛の兵士たちがクラウディアを出迎えた。クラウディアもよく見知った人たちだ。

もちろん、彼らも襲撃があることを承知している。そのため、近衛兵の中でも特に腕の立つ者が選ばれており、侍女もいざとなったら戦えるように武芸に秀でた者が送り込まれていた。

「それではまいりましょう、妃殿下」

「ええ」

クラウディアはやや緊張した声で答えると、侍女やセアラとオーウェン、それに二人の護衛兵を連れて歩き始めた。

王宮を出入りする者は厳しいチェックを受けるので入り込むことは難しい。けれど、一度入り込んでしまえば、広大であるために警備の行き届かない場所や死角になる場所も多いので容易に身を隠すことができる。だからこそトリミシア伯爵令嬢たちは警備の厳しいアルヴィンの屋敷を襲うのではなく、わざわざ王宮内でクラウディアを拉致しようとしたのだろう。

そう言った意味では、王宮は決して安全とは言い難い場所だ。その反面、クラウディアが通る場所の死角さえ把握してしまえば、敵がどこの地点で襲いかかってくるか予想できるという利点があった。

「奥様、もうすぐ主館から宰相府のある建物へ通じる回廊にさしかかります」

王妃付きの侍女が前を向いたまま小声で告げた。

「彼らが襲ってくるのであれば、ここだと思われます。お気を付けください」

主館というのは城の正面に立っている建物のことだ。謁見室や大広間、それに議会場などがある重要な建物で、国の行政を行う部署の建物や国王の住む居館とは回廊で繋がっている。

これが国王や王妃、それに王太子が住んでいる主居館へ通じる回廊であれば物々しい警備が敷かれているのだが、宰相府のある建物へ通じる回廊に兵はおかれていない。

おまけに回廊に挟まれた狭い中庭には、友好国から贈られた木や石の像などが置かれており、人が隠れる場所には事欠かない。

クラウディアがバーンズ卿の授業を受けるために必ず通るこの回廊で襲ってくるだろうというのがアルヴィンの予想だった。

緊張しつつも敵に異変を悟られないように、できるだけいつもの様子でクラウディアは中庭に足を踏み入れる。

中庭はいつも通りに見えた。人影はおろか、生き物がいる気配すら感じられない。けれど、妙に空気が張りつめているような気がした。

侍女や護衛の兵士たちに囲まれながら足を進めていく。そしてちょうど回廊の真ん中くらいまで進んだ時だった。

突然、中庭の木の陰や動物を象った石像の陰から複数の男たちが飛び出してきた。

「クラウディア妃殿下、そのお命ちょうだいする！」

「っ……！」

「クラウディア様、後ろに下がってください！」

オーウェンが剣を抜きながらクラウディアの前に出る。すかさずセアラと王妃付き侍女がクラウディアの脇を固め、二人の護衛の兵たちも剣を抜きオーウェンに続いた。

キィィンと金属がぶつかる剣戟(けんげき)の音が中庭に響く。

中庭に潜んでいた男たちは全部で四人だった。どこから調達したのか、王宮を守る兵士と似たような服を身に纏っている。

その中で一人だけ黒い布で顔を覆っている男がいた。おそらく、人物を特定されないためなのだろう。

――あれがフリーダ様を北の修道院から連れ出した、ティティス様の元護衛だというルステオ？

髪も口元も隠されていて人相はまったく分からない。けれど、唯一覆われていない目の部分だけは見て取れる。黒い布の隙間からクラウディアを鋭く見つめているその目は、鮮やかな青色をしていた。

「……お前たちはそのままそいつらを引きつけておけ」

男たちに攻撃させたものの、自分は動かず状況を見ていたルステオが動き始めた。剣を抜き、後ろに下がっていたクラウディアめがけて走り出す。オーウェンたちは先に襲いかかってきた男たちと切り結んでいて、覆面の男の動きを止めることができないようだった。

セアラが緊張を孕んだ声音で警告する。

「クラウディア様。お気をつけください」

「ええ」

男たちがこの回廊で襲ってくるだろうと予想していたアルヴィンは護衛兵を近くに待機させている。彼らがすぐに駆けつけてくるだろう。

——それまで持ちこたえることができれば……。

迫りくる男の姿に、クラウディアがごくりと唾を呑みこんだ時だった。

誰にとっても——クラウディアにとっても襲撃犯にとっても予想だにしなかったことが起こったのだった。

「…………ルステオ？」

剣戟の音が一瞬やんだ隙間を縫うように、幼い声が回廊に響く。男の足がピタリと止まった。

クラウディアがハッとなって視線を巡らせると、自分たちが来た方角、つまり主館の建物側の回廊に十歳くらいの黒髪の女の子が困惑したように立ちつくしてこちらを見ていた。……いや、正確に言うならば女の子の視界の中にクラウディアたちは入っていない。彼女はひたすら、黒い布で顔を覆ったルステオだけを見つめていた。

「ルステオ……よね？　どうしてここに？」

不思議そうに少女が尋ねる。

予想もしなかった事態にクラウディアは困惑したように心の中で呟いた。

——どうしてここにいるのか、尋ねたいのは私たちの方だわ。なぜここにリリアン殿下が……？

そう、なぜか回廊にいたのは国王と元側室ティティスとの間に生まれたリリアン王女だった。

マディソン伯爵の裁判の後、王妃預かりとなったリリアンは母親から離されて王族たちの住まう主居館で生活している。ティティスのように離宮に軟禁されているわけではないが、王女の身の安全を守るために彼女の行動範囲は厳しく制限されているとクラウディアは聞き及んでいる。

リリアンが自由に動けるのは王妃と王太子が生活している主居館の左翼棟だけ。国王の住む右翼棟にも勝手に行くことは許されていないという。

だからこそこんな場所にリリアンがいるのはあり得ないことだった。しかも、リリアンの傍に侍女も護衛の姿もない。完全に一人きりの状態だった。

――もしかして侍女たちを振り切って勝手に来てしまった……？　いえ、今はそれよりも、もしリリアン王女が戦闘に巻き込まれたりしたら大変だわ。

距離はあるが、セアラに頼んでリリアンを守ってもらおうと考えた次の瞬間、また予想だにしなかったことが起こった。リリアンを信じられないとばかりに見つめていた黒い覆面の男――ルステオが、舌打ちをしながら剣を鞘に収めると踵を返して宰相府側の建物の方角に走り去ってしまったのだ。

「え……？」

これにはルステオが連れてきた三人の男たちも唖然とした。おそらく三人がクラウディアの護衛兵たちを足止めしている間にルステオがクラウディアを殺すという作戦だったのだろう。それなのに指示役のルステオがクラウディアを襲うことなく仲間を放置して逃げ出してしまったのだ。

「まってルステオ！」

誰もがルステオの理解不能な突然の行動に唖然としている中、小さな少女だけが動いていた。リリアンは呆然としているクラウディアたちの横を駆け抜けると、ルステオの姿を追いかけ始める。

「リ、リリアン殿下！　待って！」

クラウディアが我に返ったのは小さな身体が宰相府の入り口に消えた直後だった。

「大変だわ！　追いかけないと」

「もう、仕方ないですね！」

リリアンの後を追って走り始めたクラウディアにセアラも続く。

「クラウディア様、セアラ！　ああ、もうっ！」

オーウェンが舌打ちする音が聞こえたが、クラウディアの足は止まらなかった。とにかく今はリリアンの身を確保するのが先決だ。

「もう姿が見えないわ。二人はどこへ行ってしまったのかしら」

宰相府の建物に入ったが、いつもと違って人気はあまり感じられなかった。これはあらかじめアルヴィンの指示で戦闘に巻き込まれないようにと人払いがされていたからだ。

「行き先ははっきり分かっています。ティティスの住む離宮でしょう。ここから離宮に向かうなら、まっすぐ行って使用人通路を抜けると思われます」

「分かったわ。使用人通路の方に行きましょう」

「奥様、深追いはだめですよ。狙われている奥様が離宮に直接赴くなんて、愚策もいいところですからね」

セアラはリリアンを追うことは許してくれているようだが、釘を刺すことも忘れなかった。

「分かっているわ。リリアン殿下の身柄を確保できたら、すぐ戻るから」

本来であれば、クラウディアは囮になった後は何もせずにバーンズ卿の部屋で護衛兵たちに守られながらフリーダたちが捕まるのを待っている予定だったのだ。

それが予想外のことが起こって離宮に向かう事態になってしまった。

「それにしても、どうしてリリアン殿下はあんなところに一人でいたのかしら」

走りながらつい呟くと、セアラが「これは憶測ですが……」と前置きしてから答えた。

「陛下にお会いになりたかったのかもしれません。今日、陛下は宰相閣下と晩餐会の打ち合わせをする予定でしたから」

隣国からやってきた親善大使を招いての晩餐会が明日の夜、王宮内の広間で行われることになっていた。わずかな時間ながらクラウディアも王弟妃として参加する予定だ。

「もちろん、打ち合わせは宰相閣下が陛下のところに出向かれて行われるものですが、まだ小さいリリアン殿下はそのことをご存じではなかったのでしょう。宰相府と本館を繋ぐこの回廊にいれば陛下と会えるかもしれないと考えてもおかしくないかと」

なるほど、あれほど父親と会いたがっていたリリアンだ。やはり手紙のやり取りだけでは不満だったのだろう。父親に会えるかもしれないとお付きの侍女たちを撒いてこんなところまで来てしまうのも無理はなかった。

一目でいいから父親に会いたかったのだろうが、出くわしたのが叔父の妃が暗殺者に襲われかけている場面だったとは。

「……リリアン殿下はあの男のことを『ルステオ』ってはっきり言っていたわよね」

「ええ。これで確定です」

そう言ったのはオーウェンだった。

ルステオは元々リリアンの母親であるティティスの護衛をしていたというから二人に面識があってもおかしくない。

「自分が王宮にいてクラウディア様を襲ったとなったら、まっさきにティティス・マディソンの関与が疑われる。それを避けたかったから覆面をしていたのでしょうが……」

オーウェンは一度言葉を切ると、声を落として躊躇いがちに続けた。

「ルステオがクラウディア様を襲う前に逃走したのは、おそらくリリアン殿下に名前を呼ばれたことで正体がバレたと判断したからだと思います。……忠誠を誓っている主の娘ですから、リリアン殿下を口封じに殺すわけにはいかなかったのでしょう。だから逃走した」

「じゃあ、もしルステオを追いかけて離宮にたどり着いていたとしても、リリアン殿下が害される心配はないのね？」

安堵したクラウディアだったが、次のセアラの言葉に凍りついた。

「いいえ。ルステオがリリアン殿下を傷つけたくないと思っていても、ティティス・マディソンもそうだとは限りません。……むしろこれを機にリリアン殿下を始末することもありえます。なぜならティティスはリリアン殿下を邪魔だと思っているからです」

「……え!?」

「だから王妃陛下はあの女からリリアン殿下を取り上げたのです。殿下の安全を守るために」

「ど、どういうことなの？　ティティス様はリリアン殿下の母親ではないの？」

混乱しながらクラウディアは問いただす。するとセアラは表情を曇らせながら答えた。

「母親が子を必ず愛するとは限らないのです。ティティス・マディソンはリリアン殿下を利用して陛下に取り入り、いいように操ってきました。でもリリアン殿下はティティスにとって駒であると同時に破滅をもたらす要因になりうる存在です。きっと平気でリリアン殿下を切り捨てるでしょう。……どのような生まれでも、父親が誰であろうとも、子どもに罪はありませんのに」

いいいいいいい、父親が誰であろうとも。

その言葉でクラウディアには分かった。分かってしまった。なぜならリリアンが生まれた時から、いや、生まれる前からその疑惑は常に囁かれていたのだから。

――セアラは、リリアン殿下が陛下のお子ではないと暗に言っているんだわ。

国花であるアイリスや国蝶グラファス・エイガに象徴される青紫色。王家の直系は例外なく青紫色の目をしているとされている。

現に国王オズワルドも弟のアルヴィンも青紫色の目をしている。先代国王の弟だったザール公爵も、王太子エドワードもそうだ。

けれど不思議なことにこの青紫色の瞳を持って生まれてくるのは国王の直系のみだとされる。それを証明するかのように臣下に下ったザール公爵の嫡男も娘の現王妃も青紫色の目ではなかった。

王家の色を持つのは国王の子どもだけ。だからこそ王家の色とされているのだ。つまり、国王の娘であるはずのリリアンも本来であれば青紫色の目でないとおかしい。

――リリアン殿下の目が青紫色ではないのは、陛下のお子ではないから。別の男の子どもだから……？

脳裏に浮かぶのは、覆面から覗いていたルステオの鮮やかな青い目。リリアンとまったく同じ色の瞳を持つ、ティティスの護衛。

――ああ、なんてこと！　リリアン殿下の本当の父親はルステオなんだわ！

今までルステオを見る機会がなかったクラウディアは気づかなかったが、おそらく疑っている人間は大勢いるに違いない。

肝心の国王は疑ってもいないようだが、もし彼が少しでも疑いを抱いたら……。

――確かにこれが公になったらティティス様は破滅するわ。それを避けるために、不義の証拠でもあるリリアン殿下を殺して隠滅してしまうことだって十分あり得る。

邪魔になったからと言って母親が子どもを殺すなんて考えたくもないが、アルヴィンから聞いたティティス・マディソンはそういうことを平気でしかねない人間だ。それにリリアンは父親を恋しがっていても、母親のことは何も言っていなかった。

――もしかしたらリリアン殿下は、母親のティティスが自分に向ける愛情は見せかけのものだということを、自分が駒でしかないことを、知っていたのかもしれないわ。

クラウディアはぎゅっと唇を噛みしめた。

「セアラの言うとおりよ。子どもに罪はないわ。二人とも急ぎましょう。離宮にたどり着く前にリリアン殿下を保護しなければ！」

＊＊＊

「どうしよう……」

離宮から少しばかり離れた林の中で、小さな黒髪の少女が途方に暮れていた。

「ルステオは見えなくなっちゃった。きっとこっちの方だと思うけど、でもオウガからもお母様からも決して離宮には戻ってくるなと言われているし……」

リリアンは知らなかった。彼女を心配してクラウディアたちが追いかけて来ていることを。そして勘を頼りに適当に離宮に向かったせいで、大きく道を外れてしまい、この時点ですでにクラウディアたちが自分を追い越して離宮にたどり着こうとしていたことも。

「リリアン？　なぜこんなところにいるんだい？」

どうしたらいいか分からずその場でうろうろとしていたリリアンは、後ろから聞こえてきた声にハッと振り返った。

「叔父様！」

大好きな叔父が兵士を何人も従えて立っているのを見て、リリアンは走り寄って抱きついた。

「叔父様！　助けて！」

「何があったんだい、リリアン？　僕に教えてくれ。ゆっくりでいいから」

アルヴィンはリリアンを抱き上げると、宥めるように背中をゆっくりと撫でた。優しい声で促され、リリアンの目に大粒の涙が浮かぶ。

「ルステオが、叔母様に襲いかかろうとしてっ。信じられなくて、声をかけたら、逃げてしまって。どうしてそんなことをしたのか聞きたくて、追いかけたの。でも見失ってしまって」

ヒックヒックとしゃくり上げながら説明するものの、うまく言葉が見つからなかった。そのためリリアンの話は少し要領を得ないものとなってしまったが、アルヴィンは把握できたようだった。

「そういうことか。斥候から予想以上に早くルステオが戻ってきたという報告があったが、それが原因か……。ああ、リリアン、クラウディアを守ってくれてありがとう。君のおかげで彼女は怪我一つ負わずにすんだようだ。感謝する」

「……ヒック、わたし……ヒック、役に、立った……？」

恐る恐る尋ねると、アルヴィンはにっこりと笑った。

「もちろんだよ、リリアン。ありがとう、僕の妻を守ってくれて。さぁ、ここからは僕に任せて君は部屋に戻りなさい」

アルヴィンは近くに立っていた者に目線で合図を送ると、近づいてきた男の腕にリリアンを渡した。

「デイン、すまないがリリアンを送り届けてくれ。きっと侍女や女官たちが必死になって探しているだろう」

「了解です。どうやら例の男と戦いそこねるみたいですけど、まぁ、殿下と隊長がいれば俺は必要ないでしょうしね」

「そういうことだ。頼んだぞ」

デインと呼ばれた護衛らしき男は、頷くとリリアンを抱いたままその場を離れようとした。リリアンは慌ててアルヴィンに声をかける。

「叔父様、ルステオは……」

「彼はいけないことをした。罪を犯したら償わなければ。分かるだろう？」

優しいけれど断固とした口調だった。それでリリアンは何も言えなくなってしまう。

「いくらクラウディアが無事だったからといって彼の行為を看過することはできないんだ。君も王族の一員ならば理解できるね？」

「はい……」

リリアンは表情を曇らせながらもコクンと頷いた。

母親の美貌だけではなく頭脳も引き継いでいたリリアンは、本来はとても賢い少女だった。ティティスの「よくない知識をつけさせたくない」という勝手な理由から勉強が中断されてしまったために無知なところはあったが、あのまま勉強を続けていたらきっと父親の劣等感を刺激する存在になっていただろう。

オズワルドがリリアンを可愛がっていたのは、愛するティティスとの間にできた子だったからというだけではない。我儘で頭が悪いという愛娘の評判に自分と同じだと安堵していたからでもあった。

幸いなことに王妃と顔を合わせたくないというオズワルドは、リリアンの現在の状況を知らない。このまま永遠に知らなくていいというのがリリアンの周辺にいる者たちの本音だった。

＊＊＊

デインがリリアンを抱き上げたまま離れていった。リリアンは心配そうにアルヴィンを見つめていたものの、デインに話しかけられて、そちらに気を取られているようだ。彼に任せておけば問題ないだろう。

問題はクラウディアの方だ。彼女がルステオを追いかけて行ったリリアンをそのまま放置するはずがない。おそらくリリアンを追って離宮に向かったはずだ。

そのリリアンがここにいるということは追い抜いた可能性が高い。

「……嫌な予感がする。急ごう」

アルヴィンと兵士たちは離宮に向かって走り始めた。

＊＊＊

リリアンの姿を見つけられないまま、クラウディアたちは離宮の前まで来ていた。

「ここがティティス様の住む離宮……」

ここは悪名高き先々代国王が愛人を住まわせるために建てた離宮で、とてもこぢんまりした建物だった。敷地はアルヴィンの屋敷の半分ほどしかない。けれど、ファサードは細かい彫刻でびっしり飾られており、莫大な費用をかけて建てられたことが見て取れる。

クラウディアは眉を顰めた。

「どうしてかしら。警備兵が一人もいないわ」

「ルステオたちが来るから追い払ったのかもしれませんね」

「……この離宮を警備する専用の兵はおりません。見回りの兵が外側を確認するだけで、常駐してはいないんです」

オーウェンが素早く周囲を見回しながら口を開いた。

「ティティスは今やただの平民の身です。側室の時には国から予算が出ていましたが、リリアン王女が王妃様預かりとなった今は一銭も出ておりません。彼女は陛下の我儘で王宮にいるのが許されているに過ぎない。そのため、この離宮は警備兵を置く対象にはなっていないのです。この離宮の入り口に警備兵がいる時は、陛下が滞在している間だけだそうです」

「そうなの……」

予算が付いていないのであれば、離宮の中で働いている人間もそう多くはないだろう。国王の寵愛を一身に受けている身でありながら、マディソン伯爵が失脚した後のティティスの生活はかなりわびしいものだったようだ。

「まだアルヴィン殿下たちは突入していないようですね。ルステオが予定よりも早く戻ってきたせいか、少し遅れているようです。……どうしますか？」

「……リリアン殿下を放置しておくことはできないわ。アルヴィン様が兵を率いてここに来る前に探し出さなければ」

クラウディアは離宮の入り口をじっと見つめた。装飾の施された大きな玄関はほんの少しだけ開いている。急いで通ったため閉め忘れたのだろうか。

――子どもならあの隙間から入れてしまうわ。もしかしてリリアン殿下はもう中に……？

クラウディアは覚悟を決めた。

「私たちも入りましょう」

「……奥様ならそう言われると思ってましたわ。ね、オーウェン」

セアラが困ったように笑うと、オーウェンも苦笑して頷いた。

「ここまで来たらお供します。あとで殿下に叱られそうですが……」

「ありがとう、二人とも」

きっとここでリリアンを探すのを諦めて戻る方が正しいのだろう。けれど、どうしてもクラウディアはリリアンを放っておけなかったし、その思いをくみ取ってくれた二人の気持ちが嬉しかった。

「さぁ、リリアン殿下を探しに行きましょう」

先頭に立ったオーウェンが玄関の扉を押し開く。普通ならここで執事や従僕が出てきてもおかしくないが、離宮にあまり人がいないというのは本当なのだろう。階段がある吹き抜けの玄関ホールには誰もいなかった。もちろん、リリアンの姿もない。

「声を出して誰か呼ぶべきかしら……?」

そう呟いたとたん、オーウェンが小さな声で制止した。

「しっ、お静かに。声がします」

口を噤んで、じっと耳をすませると、確かに誰かの言い争うような声が聞こえてきた。どんどん声が大きくなってくることから、その者たちはクラウディアたちのいる玄関ホールに向かってきているようだ。

「……これは、この声はもしや。……クラウディア様、お気をつけください」

オーウェンの言葉にクラウディアの身体に緊張が走る。なぜなら、クラウディアもこの言い争うような声の主が誰であるか分かったからだ。

「ちょっと、急がせないでよ!」

「早くしろ。一刻も早くここを出なければ、ティティス様の迷惑になる」

甲高い女性の声と押し殺したような低い男性の声。クラウディアにはどちらも聞き覚えがあった。男の方は回廊で襲われた時に。そして女の方は、七年前のあのお茶会で。

「オールドア伯爵がケチでちっとも買ってくれないから、陛下にお会いしてドレスや宝石をおねだりするつもりだったのに！」

「うるさい。話をする前に足を動かせ」

「ちょっと、引っ張らないでよ！　だいたいこんなに急かされるのはあんたのせいじゃない！　あんたがあの女の暗殺に失敗したから！」

二人は言い争いながら一階の廊下の奥から玄関ホールに出てきた。そこでようやくクラウディアたちに気づいて、ぎくりと足を止める。

男の方——ルステオは今は覆面を被っておらず、素顔を晒していた。黒髪に青い目の持ち主で、精悍な顔だちをしている。年齢は三十代半ばだろうか。引き締まった身体をしていて、過去に傭兵をしていたというのも頷ける。

女性の方は金髪の巻き毛に緑色の目をしていた。顔だちはキツイが造形はとても美しい。オールドア伯爵がしぶしぶ用意したと思われるドレスもシンプルなデザインながら、とても上品なものだった。

けれど、そのすべてを台無しにしているのが女性の表情だ。クラウディアを見つめる目がどんどん吊り上がっていき、まるで絵本に描かれた悪い魔女のようなすごい形相になっている。

「あなた……！　よくも私の前に顔を出せたわね！」

この表情も、声も、前に見た時はお互いまだ十二歳の少女だったが、忘れもしない。フリーダ・マディソンその人だ。

「追いかけてきたのか……」

忌々しそうにルステオが吐き捨てる。その言葉でクラウディアはここにやってきた目的を思い出し、フリーダから視線を逸らしてルステオを見た。

「リリアン殿下はどこ？」

「リリアン殿下？」

ルステオが眉を顰める。

「あなたを追いかけて行ってしまったのよ。ここに来ればいると思ったのに、どこにも姿がなかったわ」

「何だと？　リリアン殿下が？」

その驚いた様子を見るに、どうやらルステオは追いかけてくるリリアンに気づいていなかったようだ。

——だったら、リリアン殿下はどこに？　道に迷った？　それともどこかで怪我をしているか、誰かに拉致されて……。

「あんな子のことなんてどうでもいいわ！」

フリーダが前に出て、ルステオに喚きたてる。

「標的が向こうからやってきてくれたのよ。ルステオ、あの女を殺しなさい！」

仮にも王女、しかも従妹に対して「あんな子」呼ばわりするとは。クラウディアが呆れていると、ルステオが苦々しい表情になった。もしかしたら主君の娘で自分の血を引くリリアンを「あんな子」呼ばわりされたことが気に入らなかったのかもしれない。

「バカを言うな。こんなところで殺ったらティティス様の迷惑になる」

「叔母様のことなら、陛下が何とかしてくださるわ！　それより早くこの女を殺して！」

フリーダが喚きたてる。

「アルヴィン様の妻になるなんて、まったく忌々しい女。アルヴィン様は私のものなのに。この盗人が。今すぐ死んでアルヴィン様を返しなさい！」

クラウディアはムッと口を引き結ぶ。アルヴィンをモノ扱いされたのが腹立たしいのと、幼稚な考え方と言い様が癇に障ったのだ。

――ああ、この人は昔と少しも変わっていないんだわ。

「返すも何もアルヴィン様は元々あなたのものではありません、フリーダ様」

「私のものよ！　陛下に認められた婚約者だったんだから！」

「ご自分で勝手に言っているだけで、婚約はしていません。いくら陛下がいいと言っても議会で否決され、アルヴィン様の婚約者候補にもなれなかったと聞いています」

――不思議だわ。ついこの前まではフリーダ様の名前を聞くだけで不安を覚えていたのに。こうして目の前にした今は、妙に落ち着いている自分がいる。

きっとクラウディアが恐れていたのは想像の中のフリーダだったのだろう。クラウディアが修道院に閉じ込められている間も、華やかな世界でアルヴィンの横にいたに違いない女性たち。クラウディアにとってその代表がフリーダだったのだ。

それを決定づけたのが、二人が婚約したという噂だ。のちに嘘だと分かったが、その話を聞いた時の悲しみや辛さ、そして嫉妬心を、クラウディアはいつまでも忘れていなかったのだ。

――結婚した後も、自分に自信がない私は劣等感だらけで、フリーダ様に代表される貴族女性たちを恐れ続けていた。

でももうそれも終わりだ。現実のフリーダはクラウディアが想像していた以上に幼稚で無知で、愚かな女性だと改めて認識できた。

――そうよ。こんな女性をアルヴィン様が選ぶはずがない。恐れる必要もないのだわ。

「アルヴィン様は私のものよ！　陛下が私のお婿さんにしてくれるって言ったんだから。陛下の言葉は絶対なのよ！　アルヴィン様の妻になるのは私なの！」

激昂したフリーダの声が玄関ホールに響き渡る。

「……たとえ私が死んだとしても、アルヴィン様はあなたのものにはなりません。あなたは罪人です。それで王族の一員になれるとでも？」

「私は罪人じゃないわ！　それに、陛下がいいって仰っているんだから王族になれるに決まっているじゃないの」

「……この女、聞いていた以上に頭がおかしいですね」

クラウディアの横でセアラがボソッと呟いた。この国の政治が議会制に移行していて、国王の命令一つで法が変わる国ではなくなっていることは、平民の子どもでも知っていることだ。それなのに、貴族であるフリーダが知らないとは。

――……いえ、そうじゃない。知らないのではなく、彼女には成功例があるからここまで自信があるんだわ。

その成功例とはクラウディアの家、ローヴァイン侯爵家の者たちの処刑だ。国王の独断で行われ、議会も他の王族もその愚行を止められなかった。フリーダがそれを望み、ティティスを通じて国王が叶えてしまった。だからこそ、今度も何とかしてくれると思い込んでいるのだろう。

奇しくもクラウディアの思考を読んだかのように、フリーダはうそぶいた。

「あんたなんて、叔母様にお願いして陛下に潰してもらうわ！　七年前のようにね！」

「……っ！」

クラウディアの心の中で怒りが湧き上がる。七年前のようにとフリーダは言った。つまり、七年前に父や兄たちが処刑された冤罪に、やはりフリーダも関わっていたのだ。

――この人が、この人のせいで……！

一瞬だけ、激情がクラウディアを支配する。けれど、感情に流されることはなかった。

荒れ狂う気持ちをグッと拳を握って押さえつけると、なるべく平坦な口調で言った。

「七年前のこともフリーダ様のせいだったわけですね。……でもどうして？　なぜあなたは私の家、ローヴァイン侯爵家を狙ったの？」

なぜクラウディアの家が狙われたのか。なぜ処刑されなければならなかったのか。その疑問に対する答えを知る者が目の前にいた。

「はぁ？　あなたのせいに決まってるでしょう」

「…………え？」

ぞんざいに言われた言葉にクラウディアの息が一瞬止まった。

――私の、せい？

「何も興味ありませんって顔をしていたくせに、いざアルヴィン様が現れると、私と蝶を使って彼の気を引いて！　後からアルヴィン様があなたに蝶の髪留めを贈ったと聞いて、絶対に許せないと思ったわ。だからお父様にお願いしたの！　そうしたらあなたの家は陛下が潰してくれた。あなたも殺してほしかったけれど、女性で罪はないから処刑まではできないって言われたの。女性まで殺してしまうと反感を買うからって。あの時は修道院に送られると聞いて二度と戻ってこられないと思ったから我慢したのに、私が修道院に送られ、あなたは元の貴族に戻って、しかもアルヴィン様と結婚するなんて許せるはずないわ！」

「蝶の髪留め？　たったそれだけのために……？」

お詫びの印としてアルヴィンから贈られた蝶の髪留め。もちろん覚えている。

——そのせいでお父様やお兄様たちは処刑されて、お母様は絶望の中で死ななければならなかったの……？　だとしたら、やっぱり私がフリーダ様と関わったせいで、一族は……。

クラウディアの顔からサッと血の気が引いた。足の力が抜けそうになるのを、セアラがとっさに支える。

「違いますよ、奥様。あなたにもアルヴィン様にも何も責任はありません。全部あの頭のおかしい女のせいです」

「セアラ……」

「そうですよ。クラウディア様」

オーウェンが剣の柄に手をかけながら一歩前に出る。

「あのお茶会の場でアルヴィン殿下の護衛として全部この目で見ていた俺が保証します。あなたはただ善意で蝶を救っただけ。罪があるとすればあの時クラウディア様の機転のおかげで救われたくせに、思い込みと執着心を拗らせて恩を仇で返したその女だけです」

「アルヴィン様に色目を使った女は全部全部潰してやる！　ルステオ、早くその女を殺して！」

緑色の目にギラギラとした光を宿してフリーダはクラウディアを指さした。ルステオはうんざりした様子で剣を抜く。

「お前の指示に従うつもりはないが、俺たちがここにいることを知られた以上、生かして返すわけにはいない。ここで死んでもらおう」

向こうは二人。こちらには三人いるのに、よほど剣の腕に自信があるのか、ルステオはクラウディアたちを全員殺してここから脱出するつもりのようだ。

「追手が増えると脱出が面倒になる。早めに退場願おう」

「それはどうかな」

ものすごい速さで肉薄してきたルステオの剣を、オーウェンが素早く自身の剣を鞘から抜いて防いだ。そのまま二人は打ち合う。

キィィンと金属と金属がぶつかり合う音が玄関ホールに響いた。

「ちっ、どうやら簡単には脱出できないようだな……」

おそらくオーウェンの剣の腕を確認したことで、それなりの手練れだと悟ったらしくルステオの顔に初めて焦りの表情が現れた。

「凄腕の傭兵も、前線から十年も離れりゃ錆びつくだろうさ」

揶揄しながらルステオの剣を受け止めたオーウェンだったが、こちらも口で言うほど余裕があるわけでもないようだ。素早くそれを見て取ったセアラは、クラウディアに言った。

「ひとまず外に出ましょう。私たちがここにいてもオーウェンの邪魔になるだけです。もうすぐアルヴィン様たちが到着するでしょうし」

「そうね。リリアン殿下の捜索はアルヴィン様たちに任せた方がいいわよね」

クラウディアはセアラに支えられながら玄関に向かった。幸いなことに玄関の扉は開いたままだ。すぐに出られるだろう。

オーウェンたちに背を向けてゆっくりと歩き始めたクラウディアたちは、フリーダがドレスのポケットからナイフを取り出したことに気づいていない。

フリーダはナイフを手にクラウディアの背中をめがけて走り出した。

「逃がさないわ！」

その声に二人が慌てて振り返った時にはフリーダはすぐ傍まで追っていた。オーウェンの助けは期待できない。彼はルステオの相手だけで精一杯だ。

「きゃあ！」

「奥様！」

「死ね！」

三者三様の声がホールに響く。そしてナイフを振りかぶったフリーダの手が今まさにクラウディアの背中に下ろされたそうになった刹那——何者かによって腕を摑まれて、ぐいっと引かれた。クラウディアの身体がその何者かの胸に抱きとめられると同時にナイフが空を切る。

クラウディアを胸に抱え込んだ相手は、そのままサッと足を振り上げてフリーダの手を蹴り上げた。

「きゃああ！」

フリーダの手から離れたナイフが空を舞った。すかさずセアラが動いてフリーダを素早く拘束する。

「痛っ、ちょっと、放しなさいよ！　私を誰だと思っているの！」

後ろ手に拘束され、床に引き倒されたフリーダは喚き散らした。それを無視してクラウディアを抱きとめた相手が深いため息をつく。

「はぁ。間一髪だ。よかった、ディア、君が無事で」

この声をクラウディアはよく知っている。抱きしめられた腕の感触も、耳に聞こえる心臓の音も。

――アルヴィン様……！

見上げると、アルヴィンの笑顔があった。

「遅くなってすまなかったね。ディア。でももう大丈夫だ」

「アルヴィン様！」

クラウディアはぎゅっとアルヴィンにしがみつく。アルヴィンは応えるようにますます強くクラウディアを抱きしめた。温かな体温に包まれて、ようやく危険は去ったのだと実感できた。

「ありがとうございます、アルヴィン様」

「君が無事なら、それでいい」

アルヴィンはクラウディアを抱きしめながら後ろにいた兵にフリーダの拘束を手伝うよ

うに合図を送った。二人の兵がセアラと交替して、フリーダが動けないように押さえつける。床に顔を押しつけられたフリーダだったが、アルヴィンがいることに気づくと声を上げた。

「アルヴィン様！　私を助けに来てくださったのね！　早く、私を助けて！」

フリーダを拘束していた兵士たちは、この女は何を言っているんだ、という表情になった。クラウディアも同様だ。

――この状況でなぜアルヴィン様がフリーダ様を助けに来たと思えるのかしら？

アルヴィンは無言だ。クラウディアを抱きしめながら、冷ややかな目で床に押さえつけられているフリーダを見下ろした。

「ねぇ、早く！　私はあなたの婚約者よ！　妻になる私を早く助けて、アルヴィン様！」

「断る。君と婚約した覚えはない。僕の妻は後にも先にもここにいるクラウディアだけだ」

淡々とした口調だった。それだけに、クラウディアにはアルヴィンが冷たい怒りを覚えているのが分かる。

「僕が君に覚える感情は不快感と嫌悪感だけだ。七年前からずっとそうだ」

「え……？」

一瞬だけショックを受けたような表情になったフリーダだったが、すぐにまた喚き始めた。

「そんなことはないわ！　だってアルヴィン様はいつだって私に優しく微笑んでくださっていたもの！　私のアルヴィン様はそんなことは言わないわ！　ハッ、そうか、分かったわ。あなたは偽者ね！　本物のアルヴィン様を、私の王子様を返しなさい！」

「やはり頭がおかしいですね、この女」

クラウディアの横に戻ってきたセアラが言った。

「まったくだ。ディアの耳が汚れる」

不愉快とばかりにアルヴィンはクラウディアの耳を塞いだ。そのためそれ以降フリーダが何を言ったのかよく聞き取れなかったが、碌なことでないのは確かだ。

頭がおかしいというより、何を言っても自分の都合のいいようにしか受け止められない性質なのだろう。元からそうだったのか、それとも溺愛してくれた父親が処刑され、厳しい修道院に送られた現実を受け止められずに歪んでしまったのか。真相は分からない。

分かるのは、もう二度とフリーダがクラウディアの生活を脅かすことも、彼女の存在に不安を覚える必要もないということだ。

一方、オーウェンの方も決着がつき始めていた。最初は互角だった打ち合いも、長く続けばまだ若く体力のあるオーウェンが有利になってくる。

「ちっ……」

ルステオは、兵士によって床に引き倒されているフリーダにちらりと視線を向けて舌打ちをする。

「よそ見をしている余裕はないぜ！」

すかさずオーウェンがルステオの心臓をめがけて剣を突きつける。すんでの所で自分の剣で受け止めたルステオだったがオーウェンの剣の勢いを殺しきれず、剣先が肩に食い込んだ。

「くっ……！」

慌てて後ろに下がったものの、神経をやられたのか腕にまったく力が入っていない。腕を伝う血と共に、ルステオの手から剣が滑り落ちていった。

「勝負あったな」

オーウェンはルステオの喉元に剣先を突きつけた。利き手に怪我を負ったルステオはもう二度と剣を握ることができないだろう。それは本人にも分かっているはずだが、剣を突きつけられたルステオの顔に焦りはなかった。

「……どうせその女が捕まった時にこれ以外の道はなかったな」

「オーウェン！　気をつけろ！」

ルステオが怪我をした右手とは反対側の手を素早く腰にやったのを見てアルヴィンが叫ぶ。ルステオの手にはナイフが握られていた。

そして次の瞬間――誰もがルステオの行動に目を見張った。ルステオは持っていたナイフでオーウェンではなく、己の心臓を突き刺したのだ。

アルヴィンの腕の中でクラウディアは息を呑む。つい今しがたまでうるさく叫んでいたフリーダさえも、驚きのあまり口を閉じたようだった。

──自分で自分の胸を刺すなんて、どうして……？

「お前らに捕まるつもりはない。お前らは俺から何も引き出せない。ティティス様のことも、何も──」

ぐらりとルステオの身体が揺れ、仰向けに倒れてこんでいく。

「急所を一突きか。あれでは助からないだろう。主のために沈黙を守って死ぬつもりのようだな」

「なんてこと……どうしてそこまで……」

──それほどあの人はティティス様に忠誠を……いいえ、愛しているというの？

傭兵は剣を振るうのは金のため。誰かに忠誠を捧げることはない。戦場でも自分が生き残ることを第一の信条にしていると聞く。その傭兵が命を捨てて誰かを守ろうというのであれば、それはお金のためではないだろう。

アルヴィンが小さな声でクラウディアに囁く。

「ディア。辛いなら目を閉じていていい。残念ながら僕はあいつの思惑通り綺麗に死なせてやるつもりはないんだ。あいつはたくさんの命を奪っている。悪人も、善人も。君の従兄を自殺に見せかけて殺したのもおそらく奴だ」

「……キースお兄様を……」

従兄のキースは「クラウディアの父親に命じられて情報を盗み出して相手国に売った」

と罪を告白して自害している。当時から信じていなかったが、やはりあれは自殺なんかではなく、殺されて罪を押しつけられたのだ。

クラウディアはぐっと唇を噛みしめると、アルヴィンを見上げた。

「いいえ、見ています。今度こそはこの目ですべてを見届けます」

「そうか……」

アルヴィンは小さく微笑んでクラウディアをセアラに託すと、床に倒れているルステオのもとへ向かった。

「残念ながら僕らにとってお前の生死はどうでもいいんだ。お前が生きていようと死んでいようとティティス・マディソンが破滅するのはもう決定している」

「何だ、と……？」

もうすでにしゃべるのも苦しいのか、荒い息を吐きながらルステオは目を見開いた。

「十年近く前、下町の一角で一人の中年女性が瀕死の状態で見つかった。名前はテオドラ・セルタス。助産婦で生計を立てている女性だ。名前に覚えがあるだろう？　そうだ。リリアンを身ごもっている時にマディソン家に縁のある助産婦として王宮に連れてこられた女性だ。出産の時も立ち会い、リリアンが早産だったと証言した。そのおかげでリリアンが王の種ではないかもしれないという疑惑を払拭できたんだったな」

「……それは……」

痛みなのか、それともアルヴィンの話がどういう方向に向かうのか気づいたのか、ルステオの顔が歪んだ。構わずアルヴィンは続ける。

「そのテオドラ・セルタスはリリアンが誕生して間もなく用済みだとある傭兵に殺されそうになった。その傭兵は抵抗する彼女の胸を刺して姿を消した。本来その傭兵の腕であれば急所は外れることはないし、死んだのを確認していただろう。けれどその時は近づいてくる人の気配を感じて焦り、死亡を確認することなく姿を消したようだ。瀕死の状態で発見されたテオドラだったが、幸い急所は外れていて、また発見されたのが早かったために何とか一命を取り留めた」

「…………」

「助けてくれた恩人に、テオドラは証言したそうだ。自分を殺そうとしたのはルステオ、お前だとな。そして彼女はこうも言った。脅されて、リリアン王女は早産だったと証言したが、本当は違う。側室ティティスが産んだ子どもは早産などではなく、間違いなく月満ちて生まれていたとな。事態を重く見たその恩人は、彼女が生きているとなれば再びお前に命を狙われるだろうと、死を偽装して彼女を匿うことにした。テオドラはそのことをとても感謝し、もし裁判になることがあれば喜んで証言すると言っているそうだ。これが表に出たら、ティティスは破滅する。早産でなければリリアンが国王の子であるはずがないのだからな」

「そんなのは、でたらめ、だ」

「これから死にゆくお前には反論できまい？」

「……っ！」

アルヴィンは嫣然と微笑んだ。

「お前は地獄に落ちるだろう。だが安心しろ。リリアンのことは悪いようにはしない。そ

れにティティスも遠くないうちにそちらに行くことになるだろう」

「……俺の、負けか」

ルステオは小さな声で呟く。諦めたような、それでいてどこか喜びの入り交じった声音だった。

「だが、あの美しい小悪魔も共に、地獄に落ちるなら、それで、いい……か。これで、永

遠に、俺、だけの……もの、に――」

言葉が途切れる。そしてルステオはそれきり二度と動くことはなかった。屈みこんだ

オーウェンがルステオの脈を確認し、首を横に振る。

「そうか……。終わったよ、ディア」

「……はい。ちゃんと見届けました」

息をするのも忘れて彼の最期を見届けたクラウディアは、深い息を吐く。ティティスに

捧げられたルステオの愛に、ある意味圧倒されていたのだった。

どうしてそこまでしてルステオはティティスを守ろうとしたのか。その愛には命をかけ

るだけの価値があったのか。……その答えはルステオだけにしか分からない。

アルヴィンはクラウディアの前に戻ってくると、彼女を抱きしめて慰めるように背中を

撫でた。クラウディアは身体をアルヴィンに預けて、胸に頬を押し当てる。

――悪人であろうと、命が奪われる瞬間は悲しい。もう死はこりごり。

「もう、これで終わりなんですよね？」

「ああ、あとはティティスを捕まえるだけだ」

ルステオは死に、フリーダは捕まった。もうこれで終わった。少なくともクラウディアがこれ以上狙われることはない。

全部終わった。そう思った時だった――思いもかけない声が玄関扉から聞こえてきた。

「これは一体どうしたことだ！　なぜ兵士どもがこんなところにいる!?」

聞き覚えのある声にクラウディアの身体がビクンと大きく震えた。

――この声はまさか……!?

顔を上げ、声のした方を振り返ったクラウディアの目に映ったのは、もう二度と会いたくないと思った男。

そう、国王オズワルドだった。

オズワルドは不機嫌そうにズカズカと玄関ホールに入ってくると、アルヴィンの姿を見るなり怒鳴った。

「アルヴィン！　これはどういうことだ！　こいつらは何だ！　そもそもお前にこの離宮に近づく許可を与えた覚えはないぞ！」

「おや、陛下。公務の時間中のはずなのに、なぜこのような場所におられるのか聞いてもよろしいですか？」

慇懃無礼な言葉がアルヴィンの口から飛び出す。国王は公務を抜け出してきたことを思い出したようで、ふいっと視線を逸らした。

「……休憩時間だ。すぐに戻るつもりだった。それよりも答えろ、アル」

「陛下！　ああ、陛下！　私を助けてくださいい！」

国王の声を遮るように喜びの声を上げたのはフリーダだった。

「え……？　なっ、そなたは……！」

声のした方を見たオズワルドはフリーダが数人の兵士によって床に引き倒され、拘束されているのを見てぎょっと目を剝く。

「こ、これはどういうことだ、アルヴィン！」

「僕の大事な妻であるクラウディアが殺されそうになったので、犯人を追いかけたらここにたどり着いたのですよ。よくご覧ください、下手人はあそこで自害しましたよ」

そこで初めて、国王は床に倒れているルステオの姿に気づいたようだった。

「なっ……！　じ、自害だと？」

「陛下もご存じのとおり、ティティス殿の護衛として長らくこの離宮で働いていたルステオです。リリアン王女が偶然通りかかったおかげでクラウディアに怪我はありませんでしたが、王族に危害を加えようとしたこと自体が罪ですからね。逃げるルステオを追いかけたら、この離宮に入っていくではありませんか。おまけに離宮には襲撃犯ルステオだけでなく、指名手配されていたフリーダ・マディソンまで潜んでおりました。彼女は預け先だった北の修道院を襲った相手と逃げ出して罪人となり、捕縛命令が出ていたことは、陛下もご存じですよね？」

「そ、そうだな……」

国王の目が泳いだ。もちろん、そのことは国王もよく知っている。知っていながらティティスの懇願に負けてオールドア伯爵に二人を匿うように言いつけたのだ。

と、そこでようやく国王は己の側近がいない事実を思い出したようだった。

「そ、そうだ。ヨシュアはどうした。最近とんと見かけないのだが……」

「ああ、ヨシュア・オールドア伯爵でしたら軍が身柄を預かっております。どうやらその二人を王都の屋敷に匿っていたようでしたから。匿った者も罪に問われるとお達しが出ていたことを、当然、陛下も覚えておられますよね？」

もちろん、これもわざとだ。アルヴィンは二人を匿うように命令したのは国王だというのは分かっていてあえて言っている。一方、国王の方は自分が命じたことをアルヴィンに知られているとは夢にも思っていないので、オールドア伯爵が軍に拘束されていると聞いて明らかに動揺した。

「ヨシュアが？　あ、いや、それは何かの間違いでは――」

「陛下、さぁ、早く助けてください！　そしてその女に罰を与えてください。私のアルヴィン様を奪ったその女を！」

アルヴィンと国王の会話が聞こえているのか聞こえていないのか、フリーダがしつこく叫んでいる。これにはさすがに国王も顔を顰めている。

その様子を、アルヴィンの後ろに半ば隠れながら眺めていたクラウディアは、おやと思った。

——どうやら陛下は襲撃計画のことを何もご存じなかったみたい。きっと今日ここにフリーダ様たちが来ることも知らされていなかったのでしょうね。

国王に知られればさすがにクラウディアへの襲撃を止められると考えたのだろう。だからこそ、彼らは国王の公務があって離宮に来られない（はず）の今日を実行日に選んだのだ。

「陛下。ひとまずルステオの遺体を片付けて罪人フリーダ・マディソンを牢屋に連れて行きます。その後でこの離宮の持ち主でもあるティティス殿からも話をお聞きしたいのですが、もちろん、構いませんよね？」

にっこりと、アルヴィンは国王に向けて笑顔を見せた。その笑みにはどことなく迫力があり、国王が完全に気圧（けお）されているのが見て取れた。

「そ、それは……」

「あら、何か騒がしいと思ったら。皆さん、このような場所でどうかなさったのですか？」

不意に美しい声が降ってきた。

まるで鈴を鳴らしたような声というのはこういうことを言うのだろうか。

慌てて上を見上げたクラウディアの目に、光り輝くような美しい女性の姿が飛び込んできた。

――聖母、様？

ヘインズ修道院の礼拝堂に飾られた聖母像のことがクラウディアの頭をよぎる。幼い救世主を見下ろす聖母の慈愛に溢れていた微笑み。

それと同じような笑みをたたえた女性がそこにいた。

緩やかに巻かれた金色の髪に、長いまつ毛に縁どられた若草色の瞳。顔だちと色合いはフリーダと似ているように見える。

けれど、その女性はまったく別のタイプの美貌の持ち主だった。優美で清楚。一言でたとえるなら、たおやかな女性という形容が相応しい。そのくせ、白いシュミーズドレスを押し上げている膨らみは、蠱惑的な曲線を描いていた。清楚でありながらどことなく色気があり、それでいて非常に庇護欲をそそる容姿だった。

「おお、ティティスよ」

どこかホッとしたような表情になった国王はいそいそと螺旋階段の前まで走り寄る。その姿はまるで忠犬のようだった。

――あの方が、国王陛下の元側室のティティス様……。

国王が必死になって守ろうとするのも分かる気がした。けれど、クラウディアはなぜかティティスを怖いと感じた。見るだけで背筋が寒くなる。

「まぁ、陛下。今日は公務ではありませんでしたか？」

微笑みながらティティスが螺旋階段を下りてくる。その後ろには一人の地味な容姿の侍女が無言で付き添っていた。

「そ、そうだ。だがそなたの顔が見たくてな。しかし……」

ちらりと国王の視線がフリーダに向けられ、次に床に横たわったままのルステオに移る。それを見たティティスはまるで今気づいたかのように言った。

「あら。フリーダじゃないの」

「叔母様！　助けて！」

味方が来たとばかりにフリーダの声が弾んだ。けれど、次の瞬間、ティティスが発した言葉に彼女は凍りついた。

「フリーダ、あなた、なぜここに？　聞いたわよ。あなたったら北の修道院を勝手に脱走してしまったのですって？　だめじゃないの」

「――――え？」

「修道院で真面目に奉仕していれば、そのうち恩赦が出て許されるはずだったのに。どうして逃げ出してしまったの？　あなたが罪人になってしまったと聞いて私はどれほど悲しかったか」

ティティスは表情を曇らせると、床に横たわるルステオを悲しそうに見つめた。

「ルステオ、自ら命を絶つなんて、なんてことでしょう。私はあなたに罪を償い、新しい人生を歩んでもらいたくて解雇したのに、こんな悲しい結果になるなんて……」

「……アルヴィン様」

クラウディアはぎゅっとアルヴィンに縋りついた。

――怖い、怖い、怖い……！

浮かべている表情も言っていることも慈悲深い女性そのものだ。それなのに恐ろしく見える。

――だって、フリーダ様を見つめる目も、ルステオを見下ろす目も、ちっとも悲しがっていないもの。

ティティスが二人を見下ろす目は冷ややかで、蔑みの色さえあった。表情を繕うことはできても、目の表情までは誤魔化すことはできない。

おそらくあれがティティスという女性の本質なのだろう。

「叔母様……？　どうして……？」

フリーダは呆然と呟く。彼女はティティスに切り捨てられたことに気づいたのだろう。

もちろん、ティティスが何も知らないわけがない。むしろ今日のことを計画したのは彼女だったに違いない。けれど、計画が失敗したことを悟ったティティスは、すべての責任をフリーダと死んだルステオになすりつける気なのだ。

「……つまり、ティティス殿は今日のことを何も知らなかった。それどころかフリーダ・マディソンが修道院を脱走したことにも関わりがないと言われるのですか？」

アルヴィンが静かな口調で尋ねる。するとティティスは微笑みながら頷いた。

「ええ。もちろん、知りませんでした。北の修道院に追いやられたフリーダを可哀想に思って、陛下に出してあげてほしいと頼んだことはあります。けれど、オールドア伯爵にそれはできないと言われてしまいましたわ。ねぇ、陛下」

「あ。ああ。そうだったな」

突然話を振られた国王は戸惑いながら頷く。

「あの時、その話をルステオも聞いていました。ルステオはフリーダに同情していたから、陛下ができないのであれば自分が連れ出してあげようと思ったに違いありません」

「つまり、あなたの指示ではなかったと？」

「ええ。以前も言いましたが、平民になった私には傭兵である彼を雇い続けることはできませんから、解雇せざるを得ませんでした。もう雇い主ではないのですから、ルステオが私の命令に従う必要はありません」

「……なるほど、あくまで彼の自主的な行動だったと」

「はい。今日も私は気分が優れなくてずっとベッドで臥せっておりました。だから、ルステオとフリーダが離宮に入り込んだことにも気づいていなかったのです。ねぇ、オウガ？」

ティティスの呼びかけに後ろに控えていた侍女が頷いて証言した。

「はい。ティティス様は今朝からずっと寝室におられました。私もお世話をするためにティティス様のお傍から離れなかったので、ルステオとフリーダ様が図々しくもこの離宮に入り込んでいたことは知りませんでした」

「そんな、叔母様！　叔母様が今日は陛下がいないからって……！」

フリーダが悲痛な声を上げる。そういえば、とクラウディアは思い出す。父親を失ったフリーダにとってティティスは唯一残された血縁なのだ。

——その彼女に切り捨てられたフリーダ様はどれほどショックを受けていることでしょう。

母方の親類に縁を切られたことを思い出し、クラウディアはフリーダに同情の念を抱いた。

「フリーダ。なぜそんな嘘をつくの？」

ティティスは悲しそうに首を振った。

「たった一人の姪だと思って、あんなに可愛がっていたのに。自分のした過ちを私になすりつけようとするなんて……。やはりあなたはお兄様の子なのですね」

そう嘆くとティティスは両手で顔を覆った。侍女がすかさずティティスに寄り添った。

「ティティス様。なんてお可哀想に。ささ、まだ体調が戻っていらっしゃらないのです。ベッドに戻りましょう。皆さま、どうかティティス様の体調を慮って今日のところはご遠慮なさってください。ああ、もちろん、その罪人と汚らわしい遺体はティティス様の目に入らないところに連れて行ってくださいませ」

どこか冷ややかさを含んだ声音で告げると、侍女はティティスを下がらせようとした。

そこにアルヴィンが声をかける。

「ああ、そうだ。最後にもう一つだけ。ティティス殿、侵入者の件もありますから、この離宮は兵に守らせることになります。必要なものがあれば届けさせますので、どうか侍女殿を含めて離宮の外には出ないようにお願いします。何があるか分かりませんからね」

ティティスは足をピタッと止め、覆っていた手を離して答えた。

「はい。もちろんですとも。アルヴィン殿下」

「皆さま、それでは失礼します」

侍女に連れられてティティスは姿を消した。

なんとも言えない空気が流れる。誰も何も言わない。玄関ホールにはフリーダのすすり泣きだけが響いていた。

兵士は気まずげに顔を見合わせたものの、何も言わずにアルヴィンの指示を待って動かない。クラウディアは気になってアルヴィンの陰から国王の様子を窺った。

国王は困惑したような表情でティティスが消えた方を見上げている。彼の近くには、やる気の感じられない従者と、護衛の騎士が立っていた。

「……あー、陛下。そろそろ公務に戻らないとなりません」

「あ、ああ、そうだな」

面倒くさそうに告げる従者に促され、我に返った国王は頷いて玄関に向かって歩き始めた。けれど、時おり足を止めて階段を振り返る。そのどこか途方に暮れたような様子を見てクラウディアは複雑な気持ちになった。

——不思議ね。以前はあれだけ陛下が憎いと思ったのに、今は憐みの念しか感じられない……。

アルヴィンと結婚して以来、ほぼ毎週のように王宮に来ているのだ。いくら政治に疎いクラウディアでも今の国王の置かれている立場に気づかないはずはなかった。

今、国王の周りには従者とたった一人の護衛兵しかつけられていない。王族になったばかりのクラウディアでさえ、王宮にいる間はセアラとオーウェン以外に王妃から派遣された侍女か女官、それに二人の護衛がつけられているというのに、この国で最高の地位にある国王にはたった二人の人間だけ。

これがどういう意味なのかは明らかだ。もうすでに国王に権力はなく、名ばかりの地位なのだろう。

以前セアラが「国王は公務をさぼってばかりいる」と言っていたが、もしかしたら本当は重要な公務の場にはわざと出させないようにされているのかもしれない。彼に求められているのはお飾りの国王として王妃の傍に立っていることだけ、クラウディアにはそんなふうに思えてならなかった。

——だから憐れだと思う。……でも同情はしないわ。

玄関扉から外へ出ようとする国王にアルヴィンが声をかけた。

「陛下。少しお待ちを」

「何だ、他に何か用か」

不機嫌そうに足を止めて国王が振り返る。アルヴィンはクラウディアに小さな声で「少し待っていて」と言うと、国王に歩み寄った。

「お伝えしたいことがあったのです」

アルヴィンが国王に何を言ったのかはクラウディアには分からない。声が小さすぎてクラウディアのいるところまでは話している内容がまったく聞こえなかったからだ。けれど、アルヴィンに何かを告げられて目を見開く国王の瞳がショックを受けていることは分かった。

やがて話を終えたのか、アルヴィンが国王から離れた。国王は呆然としたままふらふらとどこかに向かって歩き始めて、やがて姿が見えなくなった。

戻ってきたアルヴィンは満面に笑みをたたえていた。

「さぁ、ディア。僕らも戻ろう。これ以上ここにいる必要はない。オーウェン、後始末を頼んで構わないか？」

「もちろんですよ、ここは任せてクラウディア様を休ませてあげてください。殿下には彼女に話すことがいっぱいあるんでしょう？」

にやりとオーウェンが笑う。アルヴィンは意味ありげなオーウェンの言葉に苦笑で応えると、クラウディアの肩を抱いた。

「ああ、後は任せたよ。行こう、ディア」

「は、はい」

玄関の方に導かれて歩き始めたクラウディアだったが、不意にここに来た理由を思い出して足を止めた。

「あ、待ってください、アルヴィン様。私たちはリリアン殿下を探すために来たんです。リリアン殿下がどこにも見当たらなくて。もしかしたら、離宮に入り込んでいるかもしれません」

「リリアンのことなら心配はいらない。離宮に来る途中、バッタリ出くわしたから、部下のデインに頼んで主居館まで送り届けさせた。今頃は侍女に説教されている頃だろう。リリアンのことは心配いらないよ」

「そうですか。無事だったのですね、よかった……」

クラウディアは安堵の息を吐く。リリアンは王女ではないのかもしれないが、それでも彼女への気持ちは少しも揺るがなかった。むしろ、これから辛い思いをするだろうリリアンをできるだけ支えてあげたいと思った。

「……リリアン殿下はこれからどうなるのでしょうか」

アルヴィンと寄り添って主居館の方に向かいながらクラウディアは尋ねる。二人の後ろにはセアラが付き従っていたが、遠慮をしたのかつかず離れずの距離を保っていた。

「……きっと色々言われますよね」

もしアルヴィンがルステオに言っていたことが本当なら、リリアンが国王の娘ではなくティティスとその情人の子であると公になってしまうかもしれない。そうしたら、一体どうなってしまうのだろう。

「心配はいらない。義姉上はリリアンに同情しているから、あの子を守ってくださるだろう。エドワードもリリアンを可愛がっている。悪いようにはならないさ」

「そうですね。私もできるだけ力になりたいです」

「ああ。以前あの子の乳母をしていたという女性の話では、離宮でも色々辛い生活を送っていたようだ。自分の欲を満たすため、あるいは自分の評判を守るために『我儘な王女』に仕立てあげられ利用されていた」

「自分がお腹を痛めて産んだ子どもだというのに、なんて酷い仕打ちを……。私、以前アルヴィン様が言っていた『毒蜘蛛』の意味が分かる気がします」

魅入られたら最後、見えない糸に絡め取られて最後には丸呑みされてしまう。それでも毒に侵された獲物は息絶えるまで彼女に魅了されたままなのだろう。ルステオのように。

「あれだけのことがあったのに、結局ティティス様は関与を否定したままでしたね。アルヴィン様、あのままティティス様を野放しにしていいのですか？」

「大丈夫だよ、ディア。あの場は国王がいたから引いたが、野放しにするつもりはない。オールドア伯爵の証言もあることだし、十分罪に問えるだろう。見張りの兵も配置させたから、彼女たちに逃げ場はない。それを本人も分かっている」

あっ、とクラウディアは声を上げた。

「もしかして、アルヴィン様とティティス様の最後のやりとりはそのことだったのですね？」

「ああ、そうだ。あれは侵入者を防ぐためのものではなく、逃げ出したらお前たちを捕らえるという警告だった。そして彼女は了と答えた。無駄に頭はいいようだから、自らを危険に晒す行為はしないだろう」

「なるほど……」

「あと憶測兼願望だが、おそらくもう二度とティティスが君を狙うことはないだろう。フリーダという駒を失ったからな」

そこまで言うと、アルヴィンは急に顔を顰めた。

「言葉は悪いが、今回のことはティティスにとっては単なる退屈しのぎなんだろうな。フリーダという駒を使うのに、君はかっこうの餌だったんだ。ついでに僕にも意趣返しができる。その程度のものだろう。胸糞悪いが、分が悪いとなればあっさり手を引いてくれる。そういった意味ではフリーダの方がやっかいな相手だった。何しろ理屈が通じないから」

「ええ、何を言ってもだめでした」

フリーダとのやり取りを思い出してクラウディアも顔を顰める。

国王が認めたのだからアルヴィンは自分のものだと、フリーダは心から信じ込んでいた。もしかしたらその見当違いの思い込みもティティスによるものだった可能性はあるが、それにしたって常軌を逸していたように思える。

——フリーダ様は父親のマディソン伯爵から溺愛されて育ったと聞いたわ。元々生まれつきそういう性質を持っていたのかもしれないけれど、父親からの過度の溺愛、そして叔母のティティス様による洗脳のせいで、あんな怪物に育ってしまったのかもしれない……。

「だが、幸いなことに捕らえることができた。今度こそきちんと裁かれて犯した罪をその身を以て償うことになる。もう庇う者はいない。二度と君や僕を煩わせることはないだろう」

離宮を離れる時に見たフリーダは、叔母のティティスに切り捨てられたショックからか、とても大人しくなっていた。あれだけ執着していたアルヴィンが目の前を通り過ぎても何も反応を示さなかったくらいだ。

——もしかしたら「何があってもティティス様や国王陛下がいる。何とかしてくれる」という思いが今までフリーダ様を支えていたのかもしれないわ。

フリーダが振るう権力の刃はいつも誰かの威を借りたものだった。それを失くした今、フリーダはきっと世界が足元から崩れてしまったかのような気持ちでいるに違いない。

……かつて家族をすべて失ってしまったクラウディアがそう感じたように。

「ディア」

アルヴィンは無言になったクラウディアの肩に手を回して抱き寄せた。

「フリーダ・マディソンに同情する必要はない。君や君の家族だけではなく、彼女のせいで不幸になった人間は他にもたくさんいるんだ」

「……はい。そうですね」

そのとおりだ。フリーダだってクラウディアに同情されることを嫌がるだろう。だから同情はしない。

――さようなら、フリーダ様。愚かで孤独な怪物にしかなれなかったあなた。かつての私のように信じていたものをすべて失ってしまったあなた。

クラウディアは感傷を振り払うと、アルヴィンを見上げてにっこり笑った。

「帰りましょう、アルヴィン様」


「帰りましょう」と言ったものの、クラウディアはそのまままっすぐ屋敷に戻ってしまうとは夢にも思わなかった。けれどアルヴィンは宰相やバーンズ卿への挨拶もそこそこに、クラウディアを連れて王宮を離れてしまったのだった。

「アルヴィン様、公務は大丈夫なのですか？　それと、王妃様に挨拶をしなくてもよかったのでしょうか？」

着替えをする暇もなく寝室に促されたクラウディアはおろおろして尋ねるが、アルヴィンはどこ吹く風だ。

「今日はもう公務はなしだ。最初からそういう約束だった。後始末も宰相やバーンズ卿、それに義姉上に任せておけば大丈夫だ」

アルヴィンはクラウディアをベッドの縁に座らせる。セアラは寝室の前までは付き添ってくれていたが、気を利かせたのか中にまでは入ってこなかった。

「まずは、君が無事でよかったよ」

クラウディアの手を取り、アルヴィンはしみじみとした口調で言った。

「リリアンがまさか部屋を抜け出して回廊に行くだなんて、予想外の事態だった。あれほど早くルステオが離宮に戻ってくるのもね。すまなかった。おかげで兵を連れて離宮に行くのが遅くなってしまい、君を危険な目に遭わせてしまった」

「いえ、そもそも私がリリアン殿下を離宮まで追いかけたせいです。初めの計画通りにバーンズ卿のところで大人しく守られていれば……。アルヴィン様は何も悪くありません。危険な目に遭ったのも私の自業自得なんです」

そう、それにクラウディアがもっと言葉を選んでいれば、アルヴィンのことでフリーダを刺激しすぎなければ、彼女自らナイフを手に攻撃してくることはなかっただろう。

「いや、僕の計画が甘かったせいさ。もし君がフリーダやルステオをあそこで足止めしていなかったら、奴らは逃げおおせていたかもしれない。ルステオに気取られないためだったとはいえ、離宮から離れたところに兵を待機させていたのが裏目に出てしまったよ」

力なく微笑むと、アルヴィンはクラウディアの手を頬に押し当てた。

「本当に君が無事でよかった……」

「アルヴィン様、私は大丈夫。それにもう終わったことです」

二度も直接剣を向けられるという経験をしたクラウディアだったが、意外にも元気だった。恐怖で足が震えるということもない。オーウェンやセアラ、それにアルヴィンがきっと守ってくれると信じていたからだ。

「ああ、そうだね。ティティスも遠からず罰を受けることになるだろう。ようやく終わった。終えられたんだ」

しみじみとした口調で呟くと、アルヴィンは立ち上がって上着の内側のポケットを探った。

「ディア。君に渡すものがある。いや、返すものかな」

アルヴィンの手の中にはベルベットの小さな箱があった。彼はそれをクラウディアの手にのせる。

「……もしかして、これは……」

クラウディアはその箱に見覚えがあった。かつて毎日のように触れてそこにあるのを確かめていたものだ。

「開けて確かめてみて」

「は、はい……」

震え始めた手で箱を開ける。記憶に違わずそこに入っていたのは国蝶グラファス・エイガを象った髪飾りだった。七年前、アルヴィンから贈られたものだ。

バーンズ卿に探してもらったが、ついぞ見つからなかったクラウディアの宝物――。

「アルヴィン様、これは……どこで……」

声が震える。諦めたけれど、心のどこかで諦めきれなかったものが今クラウディアの手の中に戻ってきていた。

「七年前、フリーダがこれを狙うだろうと分かっていたから、手を回して先に回収させたんだ。それからずっと僕が預かっていた。いつかこの手で君に返すために」

「アルヴィン様……ありがとうございます」

涙がポロッと零れ落ちる。クラウディアは髪飾りを取り出し、頬に押し当てた。

たとえ家族が冤罪で殺されることになった原因がこの髪飾りにあったとしても、それでもクラウディアにとってこれは宝物だ。幸せの絶頂だった時の象徴だった。

「君が修道院から王都に戻ってきた時に渡してもよかったんだけど、あの段階ではまだ黒幕たちが罪を償うことなくのうのうと生きていた。全部終わらせるまでは君にこれを渡す資格はないと考えていたんだ。……ディア。聞いてくれ。僕は君に謝らなければならないことがある」

いきなりアルヴィンがクラウディアの前に跪（ひざまず）いた。びっくりしてクラウディアの涙が止まる。

「……アルヴィン様？」

アルヴィンは辛そうに微笑むと、クラウディアの手の内にある髪飾りごとその手を両手で包み込んだ。

「君の一族がマディソン伯爵に目を付けられたのは僕のせいだ。僕のせいで君は家族を失った」

「……え？」

クラウディアは目を見開き、アルヴィンを見下ろした。

「あ、もしかして、髪飾りのことですか？　それでしたらアルヴィン様のせいではありません。アルヴィン様はあのお茶会で私が怪我をしたことのお詫びに贈ってくださっただけですもの」

「いや、髪飾りのことだけではないんだ。他にもある。むしろこっちが直接の原因だろう」

「直接の原因？」

アルヴィンは頷くと、少しだけ躊躇った後、口を開いた。

「最初から話そうか。まずは僕たちが最初に出会った義姉上主催のお茶会のことだ。君はおそらく気づいていなかっただろうけど、あれは僕の婚約者を探すために開かれたお茶会だったんだ」

「え!?　アルヴィン様の婚約者を？」

寝耳に水の話だった。クラウディアは呆然とアルヴィンを見下ろす。

――お父様からはそんな話は聞いていなかったわ。ただ、お茶会があって同年代の令嬢たちが集まるからって……あ、でも待って。アルヴィン殿下に会えるかもとは確かに言っていたような。

「僕の立場は複雑でね。君も知ってのとおり、僕は王太子の位に何年も就いていたが、それはあくまで暫定的なものだった。エドワードが公務が行える年齢になるまでの期間限定の王太子だったんだ」

「はい。それは存じております」

暫定的な王太子だったにもかかわらず、アルヴィンは公務も精力的にこなして非常に優秀だと言われていたのだ。

「暫定的な王太子だけど、それなりに実績があったせいだな。僕を次期国王に推す声もわずかにあった。もちろん、僕は国王になんてなる気はなかったんだけど。けれどそのせいで十五歳になってそろそろ婚約者を選ばなければならない時期になっても、どの家の令嬢を選ぶかで難航していたんだよ。王族だからそれなりの家柄の令嬢でなければならないけれど、エドワードを押しのけて僕の王位継承を望むような野心的な貴族だと困るから。だが、叔父のザール公爵の派閥の貴族からは選べなかった。ザール公爵に権力が集中してしまうという反対意見も根強かったからね。要するに、派閥のバランスを保てる相手で、野心のない高位貴族の令嬢を選ばなければならなかった」

「それは……難航するわけですね」

なんとも言えない気分になってクラウディアは呟く。過去のこととはいえ、アルヴィンの婚約者選びの話を聞かされて面白いはずはない。

「そこで派閥に属していない、もしくは結婚したとしても派閥のバランスが取れる貴族の令嬢をピックアップして、僕と引き合わせようという話になった。でもそこで問題になったのは、社交界デビューしている令嬢には会う機会がいくらでもあるけれど、まだデビュー前の令嬢とどうやって会うかということだ。それで義姉上に協力して開いてもらったのがあのお茶会だったんだよ。つまり、君は元々僕の婚約者候補の一人として呼ばれていたんだ」

「し、知らなかったです」

初めて知る事実にクラウディアは目を丸くしていた。アルヴィンはくすっと笑う。

「あそこに集まった令嬢のほとんどはお茶会の目的を知っていたはずなんだけどね。でも君が何も知らないのは話してすぐに分かったよ。医務室まで付き添った時に色々話しをした時のことは覚えているかい？　君はずっと笑顔でどんなに自分の家族が素晴らしいか、どれほど自分が家族を好きでいるか話していたんだ。あと、このお茶会で友だちを作りたいとも言っていたね」

クラウディアの頬が赤く染まる。自分の幼稚さが恥ずかしくてたまらなかった。

「あ、あの、あの時は緊張して何を話したか覚えていないんです！」

「そうなのかい？　笑顔で家族のことを話す君はとても嬉しそうで幸せそうに笑っていて、すごく印象に残ったんだよ。僕は家族のことであんなに屈託なく笑顔になれる君を羨ましく思った」

「……そういえば、七年前もそんなことを仰っていましたね」

まだ少年と言える年齢だったアルヴィンが、今とまったく同じようなことを話していたことを思い出していた。

「ああ。あの時も言ったけれど、僕らは王族だったから、普通の家族じゃなかった。家族とも呼べないな。バラバラの生活だったから。公務で忙しい両親とはめったに会えないし、歳の離れた兄とは一緒に過ごした記憶はない。僕にとって家族とはそういうものだった。だから、家族が大好きだと言う君のことが新鮮で、そして少し羨ましく感じたんだよ」

「アルヴィン様……」

「羨ましくて、そして僕も次第に欲しいと思うようになった。君の家族のような家庭が。いや、違う、君と家族になりたいと思ったんだ」

まっすぐ見上げられて、どきんと胸が鳴った。顔が赤くなり、脈拍も速くなる。

「あの、アルヴィン様、それは……」

「言葉のとおりだ。僕は君が婚約者になってくれたらと思った。だから、蝶の髪飾りを贈ったんだ。次に会う機会が来るまで君が僕のことを忘れてしまわないようにね」

アルヴィンはいたずらっぽく笑うと「この髪飾りはね、実は特注品なんだよ」と付け加えた。けれどすぐに真顔に戻る。

「正直に言えば、打算もあった。君の実家のローヴァイン侯爵家はどこの派閥にも属していない。けれど由緒ある家柄で、当主である君のお父上は誰からも尊敬されていた。しかも、君にあのお茶会の目的を話していなかったところを見ると、王族と婚姻関係を結びたいとはこれっぽっちも思っていないのは明らかだった。つまり、君は僕の求めている条件にぴったり合っていたんだ。感情的にも理性的にも君を選ぶのが都合がよかったんだ」

「それでも、アルヴィン様は私を選んでくださっていたんですね？」

　都合がよかったとアルヴィンは言ったが、クラウディアと同じような条件の家柄の令嬢は他にいたはずだ。それなのにアルヴィンはクラウディアを婚約者にしたいと思ってくれた。それが何よりも嬉しかった。

　アルヴィンは口元を綻ばせると、髪飾りを握ったままのクラウディアの手を持ち上げてうやうやしくキスをした。

「そうだ。君がよかった。君と結婚したいと思ったんだ。だから、君が社交界デビューをしたら正式に婚約をするつもりだった。それまでは公表せずに、しかるべき時が来るまでは内密に進める予定だったんだ。というのも、あの当時、流行病の後遺症で陛下にはもう子どもが作れないことが判明し、焦ったマディソン伯爵が自分の娘を僕の妃にするべく怪しい動きを見せていたからね」

「え？　陛下にはもう子どもが作れない？」

　クラウディアはギョッとした。

「公にはなっていないけれどね。高熱が続いたせいらしい。男の尊厳やら威厳やらを傷つけられた陛下は自暴自棄になって、ますますティティスに依存するようになった。けれど陛下の子どもができないことはマディソン伯爵にとっては大問題だ。ティティスが男を産めばその子を国王にして自分が権力を握るという野望が潰えてしまったわけだから。しかも、エドワードが国王になれば今度は自分たちの身が危なくなる。そう考えたマディソン伯爵は当時王太子だった僕に目をつけたわけだ。それで娘を売り込もうと必死になっていた。あのお茶会だって本来であればフリーダは候補にも挙がっていなかったのに、どこからかお見合いのことを知ったマディソン伯爵が陛下に頼んで無理やりフリーダをねじ込んできたものだったんだ」

なるほどとクラウディアは思う。あれが集団お見合いのような意味合いのお茶会だったのならば、あれだけフリーダがいきり立っていたのも無理はない。クラウディアがグラファス・エイガのことで、わざとアルヴィンの気を引いたと考えたのも。

「彼らが何をするか分からなかったから、僕は慎重にならざるを得なかった。だから君を選んだことも黙っていたし、蝶の髪飾りを贈る時もできるだけ内密に進めたつもりだった。……でも、どこかで油断していたのだろう。懇意にしている国務大臣にお茶会のことを聞かれた時に、つい君と蝶のエピソードのことを話してしまったんだ。国蝶を守った勇敢な令嬢だと。怪我をさせたお詫びの品を贈るつもりだと。もちろん、君だけではなく他の令嬢の名前も出したつもりだった。けれど……」

アルヴィンは唇をぐっと噛みしめた。

「おそらく近くで話を聞いていた者の中にマディソン伯爵と通じている者がいたのだろう。

あの後すぐにマディソン伯爵が『ローヴァイン家の令嬢に蝶の髪飾りを贈ったのなら、フリーダにも贈ってしかるべきだ』と言ってきた。もちろん、僕は贈る理由はないと突っぱねた」

「フリーダ様にも髪飾りを贈れと言ってきたんですか？」

——呆れた。王太子であったアルヴィン様に理由もないのに贈り物をしろと強要するなんて、なんて図々しいのかしら。でも、フリーダ様が蝶の髪飾りにこだわった理由がこれで分かったわ。

「ああ。厚顔無恥も甚だしい。だが、この一件でマディソン伯爵もフリーダも、君の存在を脅威だと感じたようだ。それから一か月もしないうちにローヴァイン侯爵の事件が起きた。侯爵は国を裏切るような人間ではない。僕は当然マディソン伯爵のことを疑ったよ。けれど、侯爵の無実を証明する前に陛下が君の一族を処刑してしまった……。僕は間に合わなかった。僕にできたのは、せめて君たち母娘を丁重に扱ってくれる修道院に送ることと、フリーダに奪われる前に蝶の髪飾りを確保することくらいだった」

「ヘインズ修道院？　あそこに送ることを選んだのはアルヴィン様だったのですか？」

初めて知る事実にクラウディアは驚いたものの、どこかで腑に落ちるものがあった。罪人の家族として送られたにしてはヘインズ修道院でのクラウディア母娘への扱いは非常に丁重なものだったからだ。

シスターたちも皆親切だった。自分の世話もできなかったクラウディアに、一から優しく教えてくれた。厳しく当たられたこともないし、叩かれたこともない。おそらく丁重に扱うようにと王家から達しが出ていたのだろう。

「あれは……アルヴィン様たちのご厚意だったのですね」

「僕と義姉上……王妃様のね。マリア院長は義姉上の乳母だった人なんだ。だからローヴァイン侯爵のことも知っていたし、冤罪だということも聞いている。あそこなら君たち母娘を守ってくれるだろうと思って義姉上が手配した」

「王妃様が……」

「僕ができるのはそれくらいだったからね……。王太子だったというのに無力だった。君一人助けることができなかった」

アルヴィンは辛そうに顔を歪めると項垂れた。

「すまない。君の家族が殺されたのは僕のせいだ。僕の油断が君から家族を奪ってしまった」

そのことが彼をずっと苦しめていたのだろう。俯くアルヴィンはまるで頭を下げているようにも見えた。

——もしかしてアルヴィン様が贖罪という言葉をよく口にしていたのはこのことだったのかしら。お父様たちの処刑を止められなかったことだけでなく、自分がきっかけを作ってしまったから……？

おそらくそうなのだろう。クラウディアの知るアルヴィンは責任感の塊のような人だ。

責任を取ってクラウディアと結婚までしてしまう人なのだ。

「……アルヴィン様。顔を上げてください。アルヴィン様のせいでありません」

クラウディアはアルヴィンの手に自らの手を重ねた。

フリーダから話を聞いた時はクラウディアも自分のせいだと感じた。けれど、そうではないのだ。セアラに指摘されたように、悪いのはクラウディアたちではなく、悪意を持ってローヴァイン家を陥れたフリーダとマディソン伯爵だ。

「もしアルヴィン様のせいになるのであれば、蝶を助けることできっかけを作った私まで責任があることになります。でもそうじゃないのです。私たちのせいではないのです」

言いながらクラウディアは当時交わした家族との会話を思い出していた。

「それに……アルヴィン様がきっかけにならなくても、いずれマディソン伯爵はお父様に牙を向けていたでしょう。あの当時、お父様はザール公爵や議会に働きかけてマディソン伯爵を宰相の座から引きずり落とそうとしていましたから」

そう。クラウディアははっきり覚えている。父親がそう言っていたことを。

「フリーダ様が何もしなくても、遅かれ早かれローヴァイン侯爵家は狙われていたと思います。私の家はどこの派閥にも属していませんでしたから、マディソン伯爵にしてみても、とても潰しやすい相手だったでしょう。ですから、アルヴィン様。私の家族が殺されたのはあなたのせいでも、私もせいでもありません。悪いのはマディソン伯爵です」

アルヴィンはのろのろと顔を上げる。その顔には苦笑いが浮かんでいた。

「……ディア、ありがとう。そう言ってもらえると、少しは気が楽になる」

どうやらクラウディアが許したことで罪悪感は少しだけ薄れたようだが、まだまだ気にしているのが見て取れた。

——責任感の強い方だから……。でもこういう人だからこそ、私はこの方を好きになったのだわ。

「アルヴィン様は真面目すぎます」

わざとらしくため息をつくと、クラウディアはベッドをポンポンと叩いた。

「どうせなら床ではなく私の隣に座って抱きしめてくださいませ」

これは本音だった。懺悔のためとはいえ、床に跪くくらいなら、抱きしめてくれた方がよっぽどいい。

「……君には敵わないな、本当に。僕を増長させるだけなのに」

それでもアルヴィンは立ち上がってクラウディアの横に腰を下ろすと、希望通り抱き寄せてくれた。クラウディアはアルヴィンの胸に頰を寄せる。

「僕は君が思っているほどいい人間じゃない。君の意思や希望を無視して結婚という枷(かせ)で僕に縛りつけた。修道院を出たばかりで頼る人がいないのをいいことに、君を自分の屋敷に囲った。贖罪のためとか王家の罪を償うためとか口では言いながら、子どもを理由に君を自分のものにした。君に深く愛されているアーサーや君のご両親……家族にすら嫉妬している。自分だけ見てほしいと思っている」

「えっと、それのどこが悪いことなのでしょうか？」

クラウディアはキョトンとなった。少しも悪いことのようには聞こえなかったのだ。

「……だから、誘惑しないでほしいな。まだ話の続きがあるというのに押し倒したくなるから」

アルヴィンは苦笑したものの、すぐに真顔に戻った。

「あの事件が起こった当時、僕は何とか君の家族を救おうとしていた。僕だけじゃない。義姉上もザール公爵も陛下を諫めた。けれど、陛下は僕らに劣等感を抱いていたから、かえって意固地になってしまってね。頑としてこちらの話を聞かず、処刑を断行してしまった。王太子だったくせに、僕はあまりに無力だった。それを痛感させられた。だから、あの時決心したんだ。いくら時間がかかろうが、必ず君のお父上の冤罪を晴らし、奴らに罪を償わせると。それが僕の君への贖罪だとね」

「アルヴィン様……」

クラウディアの目に涙が浮かんだ。思っていたとおりだった。あの辛かった時期もクラウディアの家族のために、アルヴィンをはじめとする色々な人たちが何とかしようと動いてくれていたのだ。

「義姉上やザール公爵に協力してもらい、僕は秘密裏に動き始めた。調べ始めるとマディソン伯爵が関与した証拠がいくつも出てきたよ。君には申し訳ないが、かなり早い段階でローヴァイン侯爵家は冤罪だったと確定していた。けれど、マディソン伯爵を捕らえるのは容易ではなかった。大きな障害があったからね」

その大きな障害が何であるか、クラウディアにも分かっていた。

「……陛下ですね。罪に問おうとしても陛下がマディソン伯爵を庇ってしまうから」

「ああ。マディソン伯爵を罪に問えても、ティティスを排除できても、陛下が何も変わらなければ結局はまた同じことが起こる。第二のティティスとマディソン伯爵が出てくるだけだ。だから僕と義姉上たちは陛下の権限を大幅に制限することにしたんだ。議会と協力して法律も変えた。君のお父上のことで議会から突き上げを食らって以来、陛下は議会に出席することはなかったから、容易だった」

元々議会制に移行した後も国王に大きな権限が残っていたのは、アルヴィンたちの父親である先代国王に対する敬意を示すためだった。先代国王もそれを知っていたので、権限を乱用することはなかった。だから議会と前国王の関係は非常に良好だったのだ。

ところが今の国王は議会の意思決定を自分のいいように覆すだけ。これではまともに国政はできないと、議会の者たちが国王の権利の制限に踏み切ろうと考えるのも無理はなかった。

「でもそうなると、エドワード殿下が即位した時は大変ではないですか？」

今の国王のようにただのお飾りの王になる可能性が高い。そんなことに王妃は協力したのだろうか？

「いいんだ。国と王家が守られるならね。義姉上もそう考えている。幸いエドワードは賢い子だ。父親を反面教師にして頑張ってくれている。彼なら議会とうまくやっていけるだろう。これからはそういう国王が求められてくる。エドワードは適任だろう」

ふわりとアルヴィンは笑った。

「元々、父王が議会制に移行しなければとっくに革命かなにかで王家は滅んでいた。もう王が国政を行い、貴族たちが富を独占する時代ではなくなっているんだ。中産階級が富と発言力を持ち、国民の動向を無視できなくなる時代がやってきている。外国に目を転じればいくつもの国で王政が廃止されて共和制になっていたり、政情不安定なところを突かれて他国に侵略されていたりしている。国王は出しゃばらずに政治は議会に任せるやり方で安定が得られるならそれでいいんだ。少なくとも僕の母親……先代王妃はそう言っていたよ。国王は国をよりよい方向に導く装置の部品でしかないと。同時に壊れた部品であってはならないとね。そして陛下は今や『壊れた部品』になってしまった」

アルヴィンの突き放したような言い方に、今さらながらクラウディアは再会して以来彼がずっと「国王」「陛下」と呼んでいたことに気づく。

――前は「兄上」と呼んでいたのに……。

すでにアルヴィンにとって国王は「兄」ではなくなっていたのだろう。そしてそのきっかけを作ったのは、きっとクラウディアの父親の事件だ。

「僕らは国王の権限を少しずつ削っていき、もうマディソン伯爵を庇いたくても庇えないところまで落ちたと判断して断罪した。けれど誤算が生じた。関与した証拠が乏しかったせいでティティスとフリーダの罪を問えなかったことだ。真に罪があるとすればあの二人で、彼女たちこそ罰が与えられるべきだったのに。特にティティスは国王が断固として手放すことを拒否したので、何もお咎めなしだ。僕らは次の手を打つしかなかった」

何となくアルヴィンの口調でピンとくるものがあった。

「……私ですね？　私という存在が現れたら、事態が動くと思ったのですね？　事実、そうなった」

アルヴィンは顔を曇らせながら頷いた。

「……ああ、悪いと思ったけど、君を利用させてもらう形になった。フリーダは異常なくらい僕に執着していたからね。僕らが結婚したと聞けば大人しくしているはずがない。フリーダが動けばティティスも動く。……実際は逆だったようだが、それは問題じゃなかった」

「囮にするためだけに、わざわざ私と結婚をしたのですか？」

——贖罪のために結婚するのと、囮にするために結婚するのとではどちらが酷いかしら？

そんなことを考えながらクラウディアは無意識のうちに髪飾りをぎゅっと握り締めていた。少し胸が痛かったが、そんなことはささいなことだと自分に言い聞かせる。

——フリーダ様とティティス様を確実に捕らえるためには仕方がなかったこと……よね？

「ディア！　そうじゃない。誤解しないでほしい」

　アルヴィンはクラウディアをぎゅっと抱きしめた。

「囮にするために君と結婚したわけじゃない。もちろん、贖罪のためでもない。純粋に僕が君と結婚したかったから議会に提案したんだ。僕が君と結婚して後見役を務めると」

「え？　議会に提案？　あの、議会が私への後見と償いのためにアルヴィン様に結婚をするように勧めたのではないですか？」

　てっきりそうなのだとばかり思っていた。アルヴィンは国王の犯した過ちを償うために、自分との結婚を承諾したのだと。

「違うよ。別に議会が僕との結婚を提案したわけじゃない。結婚しなくても義姉上が後見人になれば君に王家の庇護を与えることは可能だったから、議会はその方向で動いていたんだ。だけど、僕は君と家族になりたかった。それで自分から宰相に提案したんだよ。王族からの庇護を与えるために自分と結婚するのが一番いいとね。義姉上も僕がずっと婚約者を選ばなかったのは、君が修道院から出てくるのを待っていたからだと周囲に暴露しつつ議会の説得に協力してくれた。……まぁ、それは本当のことだからいいけれど」

「……アルヴィン様」

　クラウディアの目に涙が浮かぶ。

　――アルヴィン様は私が修道院にいる間もずっとローヴァイン侯爵家の無実を証明するために動いてくださっていた。別に結婚する必要もなかったのに、私と家族になりたいからと自分から申し出てくれたのだわ。

それが愛情でなくてなんだと言うのだろう。

アルヴィンはクラウディアのおでこにコツンと自分の額を押しつけて囁いた。

「さっき言っただろう？　七年前、あのお茶会の日に、君を婚約者として選ぶと決めたって。それはずっと変わっていない。君が戻ってくるのをずっと待っていたよ、ディア」

「……っ、はい、私もあの時からずっとお慕いしておりました」

大粒の涙がクラウディアの目から零れ落ちていく。

淡い想いを抱いた初恋の人。一族が殺されて修道院に送られた時には、もう二度と会えないものと、悲しみの中で諦めたはずの相手。それでも胸の奥底では決して忘れることができなかったクラウディアの王子様。

「愛しているよ、ディア。誰よりも何よりも」

その言葉はクラウディアにまるで福音のように響き渡った。涙がさらに溢れて、頬を伝っていく。

「アルヴィン様、私も愛しています。……でも、どうして今まで何も言ってくださらなかったのですか？　私、てっきりアルヴィン様は王族としての義務感で私を娶ったのだとばかり思っていました」

「どうして言えようか」

アルヴィンは、涙に濡れたクラウディアの頬にそっと触れた。

「君が家族を失ったのは僕のせいだ。だからせめて全部終わらせてからでないと気持ちを打ち明ける資格はないと思っていた。君に僕の気持ちを押しつける気はなかったしね。僕は七年前に君を伴侶にしようと決めたわけだけど、それはあくまで僕の一方的な気持ちだ。君にとっては過去にたった一度だけ会って話をしたことのある王族に過ぎないのは分かっていた。その僕といきなり結婚することになった君にとっては、義務や家の再興のためだと言われた方が受け入れやすいと思ったんだよ。現に君は何とか結婚を断ろうとしていた」

「そ、それは、アルヴィン様が王族として責任を取って結婚を承諾したと思ったからで――」

「うん。分かっている。だけど君は結局、家のために僕との結婚を承諾してくれた。僕はそれで構わないと思ったよ。夫婦として一緒に暮らしていくうちに、きっと君は僕を庇護者ではなく夫として受け入れてくれるようになるだろうと思っていたし」

クラウディアは慌てて口を挟んだ。

「ち、違うんです。家の再興のためにアルヴィン様との結婚を承諾したわけじゃないんです！　私もアルヴィン様と結婚したいと思ったから！　その……初恋、だったのです」

頬を真っ赤に染めてクラウディアは告白した。恥ずかしかったが、家の再興のためだけにアルヴィンとの結婚を承諾したのだと思われるのは嫌だった。

「七年前に会って話をして、なんて素敵な方だろうと思ったのです。だから、髪飾りを頂いて、すごく嬉しかったし、宝物にしようって。……結婚の話が出た時も、アルヴィン様は王族としての義務感で私を娶るのだと思いながらも、嬉しかった。結婚相手がアルヴィン様だったから、私は受け入れたのです」

「ディア……ありがとう」

アルヴィンは嬉しそうに笑うと、クラウディアの頬にキスを落とした。何度も。それから、ふと髪飾りを握り締めたままのクラウディアの手を見下ろして、言った。

「それ、……着けていい？　まだ僕は一度もこの髪飾りを着けた君を見たことがないんだ」

「は、はい」

蝶の髪飾りをアルヴィンに渡すと、彼は慣れた手つきでクラウディアの髪に留めた。

「ど、どうでしょうか？」

自分からは見えないため、髪飾りがどんなふうになっているのかクラウディアには分からない。けれど、あまりにじっとアルヴィンが見つめるので、不安になってしまった。

「似合っているよ。僕の想像通りだ。この髪飾りを発注する時、僕の色を着けた君はどんなふうに見えるだろうかと想像したものだけど、その想像以上だよ。知ってるかい？　グラファス（国）・エイガ（蝶）が僕らの出会いのきっかけになったから、僕や僕の部下たちは君をずっと『蝶の姫』と呼んでいたんだよ」

「私が『蝶の姫』ですか？」

「うん。風に揺られながらも、ひらひらと優雅に舞う蝶だ。捕まえやすそうだと手を伸ばしたら、僕の手をすり抜けて届かない場所に行ってしまったから。ああ、君は『蝶の姫』なんだと、そんなふうに思って呼んでいた。グラファス・エイガは王家の色、つまり僕の色だからおかしな話だけどね」

きっと『蝶の姫』はクラウディアを指す暗喩だったのだろう。反逆者の娘であるクラウディアの名前を王宮で出すわけにはいかなかったから、それで。

『蝶の姫』。僕はようやく君という『蝶』を捕まえることができた。そうだろう？　僕の蝶。これからもずっと僕の手に留まっておくれ」

ゆっくりとアルヴィンの顔が降りてくる。クラウディアはそっと目を閉じた。

ベッドに押し倒され、次々と服をはぎ取られてあっという間に裸にされる。けれど唯一身に着けているものがあった。蝶の髪飾りだ。

シーツに広がったクラウディアの金糸のような髪の中で、青紫色の蝶が鮮やかに映えている。

「アルヴィン様、その……髪飾りは取らなくていいんですか？」

恥ずかしげに裸の胸を手で隠しながら尋ねると、アルヴィンは自分の服を脱ぎつつ楽しそうに笑った。

「そのままで。その髪飾りを……僕の色だけを身に着けた君と愛し合いたいんだ。それほど邪魔にならないようだしね」

「そ、そうですか」

そわそわしてしまうのはいつもと違って髪飾りを身に着けているからではない。まだ明るいうちから性行為をすること自体にほんのり罪悪感を覚えてしまうのだ。

上掛けを引き寄せて何とか裸体を隠そうと悪戦苦闘しているクラウディアを見下ろし、アルヴィンはくすくす笑った。ちなみにクラウディアの動きを、上掛けを膝で押さえることで妨害しているのはアルヴィンだ。

「……意地悪ですね、アルヴィン様は」

恨めしげに睨みつけると、アルヴィンはくすくす笑った。

「だってどうせ隠したって僕にはぎ取られるのが分かっているのに。だいたい、もう数えきれないくらい裸を見ているし、さんざん触ってもいるのに、まだ君は慣れていないんだね」

「そ、そんな簡単には慣れませんっ。ひ、昼間からこんな行為をすることも、裸になることだって……」

修道院暮らしが長かったために、どうしてもクラウディアは異性の前で裸になるのは恥ずかしいことだという意識が抜けないのだ。性行為も同様で、夫婦なら当たり前のことなのにいけないことをしているような気持ちになってしまう。

「気持ちは恥ずかしがっているけれど、君の身体はそうは言ってないようだよ？」

胸を隠しているクラウディアの手を取って外させると、アルヴィンは意味ありげに口の端を上げた。恥ずかしさにクラウディアの頬が真っ赤に染まる。

晒されたクラウディアの乳房の頂は、果実のように熟れて真っ赤に膨らんでいた。両脚の付け根もじわじわと奥から染み出してくる蜜でじっとりと濡れている。

いくら気持ちの上では恥ずかしいと思っていても、身体はとうにアルヴィンに落ちていて、抱かれる準備を始めていたのだ。

「み、見ないでくださいっ」

淫らな自分を見られていると恥ずかしくてたまらない。なのに、どういうわけか背筋がゾクゾクしてしまう。今ではそれが快感だということも知っている。だからこそ余計に恥ずかしくなるし、背徳感から来る悦びもますます強くなる。

「こんな私……きっとアルヴィン様に呆れられてしまう……」

思わず呟くと、アルヴィンはキョトンとした。

「どうして？　呆れるわけがない。無垢でありながら淫靡。君は知らないだろうけど、男にとっては夢のような存在なんだよ？　国王が選んだのはまがい物だったけれど、君は本物だ。しかも、僕の、僕だけの蝶だ」

独占欲を滲ませた声音にハッとなって目線を上げると、アルヴィンの青紫色の瞳が熱を帯びて見下ろしているのが見て取れた。

――そうだわ。私だけが欲しがっているわけじゃない。アルヴィン様も同じように私を欲しいと思ってくださっている。

現にトラウザーズさえ脱ぎ去ったアルヴィンの屹立は、窮屈そうな戒めから解き放たれてその存在を主張していた。お腹にくっつくくらいに反り返った肉槍の先からは先走りの液が滲み始めている。

無意識のうちにクラウディアの喉がこくんと鳴った。恥ずかしいのにその肉槍から目が離せない。

「興奮しているのは君だけじゃない。僕だって君を欲しがっている。こんなにも。だから、ディア。いい子だから恥ずかしがらないで、僕のためにその翅を広げてほしい」

「……あ……っ……」

下腹部がキュンと鳴って、なぜか力が抜けていく。クラウディアは手と足の力を緩めると、魅入られたように屹立を見つめながらゆっくりと脚を開いた。まるで、お茶会の日に見た、アルヴィンの手の中であの特徴的な翅を開いたグラファス・エイガのように。

アルヴィンはくすっと笑って、ゆっくりとクラウディアに覆い被さっていった。

「ん、はぁ、あ、ぁ、アルヴィン、さまぁ……」

ずぶりと質量のあるものがクラウディアの蜜壺に挿入(はい)ってくる。シーツの上でクラウディアの裸体がくねくねと踊った。

そこはすでに長い時間をかけて手淫、もしくは舌を使っての愛撫でぐずぐずに溶けていた。待ち望んでいたものを与えられた膣壁が待ってましたとばかりに猛った屹立に絡みつく。それを振り切るように膨らんだ先端が奥に到達した。

「あっ、ああっ、あ、ああっ」

得も言われぬ快感に、クラウディアの全身が小刻みに揺れる。

「入れるだけでイッたんだね。僕の奥さんは相変わらず敏感だね」

くすくすと笑いながらもアルヴィンはその手を緩めない。ゆっくり抽挿を繰り返しながらクラウディアの官能を刺激していく。

その感触だけでもうたまらなかった。

「あっ、ああ、ああ！」

クラウディアの喉から悦びの声が迸る。

もう何時間ベッドの上にいるのか。クラウディアにはすでに時間の感覚がない。服を脱がされたのはついさっきのことのようにも思えるし、ずいぶん経っているようにも感じる。

その間、ずっと肌を舌と指で丹念に愛撫されていた。もうクラウディアの身体でアルヴィンの触れていない部分はどこもない。後孔の窄みさえも触られて、気持ちいいような気持ち悪いようななんとも言えない感覚がクラウディアを襲った。幸いなことにそれ以上何かされることはなかったが、「いずれここも……」などという不穏な言葉が聞こえたのは、空耳だったか。

とにもかくにも、アルヴィンの指はすぐに花芯に標的を移し、それがまたクラウディアの弱い部分だったために、すぐに後孔のことは忘れて強烈な快感に身悶えすることとなった。

「あ、あ、あああ！」

感じすぎているせいか、小さな絶頂が短い間隔で何度も襲ってくる。そのたびに身体を震わせ、嬌声を上げた。

「や、も、う、お願い、挿れて、ください。アルヴィン様が、欲しいの！」

いつもだったら頃合いを見計らい、クラウディアの中に入ってくるのに、今日はいつまでも焦らされ続けている。そのうちとうとう、クラウディアは恥じらいを忘れて自分から哀願するまでになった。

ねだって、誘って、ようやくアルヴィンがクラウディアの胎内に挿入(はい)ってきた時は、ようやくこの甘い責め苦から解放されると思ったのだが、なぜかアルヴィンはクラウディアの奥を数回突いただけですぐに身を離してしまった。

「あ、あ、アルヴィン様、だ、め。行かないでっ」

必死に引き止めようと、クラウディアはアルヴィンの首に手を回す。アルヴィンはクラウディアの頬に自分の頬を擦りつけて微笑んだ。

「行かないよ。少し体勢を変えるだけだ。もっと髪飾りがよく見えるように……」

　言いながらアルヴィンはクラウディアの背中に手を回すと、彼女を抱えたまま身を起こした。ベッドに座ったアルヴィンはクラウディアを自分の上に引き上げる。アルヴィンと向き合ったまま上半身を起こす形になったクラウディアは、脚の間に硬いものが押しつけられているのを意識しながら、戸惑ったように間近にあるアルヴィンの顔を見つめた。

「ア、アルヴィン様？」

「この体位の方が髪飾りを着けた君がよく見えるんだ。ディア、腰を少し上げて……ああ、そう、そのままゆっくり腰を下ろして」

「え？　え？」

　戸惑ったまま、クラウディアはアルヴィンの言うとおりに腰を上げる。すでに何度かイッているので、手足と腰が怠く感じられたものの、丸いお尻に添えられたアルヴィンの大きな手が手伝ってくれた。

「あの、これって……」

　クラウディアも無知なままではない。結婚以来、修道院時代の頃からすれば信じられないような性の交わりを経験している。アルヴィンの上にのるこの体位もすでに何度か経験済みだ。けれど、慣れているかどうかと聞かれたら怪しい。

「うん、君が入れてくれ。大丈夫、前にもやり方を教えただろう？」

「あっ……！」

　胸の先端をキュッと摘まれ、クラウディアは腰砕けになりながらも頷いた。

「は、い……」

　アルヴィンはクラウディアの蜜口の位置に怒張の先端を合わせると、クラウディアの腰を支えながらゆっくりと下ろしていく。クラウディアはアルヴィンの肩に手を置いて支えながら徐々に体重を落としていった。

「あっ、あ、アルヴィン様……」

　思うように力が入らず、脚がプルプルと震えた。あまりもたないかもしれない。

「大丈夫、ゆっくりと」

　濡れた秘部がぬちゃりと音を立てて猛った先端を呑みこんでいく。一度すでに挿入済みだったので、非常にスムーズだ。

「あ、あ、あ、っ」

　圧迫感がクラウディアを襲う。痛みはない。すでにこの圧迫感と異物感ですら快感と捉えるようにクラウディアの身体は調教されている。

「あっ……んん、んっ」

　質量のある硬い屹立が少しずつ蜜口に埋まっていく。拓かれる感触に、クラウディアの下腹部がふるふると震えた。まだ先端しか埋まっていないのに、得も言われぬ快感が子宮を直撃し、うまく姿勢を保てなくなった。

　思わずクラウディアはアルヴィンの首にかじりつく。

「感じすぎちゃって、だめ？」

　クラウディアが必死に頷くと、アルヴィンは忍び笑いを漏らした。

「恥ずかしがり屋なくせに、妙なところで素直な君が好きだよ。七年前の、あの少女のまま大人になってくれたみたいだね。……うん、そのまま腰を下ろしてごらん」

　アルヴィンの両手がクラウディアの細い腰を摑んで支える。

「んっ、は、ぁ、ふ、あ……」

　膣肉を擦り上げながら猛った楔が隘路を突き進んでいく。愛する男を迎え入れたクラウディアの媚肉は悦びに震え、放さないとばかりに熱く絡みついていく。

　アルヴィンの怒張の笠の部分や、筋や浮き上がった血管すらはっきりと感じ取れた。もうすっかりアルヴィンの形に慣らされ、ぴったり合うように自分の中が変わったのだと思うと、ゾクゾクしたものが背筋を通り抜けて行く。

「あ、あ、んぅ、ふ、ぁ」

「あともうちょっと」

　言葉に励まされて、クラウディアは腰を少しずつ下ろしていった。じわじわと奥へと押し込まれていく肉茎が愛おしくてたまらない。

　キュンキュンと子宮が疼いて、熱くなる。

「あっ……」

　お尻にアルヴィンの太腿が触れる。じん、と奥が痺れて緩い快感がさざ波のように広がっていく。奥の奥までみっちり埋められた屹立が、クラウディアの中でドクンと脈打ち、いっそう太くなった。

自分の体重がのるせいか、いつもよりずっと奥の方まで先端がめり込んでいるのが分かる。子宮に直結する部分を鈴口で撫でられてゾクゾクとした震えが背筋を駆け抜けた。

「よく頑張ったね」

アルヴィンはクラウディアの額や頬にキスの雨を降らせた。クラウディアはいっそうアルヴィンに抱きついて、身体の中心を穿つ彼の熱さと硬さを堪能する。

はぁ、と熱い息を吐いたのを合図に、アルヴィンが軽くクラウディアの身体を突き上げ始めた。

「行くよ」

「あ、ああっ、あん、んんっ」

揺さぶられ、同じリズムでクラウディアの身体が弾む。落ちてきたところをまた突き上げられて、身体が浮き上がった。反動で沈むたびに自分の体重がかかって、いつもより深いところにアルヴィンの先端が当たる。強い快感が何度も押し寄せてきて、クラウディアはおかしくなりそうだった。

「あっ、気持ちいい……いい……」

アルヴィンのリズムに合わせてクラウディアの身体が上下する。豊かな胸が弾み、硬くなった胸の飾りがアルヴィンの胸板と擦り合ってさらなる快感を生んでいた。

「ああっ、ああっ」

感じすぎているためか、もう下半身の感覚がなくなっている。そのくせ、快感だけは送り込んでくるから性質が悪い。

「んっ、あっ、だめ、そこっ」

小刻みに奥を突き上げられ、悲鳴のような嬌声が喉をついて出た。奥の感じるところを執拗に穿たれて、急速にクラウディアの官能が追い上げられていく。

「あっ、イク、イクっ」

絶頂の予兆を感じ取り、クラウディアはアルヴィンに訴えた。アルヴィンは一際強く突き上げ始めると、クラウディアの唇を塞ぐ。じゅるっと音を立てて舌が入り込み、クラウディアの舌と絡まった。

「んっ、んんんっ、んーっ」

深い口づけを交わしながら、共に欲望のリズムを刻む。クラウディアはアルヴィンの肩に縋りつき、かろうじてついて行くことしかできなかった。

──頭がぼうっとする。何も考えられない。気持ちいいことだけしか考えられない。

「んっ！　ふ、あ、ンン、ん」

肌がぶつかり合う音と水音が混じり合い、ぱちゅんぱちゅんと鳴る。腰を支えているだけだったアルヴィンの手はいつの間にか腰に回され、がっちりと固められ、なすすべもなく下から突き上げられる。もう、快感を逃がすどころではない。

上の口と下の口を激しく責められながら、クラウディアは今日何度目だったかもすでに覚えていない絶頂の波が再び押し寄せてくるのを感じた。

「んんっ、ん、んーっ！」

やがてクラウディアは口を塞がれたまま、全身を震わせながら絶頂に達した。甘い悲鳴をアルヴィンの口の中に放つ。

「んんんっ」

互いの口からくぐもったような声が出る。クラウディアがアルヴィンに抱きつき上下に揺さぶられたまま絶頂に震えていると、やがてアルヴィンが一際強く腰を押しつけ、ずんっとクラウディアの奥に怒張を埋め込んだ。

次の瞬間、アルヴィンの怒張の先端から勢いよく熱い飛沫が飛び出し、クラウディアの子宮を満たしていく。

「んんんっ」

何度も噴き出しては膣内を満たす子種に、クラウディアは陶然となった。

水色の瞳を欲望にけぶらせながら、クラウディアはアルヴィンを見つめる。

──私はこの人のもの。この人は私のもの。私が蝶だというのならば、この人は蝶を誘う花(アイリス)だわ。

絶頂の余韻に浸っていたクラウディアは、一度離れた唇が再度戻ってくるのを見て、微笑みながら受け入れた。

「愛しているよ、僕の蝶」

「私のアイリス。愛しています、私も」

アルヴィンの胸に包まれて余韻に浸っていたクラウディアはふと顔を上げた。

「そういえば、聞き忘れていました。アルヴィン様は離宮を離れる陛下に何か仰っていましたよね。一体、あの時何を言われたのですか？」

「ああ、あれか。たいしたことは言っていない。陛下にもルステオに話したのと同じことを話しただけだ」

ぎょっとしてアルヴィンを見上げる。

「え？　もしかして、リリアン殿下が陛下のお子ではないことを言われてしまったんですか？」

「心配はいらない。リリアンが生まれて……いや、生まれる前から陛下の種ではないのではないか、ちゃんと調べた方がいいと周囲に言われ続けていたからね。そのたびに陛下は『ティティスが余を騙すはずがない。リリアンは間違いなく余の娘だ』と言って取り合わなかった。ティティスのことを心から信じているらしい。……いや、信じたいんだな」

ふん、とアルヴィンは鼻で笑う。

「陛下はティティスに依存しているからね。自分を理解してくれる唯一の女性だからと」

「では、リリアン殿下が早産ではなかったことも信じなかったんですね」

「どうかな。今回ばかりは前とは状況が違っていたから。頭ごなしに否定はできなかったようだ」

クラウディアは目を何度も瞬かせた。

「……え？　どういうことでしょうか？」

「陛下の、ティティスに対する信頼が揺らいでいるってことさ」

アルヴィンはクラウディアの背中を撫でながらにやりと笑った。

「ティティスはフリーダとルステオの計画に自分は無関係だと主張した。フリーダが北の修道院を脱走したことも自分には関係がないと。あずかり知らぬことだとフリーダを切り捨てた。けれどあの場で陛下だけはティティスが無関係ではないことを知っていたんだ。フリーダの脱走も、その後の逃走のことも。何しろ脱走してきたフリーダの処遇に困り、ティティスに懇願されてオールドア伯爵に丸投げしたのは陛下なんだから」

「あ……。そう、そうですよね」

クラウディアはティティスが無関係だと主張している間、ずっと困惑したような表情を見せていた国王のことを思い出していた。

――あの戸惑いようは、ティティス様が平然と嘘を言ったことに対してのものだったのかもしれない。

「ティティスは自分が無罪だ無関係だと主張することを優先するあまり、陛下の前で取り繕うことを忘れていたようだ。いや、忘れていたというより、陛下相手なら後でいくらでも騙せると侮ったのだろう。だけど陛下は可愛がっていたはずの姪を目の前で笑顔で切り捨てるフリーダの姿に明らかに困惑していた。彼の中ではティティスは聖女のように潔白で慈悲深い女性だったはずなのに、そのイメージはあの瞬間大きく損なわれてしまったんだ。だからだろう。僕が助産婦の話をしたら、最初は反射的に怒鳴ったものの、頭ごなしに否定はできなかったようだ。あと、リリアンの本当の父親はルステオだろうと告げたら、すごくショックを受けていた」

それはそうだろう。信頼していた女性が最初から裏切っていたことを目の前に突きつけられたら、国王でなくても動揺するに違いない。

「僕は真実を告げただけ。僕の言ったことを信じるか、それともティティスを信じることにするのかは陛下次第だ」

言いながらアルヴィンは手を下の方に滑らせる。お尻を撫でられ、そのまま指がしとどに濡れた割れ目に向かうのを感じてクラウディアは気もそぞろになった。

「そ、そう、ですね、……あっ、ン、アルヴィン、様」

「ごめんね。また君が欲しくなってしまったんだ」

「あっ、あ、もう、アルヴィン様ったら……」

戯れに花弁を撫でるいやらしい指の動きに、咎めるような声を出しながらもクラウディアの水色の目は蕩けている。

「何年も我慢していたんだ。あれだけで足りるわけがないだろう？」

アルヴィンはくすくす笑いながら、クラウディアを抱えてそのままくるっと身体を入れ替えた。ベッドに押し倒されたクラウディアは無意識のうちに脚を開き、アルヴィンの背中に手を回しながら誘う。

クラウディアに覆いかぶさりながら、アルヴィンは嫣然と笑う。

「罪ある者はその報いを受けることになるだろう。でももう僕らとは無関係だ。忘れよう。……愛しているよ、ディア。僕の蝶」

「あ、あっ、アル、ヴィン、様」

国王のことなどすぐに頭から追い払われ、クラウディアはアルヴィンから与えられる快楽に溺れていった。

＊＊＊

夜になってグラファス国王オズワルドは公務を抜け出した。反対する従者に「同盟国の外交官との食事会など王妃に任せておけばいい」と言い捨てて会場を出て行く。王妃は引き止めもしなかったし、咎めもしなかった。

呆れた従者はオズワルドには付き従わなかったが、護衛兵が一人だけしぶしぶといった様子でついてきた。けれど、国王たるオズワルドは一顧だにしない。不満を募らせる周囲には無関心だった。

公務中もずっとオズワルドの心をしめていたのは、弟アルヴィンの言った言葉だ。

――ティティスが余を騙しているだと？　リリアンは早産ではなかった？　本当の父親はルステオだったと？　そんなばかな。ティティスが余を裏切るわけがない。

懸命に言い聞かせてはいるものの、昼間に離宮で見たことがオズワルドの信頼を揺るがせていた。

長年護衛役を務めていたルステオが死んでいるのを見ても、ティティスは無反応だった。しかも、可愛がっていたはずの姪のフリーダを庇うこともしなかった。

――ルステオが連れ出してしまったフリーダを何とか匿ってほしいと余に言ってきたのはティティスだったというのに。

自分の見たものが信じられなかった。オズワルドの知るティティスなら、優しくも慈悲深い彼女だったら、姪であるフリーダを何とか守ろうとしただろう。なのに、ティティスがしたのはフリーダを切り捨てることだった。

――それに、リリアンが早産だった？　リリアンを取り上げた助産婦をルステオが口封じのために殺そうとした？　そのルステオがリリアンの本当の父親？

そんなばかな、と今までのオズワルドなら一蹴して終わっただろう。けれど、言われてみればリリアンの目はルステオと同じ色だったと、今さらながら気づいてしまい、オズワルドはアルヴィンの話を完全に否定することができなくなってしまった。

――ティティスが余を騙しているなど……そんなことはあるはずがない。ティティスだけが余を理解してくれる女性なのだ。そのティティスが裏切っているなど、あり得ない。

安心したくて、オズワルドは公務を抜け出してティティスに会いに離宮に向かった。

離宮はひっそりとしていた。アルヴィンが警備の兵を配置していたはずなのだが、夜になったせいか今は誰もいなかった。そしてそのことにオズワルドは何の疑問も抱かなかった。

「お前はここにいろ」

離宮の入り口で付き従っていた護衛兵にそう言い捨てると、オズワルドは離宮に入っていった。

中はひっそりと静まり返っていた。離宮で働く人間は多くない。かつては侍女や従僕、それに下働きも大勢いたのに、側室ではなくなり予算がないからと人員が極端に減らされてしまったのだ。

ならば国王の個人財産からお金を出して雇えばいいとオズワルドは言ったのだが、財務大臣から返ってきたのは信じられない言葉だった。

すでにオズワルドの個人財産はほとんど残っていなかったのだ。ティティスに数多くの宝飾品を贈り、「リリアンの我儘」を叶えるために莫大な費用を使った。その上、マディソン伯爵に言われるままに土地と別荘を買ってティティス好みに改装したことで、ほぼオズワルドの個人財産は消えていたのだ。

もちろん、そうなるまでに財務大臣は警告していたし、オールドア伯爵をはじめとする側近たちもオズワルドを諫めていた。それに真面目に取り合わなかったのは当のオズワルドだったが、彼は自分に非があるとは夢にも思っていない。

――余を謀りおって！　おのれ、ユリウスめ！

不都合はいつも誰かのせいにする。自分の非は認めない。自分に非があるとさえ思わない。……それがオズワルドという男だった。

誰一人出迎えないことをユリウス・マディソンのせいにしながら、オズワルドはティティスの部屋に向かった。誰も出てこないのは先触れもなく突然訪れたオズワルドのせいなのだが、彼はそれを知らなかった。いつも誰かが――主にオールドア伯爵が気を利かせて陰でフォローしていたおかげだということも。

誰も会うことなくティティスの寝室の前まで来たオズワルドは扉が少し開いていることに気づいた。どうやら最後に扉を開けた者が、きちんと閉めなかったようだ。

躾のなっていない使用人に腹を立てながら扉を開けて声をかけようとした時だった。中から信じられない話がオズワルドの耳に飛び込んできた。

「あーあ、フリーダは本当、期待外れだったわね。何の役にも立たなかったわ。せっかくルステオに命じて北の修道院から連れ出したのに」

残念そうなティティスの声がした。その声に答えたのは侍女のオウガだ。

「私はこれでよかったと思いますよ。フリーダ様はお嬢様のお荷物にしかなりませんもの。ここで切り捨ててよかったのです。ルステオも亡くなってくれたことですし。余計なものがなくなって身軽になったと思えばいいのです」

「まぁ、オウガったら、辛辣ね。ふふふ。でもそのとおりだわ」

鈴を鳴らしたような笑い声。その楽しげな声を聞きたいがためにオズワルドはいくつもの宝石や上等なドレスを贈ったものだった。

だが今はなぜかその笑い声が耳障りに聞こえた。

「そろそろリリアンが陛下の子だと誤魔化すのが難しくなっていたものね。あの子ったらいやになるくらいルステオとそっくりの青い目なんだもの。『子どもだからまだ目が青い』と言い逃れてきたけれど、バレるのは時間の問題だったでしょう」

裏切っていたことがはっきりと分かる言葉だった。

——余を騙していたのか、ティティス！

湧き上がる怒りの感情に、オズワルドはグッと拳を握り締めた。

「どうやら潮時のようだわ。オウガ。アルヴィン殿下はあんな言い訳でごまかされてくれないでしょう。必ず私を捕らえに来るわ。その前に王宮を出なければ」

「ああ、そうです、お嬢様！　トランザム公爵からとてもいい返事が来たんです！　王宮を出たらぜひ自分のところに来てほしい、だそうですよ」

「まぁ、それはよかったわ」

ティティスの弾んだような声が聞こえた。

——トランザム公爵？　誰だ？

隣国の公爵の名前だということをオズワルドは知らない。ましてや彼に見初められるまでティティスが結婚相手の有力候補と見なしていた人物だということも。

「ええ、本当によかったです。でも当然かもしれませんね。あの方はティティス様に夢中でしたから。『陛下に命じられて仕方なく側室になることにしました。でも、もし……いつか陛下が私を解放してくださる時が来たら、あなたのもとへ嫁ぎたい』というお嬢様の言葉を真に受けて、結婚しないで待っていたのでしょう。きっと喜んでお嬢様を迎えてくれるでしょう」

「ふふふ。隣国でも駒遊びができるかしら？」

「できますとも。トランザム公爵は王位継承権も持っておりますから。お嬢様の美貌なら今度こそ王妃も夢ではないかもしれませんね！」

「一国の頂点に立っての駒遊びも楽しそうね。こっちの陛下は王妃に実権を握られて役立たずだったから、少しも楽しめなかったけれど」

「陛下と言えば、どうするんですか？　あの方、すっかりお嬢様に依存していますよ。お嬢様を放してくださるでしょうか」

心配そうにオウガが言えば、ティティスはコロコロと笑った。

「心配はいらないわ。『これ以上陛下の重荷にならないために身を引きます』って涙ながらに訴えればいいのよ。そうだわ、餞別（せんべつ）に別荘を私に譲るようにお願いしましょう。『あの別荘でいつまでも陛下のことを思って生きていきます』と言えば、陛下は私と別荘でいつでも会えると勘違いして王宮から出してくれるでしょう？」

　プツン、とオズワルドの耳に何かが切れたような音が聞こえた。手が無意識のうちに剣の柄に伸びる。

　オズワルドは肩で扉を押し開き、無言で剣を抜いた。部屋の住人は会話に夢中でオズワルドが入ってきたことにも気づいていない。

「それはいい方法ですね。別荘にいると思わせて、隣国のトランザム公爵のもとへ向かうのですね？」

「ええ。隣国に行く時はあなたも一緒よ、オウガ。陛下もリリアンもルステオもフリーダもお兄様も私にとってはただの駒だけど、あなただけは違うもの」

「もちろん、私はお嬢様にどこまでもついて行きますとも。たとえ地獄でも――へ、陛下？」

　ようやくオウガがオズワルドの姿に気づいて目を見開く。けれど、その時にはもうオズワルドは血走った目で標的を捕らえていた。

「裏切り者め！」

　オウガに向かって剣を振り下ろす。肉を切る鈍い感触がオズワルドの手に響く。

　血が舞った。

「きゃあああ！」

「オウガ！　へ、陛下!?」

ティティスの顔が蒼白になる。それに構わずオズワルドはオウガを袈裟懸けに切り捨てると、ティティスに向き直った。

「よくも余を騙したな！」

「お、お待ちくださいませ、陛下。誤解なのです。私は陛下を騙してはおりません、本当ですわ！　リリアンは正真正銘陛下の娘です！」

必死になってティティスが言い訳をする。けれどそれはオズワルドの耳には入らなかった。

「お前のせいだ！　すべてお前の！」

オズワルドは思い出していた。ティティスと出会うまでは国王としてそれなりに順風満帆な日々を過ごしていたことを。大勢の側近に囲まれて、守られていたことを。

けれど、今、オズワルドの傍には誰もいなかった。最も頼れる臣下であるオールドア伯爵もいない。それもこれもすべてこの女のせいだった。

「お前のせいで、お前のせいでぇぇ！」

剣を振り下ろす。何度も、何度も。

「ぎゃあああ！」

女の絶叫が聞こえた。

「余が悪いのではない！　全部お前のせいだ！　お前の！」

オズワルドの視界が真っ赤に染まる。それは怒りのせいか、それとも返り血を浴びたせいなのか。激情に身を浸したオズワルドにはもう判別がつかなかった。

彼の世界は真っ赤に染まり、もう二度と平常には戻らない。

グラファス国王オズワルドの凶行は悲鳴を聞いた護衛兵が駆けつけてくるまで続いたという。

エピローグ　そして蝶は囚われる

アルヴィンは王妃のところに挨拶に訪れていた。

「予定通りしばらく留守にしますので、後のことはよろしくお願いします」

「クラウディアにとっては六年……いえ、七年ぶりの故郷ですもの。王宮のことは気にせずゆっくり休ませてあげてちょうだい。もちろん、あなたもですよ、アルヴィン殿下。ずっと働きづめでしたもの」

優雅な姿で玉座に座る王妃の隣に今は誰もいない。空になった国王の玉座があるだけだ。けれど、それはこの十年で珍しい光景ではなくなっていた。この国の実質的な王は王妃なのだ。

今、国王オズワルドは王宮の奥にひっそりと佇む、王族や貴人を幽閉するための特殊な塔に入れられている。

オズワルドは錯乱状態になって元側室ティティスとその侍女オウガを剣で斬り殺した。「裏切られた！」「あれほど愛してやったのに」「余のせいではない」と叫びながらその後も興奮状態で暴れ続けたため、国王は正気を失ったと判断され、療養と称して塔に幽閉された。

今も時々暴れながら、「余のせいではない。あの女のせいだ。全部あいつが悪いんだ」と何度も繰り返し喚いているのだという。

こんな状態で国王としての責務を果たせるわけもなく、遠くないうちにオズワルドは国王の地位を降ろされ、王太子のエドワードが次の王として戴冠することが決まっている。

アルヴィンはにっこりと笑った。

「ありがとうございます。久しぶりの休暇ですから、ゆっくり堪能したいと思います」

クラウディアとアルヴィンはこれから長期休暇に入る。この機会にクラウディアの領地であるローヴァイン侯爵領まで足を延ばす予定だった。

修道院を出てすぐに王族との結婚が決まったクラウディアは、準備に忙しく、なかなか故郷に帰る機会がなかった。結婚した後もフリーダに命を狙われていたこともあり、とても帰郷できる状況ではなく、すべての後処理が終わった今、ようやく行けるようになったのだった。

「そういえば、義姉上、リリアンの様子はどうですか？　クラウディアがとてもリリアンのことを気にしておりまして」

「心配はいらないわ。最近は落ち着いてきたし、笑うようにもなったから」

リリアンは母親が国王によって殺されたことにショックを受けて、しばらくの間落ち込んでいた。母親のことはすぐに割り切ったが、可愛がってくれた国王の凶行も、もう二度と会えないという事実も受け入れ難かったようだ。

「エドワードが気を使ってね、暇さえあればあの娘を笑わせようと頑張っているの。だからあの子は大丈夫よ。あの子の出生のこともティティスが死んだ以上、ほじくりかえす気はないし。だからあの子は王女のまま暮らしていけばいい。……子どもには何の罪もないもの」

「そうですね。その方がディアも安心します」

リリアンのことは問題ないだろうと、アルヴィンは胸を撫で下ろした。

「ティティスと言えば、離宮の彼女の部屋から、行方不明になっていた人身売買組織の顧客リストが見つかったそうよ」

さらりと王妃は告げた。その顧客リストは重要参考人がルステオに殺されて以来、長く行方不明になっていたものだった。

「きっとティティスがそのうち何かに利用できるかもしれないと隠していたのでしょうね。そのリストが見つかったおかげで証拠がなくて捕らえることのできなかった貴族を今度は捕まえられると宰相がホクホク顔でしたわ」

「それはよかったです。あのリストのことは僕も気になっていたので」

ティティス・マディソンと侍女のオウガは国王オズワルドに斬られて死んだ。オズワルドは公には病気になったと公表されたが、精神に異常ありと診断されて塔に幽閉されたので、もう二度と出てくることはないだろう。

フリーダも裁判を待っている身だが、有罪になるのは確実だ。王族であるクラウディアを襲ったことも加味されて極刑は間違いないとされている。

もうクラウディアを脅かすものはなくなった。

「これで満足ですか、アルヴィン殿下？」

微笑みを浮かべながら王妃が尋ねてくる。アルヴィンは頷いた。

「はい。満足です。義姉上もそうでしょう？」

「ええ。壊れた歯車をようやく交換できるので、とても満足でしてよ」

王妃は目を細めて笑う。自分で言ったとおり、王妃はとても満足そうだ。それはそうだろう。王族の膿でしかなかった国王オズワルドをようやく排除できたのだから。

「ティティス・マディソンは他人を駒扱いしてチェスのプレイヤーを気取っていたが、三流に過ぎなかった。真のプレイヤーとは義姉上のような人を言うのでしょうね」

しみじみとした口調で言うと、王妃はコロコロと笑った。

「まぁ、買いかぶりすぎよ。私は他人を駒扱いしたことはないわ」

「そうでしょうか」

王妃のすごいところは駒を駒と気づかせずに動かしているところだ。相手の性格、思考パターン、弱点を読み取って、自らが選択したかのように行動を導いていく。

——オーウェンやセアラなどは僕のことを腹黒だの策士だと言うけれど、きっと僕でも義姉上には敵わないだろうな。

いつから王妃がオズワルドの排除に乗り出したのかアルヴィンは知らない。尋ねたこともない。けれど、推察するに、法を曲げてティティスを側室にしようとした時からだろう。けれどそれはティティスに嫉妬したわけでも、自分の地位が脅かされると思ったからでもない。国王が法を曲げて自分の希望をごり押ししたことが問題だった。王妃は法を捻じ曲げた国王を『壊れた歯車』だと、このまま壊れた箇所を放置すれば国という装置が動かなくなると判断したのだ。

現にあれから国王は宰相にマディソン伯爵を任命することで議会との溝を深くしていった。王妃はいずれ国を壊すことになるかもしれない国王を排除することに決め、十年近くかけて準備をしたのだ。

ルステオに殺されそうになっていた助産婦を助けたのも、王妃の手の者だ。王妃はティティス、ひいてはオズワルドの致命傷になるかもしれない証拠をしっかり手に入れて、それを使う時期を慎重に探っていた。

——陛下は、子どもが作れないのは子種がないのではなく、普段口にしている食べ物に避妊薬が混ぜられていたせいだということに、少しも気づいていなかったんだろうな……。

オズワルドは高熱のせいで子どもが作れない身体になったとされていたが、それは本当のことではない。ティティスとマディソン伯爵の野望を阻止するべく、王妃が医者を抱き込んででっちあげた嘘だったのだ。

そして国王が口にする食べ物に避妊薬を混ぜてこれ以上種をまき散らさないようにした。

「義姉上は前王妃だった母上にそっくりですよ、息子の僕よりもね」

「尊敬する先代王妃様に似ていると言われて嬉しいわ」

にっこりと王妃は笑う。

賢妃と呼ばれる先代王妃もまた苛烈な人だった。彼女はオズワルド(息子)の楽な方に流される性格を把握していて、息子の王妃になる相手に王族の血を引く優秀な姪を選んで自ら教育した。王妃は国と王家の存続を何よりも優先するように教育を受け、その教え通りに実行したのだ。

――でもそこに義姉上の女性としての幸せはない。国と結婚したようなものだ。

そしてそれはアルヴィンの母親にも当てはまる言葉でもあった。

――王族になんてなるものじゃないな。……何もいいことがない。

望まないのに王族として生まれてしまったアルヴィンのたった一つの慰めは、いずれは王太子の座を辞して臣下に下れること――王族から距離を置くことができるということだった。

――早くその時が来ればいい。僕の望みは王家から遠ざかり、クラウディアと普通の家族を築くことだ。彼女の前の家族のように。

そのために王妃と手を結んだのだ。望むものを手に入れるために。

アルヴィンはふと顔を上げて玉座に座る王妃を見つめた。

「……義姉上、一つお聞きしたいのですが。七年前、陛下がローヴァイン侯爵家の当主やその一族の男たちを処刑しろと命じた時、義姉上だったら止められたのではないですか？」

それはずっと以前から不思議に思っていたことだった。あの当時、まだ国王には大きな権限が残っていたが、王妃もまたそれなりに王宮を掌握していたはずだ。だから王妃なら権力を使えばローヴァイン侯爵家の処刑の執行を止められたのではないか。

そう思って尋ねたのだが、王妃は微笑んだまま首を横に振った。

「まさか。私にそこまで力はありません。陛下を諌めるのが精一杯でした。もっとも、陛下は私の言うことなどちっとも聞き入れてくださいませんでしたけれど」

「そうですか」

だがアルヴィンには分かっている。あの当時、王妃は国王を追い詰める次の手を探していた。なぜなら議会と対立しながらも、まだ国王は権限を保っていたからだ。議会も国内の安定のため、国王と本気で対立するのを避けていた。

国王を破滅させるきっかけ、あるいは貴族が国王を見捨てざるを得ない失態を犯すのを王妃は待っていたのだ。そこに降ってわいたのがローヴァイン侯爵家の事件だ。冤罪であるのは明らかなのにマディソン伯爵に唆かされて裁判もしないで処刑を断行する国王。

王妃にしてみれば、議会を味方に引きこめる絶好の機会だっただろう。そして、王族の問題に首をつっこみたくないばかりに中立の立場を崩さなかったアルヴィンを自分の陣営に引き入れるためにも。

――ローヴァイン侯爵家は有利に事を運ぼうとする義姉上に見捨てられた。

結果はこのとおりだ。国王は貴族たちから反感を買い、議会と対立して権限を削られて――やがてお飾りの王となり、破滅した。

「私の方こそ聞きたいわ、アルヴィン殿下」

微笑みを崩さないまま、今度は王妃がアルヴィンを見据えた。

「あなたは当時暫定的とはいえ王太子だった。実績も十分あった。その王太子としての権限を使えば、処刑の執行を止められたのではなくて？　でもあなたは権限を行使しなかった。それはどうして？」

「……残念ながら当時の僕は無力でしたよ」

アルヴィンも答えた。玉座に腰かけて悠然とこちらを見ている王妃とまったく同じような微笑を浮かべながら。

「……そう。そういうことにしておきましょう」

王妃が話の矛先を変え、アルヴィンもそれに倣った。

「ええ。そうしてください。旅の準備があるので、そろそろ御前を失礼します」

「気をつけていってらっしゃい」

微笑を交わし合い、挨拶を交わしてアルヴィンはその場を離れた。

権限などなかった。無力だった。止められなかった。……そう口にしながらもアルヴィンには分かっている。本当は止められたかもしれないことを。

――……ただ、思ってしまったんだ。家族に向けられていたあの笑顔を、彼らがいなくなれば独り占めできるのではないか、と。

国蝶とフリーダを助けるため、躊躇することなく自分の手を差し出して庇った勇気ある少女が、感情豊かに笑うクラウディアが欲しいと思った。けれど、彼女を彼女の家族と共有するつもりはなかったのだ。

――だって、欲しいのは僕だけの家族で、僕だけのクラウディアだ。あの勇気もあの優しさも、自分だけのものだ。

だから何もしなかった。何も。

「……本当に、最も罪深いのは僕と義姉上だろうな」

廊下を出たアルヴィンは独り言つ。

アルヴィンたちは互いの目的のためにローヴァイン侯爵家を見捨てた。そしてその目的のために手を結んだ。自分も同じ穴のムジナだ。

かたき討ちに躍起になったのは、その贖罪でもあったのだ。

――クラウディアには絶対に言えない。言わない。……その代わり、必ず幸せにするから。

生涯明かすことのできない秘密と罪の意識を抱いて、アルヴィンは歩き始めた。

＊＊＊

王都より北の位置にあるローヴァイン侯爵家の領地はまだ春が残っていた。

代々のローヴァイン侯爵家当主とその家族の墓がある墓地にやってきたクラウディアとアルヴィンは、墓地のさらに奥にある小高い丘の上を訪れた。

丘の上には色とりどりの花が咲いていて、蜜を求めて多くの蝶がやってきている。その中に青紫色の翅を持つグラファス・エイガもいた。

「ここね」

丘の一角に花に囲まれて小さな墓石が等間隔に並んでいる。クラウディアの家族の眠る墓だった。

「お父様、お兄様、そして、みんな。ようやくお会いできました」

父や兄の遺体はもうないのだと思っていた。罪人の死体は葬られることなく打ち捨てられるのが慣習だったからだ。そんな打ち捨てられた遺体の中から七年前に死んだ家族の遺体を探すのは無理だと諦めていた。

けれど、七年ぶりに故郷に戻り、アルヴィンと共に領民や使用人たちに温かい歓迎を受けたクラウディアは、家族の墓の存在をその時初めて聞かされて驚いた。

七年前、刑が執行された直後、見届け人が姿を消したとたん、父の友人だったローウェン中将が用意した別人の遺体とクラウディアの家族の遺体をすり替えたらしい。

家族の遺体は清められ、密かにローヴァイン侯爵領に届けられ、丘の上にひっそりと埋葬された。領地に遺体があると知られたらまずかったからだ。

隠し通すために墓石に名前が刻まれることはなかったが、領民たちが時々訪れては墓の周囲を綺麗にし、領主たちが寂しくないようにと花を植えていったのだそうだ。

クラウディアはローウェン中将や領民たちの思いやりが嬉しくて、知った時はその場で号泣し、なかなか泣き止まなかった。そのせいでアルヴィンに心配をかけてしまったのも、今やいい思い出の一つだ。

「お父様……お兄様……私、結婚したのよ。アルヴィン様と。本当はお父様たちにも祝ってもらいたかった……」

クラウディアは目に涙を溜めながら墓に話しかけた。

今は冤罪が晴れたため、墓石も新しくなり名前もしっかり刻まれている。いずれここには母の墓も建てられる予定だ。ヘインズ修道院に埋葬された母の遺体は手続きが済み次第こちらに送られ、父の傍に再度埋葬される手はずになっている。

その手続きをしてくれたのもアルヴィンだった。

隣に立つアルヴィンを見上げてクラウディアはお礼を口にした。

「アルヴィン様がいなかったら、私、こんなに晴れやかな気持ちでここに立つことはできなかったと思います」

悲しみと怒り、憎しみを引きずったままのクラウディアだったら、きっとこの墓を直視することはできなかったに違いない。

あの時、閉ざされていたクラウディアの心をアルヴィンが開いてくれたから、今こうして穏やかな気持ちで家族を悼むことができるのだ。

「ありがとうございます、アルヴィン様。私と結婚してくれて。私を愛してくれて。……未だにどうしてこんなに想ってもらえるのか分からないけど、でもとても嬉しいです」

何か特別なものを持っているわけでもない平凡な自分をどうして、と思う。

――私の家族に憧れたとか、あと、笑顔に惹かれたとか言っていたけれど、仲がいい家族がいて笑顔が素敵な令嬢はたくさんいると思うのに……。

「もちろん、笑顔だけじゃないよ。君は自分の魅力を過小評価しているね」

アルヴィンはそう言っておかしそうに笑った。

「確かに笑顔に惹かれたのも事実。君と家族になりたいと思ったのも嘘じゃない。だけど、一番に僕の目を引いたのは、君の勇気と優しさだ。あのお茶会で君は自分の身を顧みず蝶を庇った。他の令嬢だったらライバルを蹴落とすいいチャンスだと思って何もしなかっただろう。あの場でそんなことができたのは君だけだ。しかも損得なしに。素晴らしい令嬢だと思ったんだ」

「そ、そうですか？」

クラウディアは頬をほんのり赤く染めた。とっさにしたことが、思いのほかアルヴィンの琴線に触れた行為だったようだ。

「リリアンのことだってそうだ。態度が悪かったリリアンにも君は親切だった。リリアンは国王の娘だったたし、君にとっては仇だったマディソン伯爵の姪だ。それにもかかわらず親身になってくれた。普通じゃなかなかできないよ。これでも平凡だと？」

意味ありげにアルヴィンはまた眉を上げたが、やはりクラウディアにはよく分からない。親切にするのは当たり前ではないか。あんな可愛くて寂しがり屋の少女をどうして嫌いになれようか。

「子どもには罪はないですし、関係ないことでしたから。憎む理由もないし嫌いになることもありません。リリアン殿下はリリアン殿下です」

笑顔を向けると、アルヴィンはため息をついてからぼやくように言った。

「これだから。自分の魅力がまったく分かっていない。行く先々で無意識のうちに周囲を惹きつけるくせに。セアラなんてもう完全に君の保護者だし……。オーウェンだって似たようなものだ。まったく、君って人は……」

ぶつぶつ文句を言った後、アルヴィンは満面の笑みを向けるクラウディアを少し眩しそうに見つめながら囁く。

「……本当にどうして惹かれずにいられようか。僕の方こそ、結婚してくれてありがとう、ディア。愛しているよ。僕の蝶。もう二度と僕の手から離れてはだめだ」

「相変わらず私は蝶なんですね。この髪飾りを着けているからでしょうか？」

クラウディアは手を伸ばし、結い上げた髪を飾る蝶の髪飾りに触れた。着けた姿を家族に見せたくて、アルヴィンに着けてもらったのだ。

「それだけじゃなくて、ピンクのドレスを着た君の足取りがふわふわっとして、まるで蝶が舞っているように見えたんだ」

「足取りがふわふわ？　た、確かに浮かれていますけど」

クラウディアの手を持ち上げてキスをしながらアルヴィンは笑った。

「浮かれている君はとても可愛い。まるで蝶とダンスをしているみたいだ」

「ダンス、ですか」

そういえば、とクラウディアは思い返す。国王のティティス惨殺事件が起こったせいで、王宮主催で行われるはずだった夜会が中止になってしまったのだ。当分の間は華やかな催し物は開催されることはないだろう。

おかげでクラウディアは未だにアルヴィンと踊りそこねている。

「ダンスといえば、一生懸命練習したので、アルヴィン様とダンスをしたかったです。社交界デビューでアルヴィン様と踊りたいと思っていたのに、結局デビューせずに終わってしまって。だから今度こそと思ったんですが……」

「ダンスを、僕と？　だったら、ここで踊ろうか。オーウェンたちは離れた場所にいるから見られることはないし」

突然、アルヴィンはクラウディアの手を引き寄せて言った。

「え、え？　アルヴィン様？」

腰に手を回され、クラウディアは狼狽える。アルヴィンは笑いながらクラウディアの腰を抱いたままくるっと回転した。

「ア、アルヴィン様！」

「楽団はいないけれど、僕がリードするよ。花と蝶と、そして君の家族たちが見ている前で、僕らのファーストダンスを披露しよう」

楽しげに笑いながらアルヴィンはクラウディアの身体を回転させる。くるくる、くるくると。

「も、もう、アルヴィン様ったら！」

仕方なしにアルヴィンに合わせて覚えたてのステップを踏みながらクラウディアは一生懸命ついて行った。

「うん、その調子」

最初はぎこちなかったものの、次第に慣れて足取りも軽やかになっていく。クラウディアはついには笑顔を見せるまでの余裕を見せ始めた。

ダンスをする機会の多いアルヴィンはさすがにリードも上手で、初心者のクラウディアでもずいぶん様になっているようだ。

くるくる回りながらクラウディアは笑った。

「何だかすごく楽しいです！」

「そう、よかった」

ひらひらとドレスを翻して踊るクラウディアは、まるで蝶が舞っているかのようだった。

「うん、本当に蝶だ。僕の、僕だけの、蝶。ほら、捕まえた——」

アルヴィンの囁きは、クラウディアの耳に入ることなく虚空に消える。

一方、クラウディアは七年前のお茶会で庇った蝶のことを思い出していた。アルヴィンの手に自らとまり、翅を広げていた青紫色の蝶のことを。

——きっと私もあの蝶と同じだわ。

なぜかそんなふうに感じた。

『捕まえた——』

どこかからそんな声が聞こえたが、気のせいだったのかもしれないし、実際に耳にしたのかもしれない。けれどクラウディアは気にしなかった。

二人につられるように、本物の蝶がひらひらとダンスを始める。クラウディアの髪飾りの蝶を仲間だと勘違いをしているのか。

ひらひら、くるくると風に乗るように、二人と蝶はダンスを続ける。

囚われたことを知らない蝶は、自分を捕らえた花（アイリス）の腕の中で、ひらひらと踊りながら幸せそうに笑うのだった。

あとがき

拙作を手にとってくださりありがとうございます。富樫聖夜です。ようやくこの作品をお届けすることができました。長い間お待たせして申し訳ありません。

さて、今回の作品のヒロインであるクラウディアは序盤から不幸のどん底に落とされることになります。今まで不憫な身の上のヒロインを書いたことはあっても、幸せから一転してどん底になるヒロインは自作ではあまりいなかったような気がします。

最初にどーんと不幸な方向に落ちてしまったので、あとは幸せな方に引き上げるだけ、のはずですが、なかなかそう簡単にはいきませんでした。初恋の人と結婚とすることになってもそれは王族としての贖罪のため（と本人だけが思い込んでいる）で、クラウディアの気持ちはある意味置き去りのままです。そのせいか、彼女はいつも足元がおぼつかない状態で、終盤になってようやく自分の気持ちに向き合えるようになるわけですが、そこに至るまでが書いていてとてももどかしかったです。

なかなか動けないクラウディアに代わって裏で忙しく働いていたのはヒーローのアルヴィンです。彼には負い目があり、色々な理由から暗躍していたわけですが、おもいっきり腹黒というわけではなく、どちらかと言えば清濁両方備えた感じでしょうか。王族であることを心のどこかで厭いながらも、真面目なのできっちり義務は果たす。そんなヒーローです。将来は一代限りの公爵になって、王家とは少し距離を置きながらクラウディアをはじめ彼だけの家族を愛でる生活を送るようになります。クラウディアとアルヴィンの血筋はローヴァイン侯爵家として残っていくことになるでしょう。

最後まで読んでいただければ分かると思いますが、この作品で一番歪んでいたのは女性陣でしょうか。敵方の女性二人は言わずもがなですが、アルヴィンの後ろですべてを取り仕切っていたあの方もしたたかで、根はかなり歪んでいると思います。ティティスは最初から負けていたんだな、と思いながら書いていました。

イラストのアオイ冬子(ふゆこ)先生。素敵なイラストをありがとうございました！　繊細で美麗なクラウディアとアルヴィンのイラストにうっとりです。

そして最後に編集のＹ様。いつもありがとうございます！

それではいつかまたお目にかかれることを願って。

富樫聖夜

この本を読んでのご意見・ご感想をお待ちしております。

◆ あて先 ◆

〒101-0051
東京都千代田区神田神保町2-4-7 久月神田ビル
㈱イースト・プレス　ソーニャ文庫編集部
富樫聖夜先生／アオイ冬子先生

贖罪結婚（しょくざいけっこん）

2022年2月5日　第1刷発行

著　　者　富樫聖夜（とがしせいや）
イラスト　アオイ冬子（ふゆこ）
装　　丁　imagejack.inc
発 行 人　永田和泉
発 行 所　株式会社イースト・プレス
〒101－0051
東京都千代田区神田神保町２－４－７ 久月神田ビル
TEL 03－5213－4700　FAX 03－5213－4701
印 刷 所　中央精版印刷株式会社

ISBN 978-4-7816-9686-7
定価はカバーに表示してあります。